西瓜籽　著

嘉布塔斯

自序

《嘉布塔斯》這部作品對我來說具有非常特別的意義，可說是融合了我自小醞釀的創作理念與成長的種種學習經歷。我記得最初是在國家地理頻道看到一則有關獵豹家庭的故事，大概就像凱斯跟繆加那樣的手足親情。當時那個紀錄專題深深印在我腦海裡。我國中時曾把這個故事寫成短篇投稿到校刊，我朋友說很喜歡這個故事，這大致醞釀了《嘉布塔斯》的雛型。

這個故事一直存在於我腦中，只是許多年過去，許多細節也都淡忘了。在經歷了求學及出社會後的種種過程，也逐漸安於規律穩定的上班生活。直到父親中風那一年，我所認知理所當然的世界瞬間改變。當時決定全職在家照顧父親，但對未來仍感到很茫然。如今回想起來，我卻覺得那是生涯的轉捩點，也改變我對生活及工作的許多看法。

我決定寫下《嘉布塔斯》這個故事，因為從那段日子以來，有很多以前所忽略的心聲及想法開始莫名湧現。好在父親中風後情況慢慢穩定，我有機會在白天一邊兼顧家務，晚上一邊寫下小說。《嘉布塔斯》除了是我最初醞釀的那個雛型外，也融合了我自小到大對於各種人物典型的想像。我加入了許多喜愛的文學、藝術、甚至是動漫的元素，慢慢透過這個故事挖掘出內心真正的想法，跟著故事裡的凱斯一起探尋自我。

當時生活上種種的瑣事以及面臨父親中風後不便的焦慮，也經常讓我煩心，還好家人彼此扶持撐了過來。我經常犧牲睡眠、利用夜晚全家都就寢的安靜時刻，不斷反覆思考及推敲故事內容，然後努力打下腦海中所浮現的文字。那時我覺得自己幾乎要分身乏術，完全沒有多餘的時間。那是個孤獨的努力過程，完全沒有人知道我究竟在做些什麼，但我卻覺得甘之如飴，似乎有個動力始終不斷鞭策著我。

完成《嘉布塔斯》後，我覺得自己總算達成一個心願，回首一切過程亦覺得相當值得。希望大家可以跟我一樣與書中主角共同進入自我探尋的世界，並喜歡上這個故事，那對我就是莫大的鼓勵了。

回歸大自然的懷抱還是繼續嘉布塔斯的道路是凱斯面臨的抉擇。
圖片繪製：西瓜籽。

形影單隻的凱斯望著納米比亞日落的天空。
圖片繪製：西瓜籽。

目次

序章　我的母親、我的姊姊

乾枯的禾草味，夾雜著淡淡的菊花清香，這是凱斯初來這片金黃大地的記憶。猶記得窩在岩石縫中，擁擠的小空間裡有著許多幼豹，每天一同進食、一同嗷嗷叫個不停，但漸漸地聲音來源慢慢減少。到牠有較清晰記憶時，只剩下母親與姊姊繆加，其他三隻同胞兄姊們都先後夭折了。

凱斯與姊姊繆加、母親相依為命。從母乳的記憶，到感受到鮮甜的血肉，兩隻幼豹漸漸地成長。繆加的毛色溫潤且體態優美，繼承了母親那流線型的身體弧度；凱斯則是閃耀著如大地日出般的澄金，健壯精實的腿肌彷彿不帶任何贅肉，只為極速飛馳而生。

這是一個乾枯未雨的日子，萬物彷彿已經歷重重灼燒，除了枯黃的灌木叢外，不見大地任何生氣。凱斯肚子餓得慌，不住地嗷嗷叫。雖已慢慢在學習狩獵，但天性喜愛撒嬌鬧脾氣，脫離不了幼豹的心態，總讓母親及繆加操心不已，畢竟他已經快到了需要自己獨立的年紀。

現在是正午時分，還不見母親及繆加回來，凱斯雙爪不住翻弄乾涸的土礫，這是他感到焦躁時典型的動作。腳爪指縫間已慢慢滲出血才罷休，舔拭著滲出的鮮血，他開始想念著獵物氣息，想像著那鮮甜的肉質，肚子感到更飢餓了。

遠處傳來獵物的氣味，這是他熟悉的湯姆森瞪羚，而且是幼隻的瞪羚，這種往往比成年的肉質更鮮嫩，是凱斯特別喜愛的，儘管往往無法填飽一家人的胃。聽到那掌墊踩在土塊上的聲音，他知道是她們回來了，而且還帶上獵物回來了！

凱斯興奮地衝出去，看到獵物立即啃咬了起來，卻無法預期地遭到迎面一掌摑了過來。他感到委曲，看著母親不解地嗚嗚叫，夾雜著困惑與受傷的神情，希望以孩提時期的嗚咽聲博取母親的同情。但母親依舊嚴厲板著臉，也感到無奈，凱斯無法理解狩獵的辛苦，總是等待著餵食，到現在已經快要獨立了，卻一點自覺都沒有。她不敢想像他的未來，更不敢想像他的軟弱，日後會為他自己招惹來多少弱肉強食的現實麻煩。

繆加倒是沒想這麼遠，她總是疼愛著這個弟弟，儘管她也沒想到，或許凱斯的軟弱一部分是她造成的。是她，總是自告奮勇陪同母親去狩獵；是她，總是在凱斯發抖不敢給予致命一擊時幫忙咬斷獵物氣管。母親感到憂慮，但也期待日後兩個孩子獨立後，繆加可以照應凱斯一段時日，直到他完全獨立，畢竟母親無法陪著他們一輩子。她有許多事情要做，包含孕育下一個家庭，下一個凱斯和繆加。

第一章　草原眾敵環伺

大地已日趨乾涸，獵豹家庭日子愈來愈難過，許多草食動物已大舉搬遷到較有嫩草的水源地，偶爾才有零星幾隻落單沒跟上的瞪羚，但機會通常不多。雪上加霜的還有禿鷹和鬣狗不停環伺，獵豹媽媽已經疲於應付，對於凱斯的獨立也是愈來愈沒耐心。這一天，凱斯溫柔地舔舐母親的臉，但母親滿腦子只擔心著最近的種種危機，並無心回應，他只能在一旁嗚嗚地叫。

繆加理解凱斯的心情，溫柔地靠近凱斯，這讓獵豹媽媽重啟了母性。她打起精神準備狩獵，並示意凱斯與繆加一同跟上來，這次是勢在必行的突擊，只許成功，不許失敗。

獵豹家庭緩緩地來到偵查地域，母親將身體壓得很低，把自己金黃色的皮毛融進了枯黃的蘆葦叢內，這是最好的天然保護色。繆加也跟著媽媽一起低伏於草原內，凱斯則不熟練地照做，笨拙的身軀搖晃地禾草沙沙作響，引起母親一陣瞪視。

此時草原上出現了一群瞪羚，看來是個大家庭，準備搬遷到水源較充足的青蔥草地。獵豹媽媽鎖定了落單的其中一隻，與母親沒緊挨在一塊，雖隱身在羚羊群後，但看得出來較易得手。儘管體型較小應該無法飽足一家子，但為了保險起見，此時選擇得手機率較高的看來才是上上之策。

獵豹媽媽將背拱了起來躡足往前，孩子們知道是媽媽已經鎖定了目標，跟在後面準備隨時支援。一轉身，母豹已縱身躍出，以直線加速一股勁往獵物方向衝去，隨著風速似乎周遭景物已漸漸模糊，只覺母豹化身一股火球，以近時速一二〇公里的速度接近可憐的獵物。小瞪羚也不甘示弱，擺動著矯捷的後腿，不斷以轉彎試圖減低狩獵者的速度。

但繆加隨後從側邊加入戰局，一場瞞天飛砂後，只見獵豹媽媽已緊咬著小瞪羚的脖子，但不敢大意，不時地環伺周遭有無不速之客。其實就算有，以她們目前的體力，也已經不堪應付了。

但是命運往往如此，當你期待它是好事降臨時，機會總姍姍來遲；但如果是惡夢的假設，卻常常真的應驗！今天雖然沒像以往多是遇到鬣狗，但眼前巧見到他們狩獵的卻是一隻母獅，一隻虎視眈眈、以逸待勞的母獅，在牠身後不遠處恐怕也有一家子在等著。平常他們很少能捕獲到瞪羚這種以速度取勝的草食性動物，現在機會出現在牠眼前，自然是不可能放過。

獵豹媽媽卻沒時間感到害怕或沮喪，也沒想過退縮，不知是哪來的勇氣，想到凱斯、繆加，甚至是自己，都無法容忍再錯失一次機會。在這殘忍的土地上，有時為了生存就得搏命！她全身皮毛豎起，擺出了作戰姿態，兩隻小豹感到了不安的氛圍，也繃緊了全身的肌肉，準備隨時支援母親下一步的行動。

母獅見獵豹家庭不打算讓出將要到手的獵物，也準備應戰，但顯得冷靜沈著，雙方都還沒有進一步的動作。獵豹媽媽忽然咧嘴露出利齒，做出示威的態勢，也或許是想逼退母獅，即使她也知道，這是不可能的。

剎那間母獅飛撲了過來，不過在速度上牠絕對敵不過以敏捷見長的獵豹。只見草地被劃出一道深邃的痕溝，被划出的土壤上沾滿了被壓爛的草梗，獵豹媽媽躲過了第一波襲擊，知道每一步都必須小心翼翼，否則將是賠上性命的大事。

緊接著在一陣隔空對峙後，母獅又再次撲了過來，這次獵豹媽媽閃電般的一躍，還是巧妙地躲過了攻擊。母獅見兩次襲擊都撲空，知道如果要將母豹馬上斃命，是一場不容小覷的耐力賽，也無心玩了下去，牠決定要轉移攻擊目標。

母獅眼光投射的方向已經巧妙地出現了變化，獵豹媽媽馬上察覺不對勁，在躲避攻擊的當下，她已經跳離了保護小豹們的安全範圍，出現了一個大空檔。只見母獅已經朝著守著獵物的繆加撲了過去，而繆加卻是毫無警覺，等她發現不妙時，眼前的索命者已經撒下黑影撲天蓋地而來！

繆加知道已經沒有時間反應跟抵抗，當下只能呆立在原地，完全無法有任何行動，彷彿四肢都被釘在草地上。她感覺到渾身的血液都在逆流，眼前一陣暈眩，忽然一團黑影閃電般地橫衝而來，擋在小豹們跟母獅中間，緊接著只見草地上一片扭打，兩隻豹仔都嚇呆了，原來是母親擋住了獅子的攻擊，解放了全身的力氣奮力抵抗。

但是最令人不忍卒睹的情景還是發生了，獵豹媽媽身上的毛，漸漸被染上了烏黑的塵土跟鮮血，鮮豔的毛色逐漸黯淡，被獅子的利牙撕扯出的傷口不停的擴大。繆加跟凱斯看到都幾乎驚呆了，顧不得悲傷還是憤怒，同時衝了出去，朝著母獅的身子就是一陣狠咬，也不知是哪來的力量，竟然也造成了母獅多處傷口。而且獵豹媽媽已經傷痕累累卻仍持續奮戰不止，彷彿忘記了什麼是疼痛，有如被逼上懸崖邊只能背水一戰的勇士。

四隻草原大貓扭打成一團，終究多數的力量漸漸占了上風，母獅體型不若公獅，無法應付三隻相當於成年豹的圍攻，於是悻悻然地退出了戰場。此時已經有許多禿鷹在戰場上空盤旋，準備盯上了死神的獵物，也許是大貓們爭奪的蹬羚，也有可能是這場戰局的犧牲者。

一家人趁鬣狗嗅到氣息前，趕緊將獵物拖出了危險區域。這場戰局中，雖然小豹們受了點輕微的皮肉傷，卻遠不及他們母親的傷勢。母豹情況十分嚴重，許多處撕裂傷，不停染紅沿路的蘆葦叢。

小豹們不知道媽媽能不能撐過今晚，嗚嗚地啼哭，但是被母豹喝止，在草原上這種聲音會引來更多危機，沿路滴的鮮血已經增加他們曝光行蹤的可能了。母豹知道自己情況不甚樂觀，但無論如何，她有責任守護著一家人回到安全的區域。凱斯仍低聲的嗚咽，即使一路被母親喝止，他還是止不住害怕及悲傷的情緒。繆加拖著獵物沉重地前進，一點都沒有捕獲食物的喜悅，從眼角延伸的黑色淚溝已經浸濕，將無盡的淚水默默地吞嚥了下去。

第二章　天倫之樂永難聚

金黃色的大地上，每天都有數以萬計的新生命在誕生，但也有許多的生命走到了盡頭，禿鷹們環伺著這片草原。此時蘆葦叢中，蹬羚媽媽正在舔舐著新生兒的胎衣，小蹬羚正努力的學習站立，纖細的四肢彷彿隨時會被折斷，但卻堅韌有力，隨時準備面對草原上的各種威脅。

遠處兩隻年輕的獵豹，已經看到了這情景，蘆葦叢和他們身上金黃色澤融為一體，姊弟倆緩緩匍匐前進，相信沒有被已經盯上的獵物發現。不過事情往往出乎意料，此時一隻落單的小象，就這麼莽撞地衝入了獵場，牠正值貪玩的年紀，隨處找到了一處沼澤地玩泥巴正起勁，怎知這就與家族跟丟了。

幼象無助地四處亂竄，朝著獵豹姊弟所在的方向一股腦地衝過來，繆加依然保持冷靜觀望的態度，但是本來性格就比較膽小的凱斯就被驚嚇到了。就算是小象，對他們而言也相當於一輛大卡車迎面而來。凱斯抖動的身軀在草原上勾起陣陣漣漪，促使還在遠處的蹬羚媽媽馬上察覺，催促著剛學會走路的小蹬羚迅速退出掠食者的狩獵範圍。

凱斯再次搞砸了這次的行動，但是繆加還是沒有責怪年輕的弟弟，她只是習慣性地將結果歸咎於他們無可救藥的厄運。他們已經一起狩獵了近兩星期，這段日子兩隻成年獵豹進食的機會少得可憐，比較好的一次是捕捉到一隻珠雞。但是姊弟倆還是很想念蹬羚的味道，今天錯過了這次機會，不知道下次能再看到在旱季落單的蹬羚還要多久。

此時在草原，萬物嗅到了一絲令人振奮的訊息，大雨即將來臨。天空放起閃電，緊接著磅礴的雨勢隨之到來，草原萬物企盼這一刻已久了！凱斯及繆加也興奮不已，這意味著許多獵物將會隨著新生的草地遷徙回來，屆時他們會有更多的機會飽足一餐。

但是眼前大貓們還是很討厭濕漉漉的雨季，找了塊石洞躲了起來，彼此舔拭著被雨水打濕的毛。這塊石洞裡刻了一些奇怪的圖騰，凱斯不自覺得被這些圖騰吸引住了，這大致刻劃了古代的帝王乘著車隊出去狩獵，周圍有許多珍稀的奇獸。

其中他看到了和自己相似的形體！那獨有的黑色眼溝、纖瘦的身長，雖然年代已久遠，卻仍可感覺到血液的脈動、四腳離地的奔馳感，只是他不明白這些圖騰代表什麼。此時外頭雷雨聲轟隆隆，凱斯轉念一想，什麼時候雨停了，就是他們準備出擊的時候了。

雨水順著葉脈滴下，草原被大雨洗刷過後，呈現出清新飽滿的色澤。草原上的動物們，羚牛、蹬羚、斑馬、犀牛等紛紛成群結隊遷回東邊的草地，凱斯與繆加準備再次出擊。

在高起的岩石上，他們盯上了一群甫從北邊遷徙回來的蹬羚，其中一隻追逐著新生的嫩草，嚼得正起勁，完全沒有察覺遠處的掠食者。姐弟倆埋進了蘆葦叢中匍匐前行，凱斯乖乖地跟在繆加身後，肚子緊緊貼在草地上，磨蹭著泥土前進。

蹬羚終於發現了隱身在草堆裡的威脅者，蹬著精壯的後腿逃往茂密的灌木林，繆加知道蹬羚如果往樹林深處鑽去，要捕獲的機率將會渺茫許多，於是和凱斯分向夾擊，把獵物趕向草原較空曠處。凱斯擺動著強健的四肢，細長的腿及身軀完美的交替運作，呈現出了流線般的弧度。蹬羚在速度上也不甘示弱，以變換方向試圖減低獵殺者的速度，雙方開始進行了拉鋸。

忽然一個轉彎，蹬羚逃往了較為茂密的樹叢間，繆加也追了上去，但這一轉彎凱斯反應不及，滑行了好幾百尺遠，被遠遠拋在後面，並激起了滾滾的黃沙。等他反應過來時，繆加和蹬羚都已經消失了。

凱斯相當驚慌，這麼偌大的草原，兩隻大型動物怎麼就這樣消失在原野上。他環顧四周，也往茂密的灌木林裡搜尋，卻一無斬獲。凱斯開始感到不安，發出了有如小貓般的唧唧聲，這是小的時候，母親經常呼喚他們的聲音，現在他也用這聲音呼喚著姊姊，希望獲得熟悉的回應，但除了遠處鬣狗群的嗷嗷聲外，草原出乎意料地安靜。

這一片靜謐使得凱斯更加不安，他聲音越來越輕，就像一隻撒嬌的貓咪般，一邊絕望地走著，仍然不再有任何的回應。他開始感覺到這呼喚似乎是在跟自己對話，在跟抱著渺茫希望的自己對話，主客體間似乎早已易位，絕望的呼喚似乎已經不是在找尋繆加了，而是告訴自己：接受眼前的現實！他知道，此刻考驗正要開始！

接下來的漫漫長日，他沒有一天忘記繆加，母親的身影或許已經漸漸模糊，但是姊姊失蹤以後，每日每夜那天狩獵的情境就不斷在記憶中浮現，有如夢魘一般歷歷在目。他的淚溝浸濕了，順著頰邊的絨毛滑落，疲倦地進入了模糊的夢鄉。

一大早凱斯來到一個新的地盤，這裡還留著前一晚的篝火餘燼，他嗅了嗅這新奇的氣味，對他而言完全陌生的人類氣息。昨夜這裡升起了熊熊烈火，人們圍繞著篝火慶祝，傳遞著烤熟的牛腿及新鮮的棕櫚酒，歌舞從未間斷。即興的對唱、配合交錯的鼓聲及樂弓、狂野的肢體動作，如萬籟奔放般地點亮漆黑寂靜的夜晚。

現在除了剩下的餘燼及動物骨頭，慶典的主人們早已離去，凱斯無緣參與這場盛事，也無法想像前晚這裡的情景，只覺得牛骨殘餘的氣味十分誘人。這幾天他僅靠捕捉小動物充飢，已經有點不太能滿足了！

走著走著他忽然發現了令人興奮的味道，於是加快了腳步，事實上，此時他已經遠遠離開了自己熟悉的生長環境，慢慢靠向未知的領域。他看到一棟棟低矮的奇怪建築比鄰交錯，外圍繞著一圈籬笆，籬笆圈內有一隻山羊，這使凱斯全身血液劇烈翻騰起來，而且他注意到山羊是被綁住的，這代表得手機率將會高很多。

凱斯越過圍欄，顧不得門口有隻牧羊犬狂吠，仍向山羊這邊奔來，山羊緊張地喂喂叫個不停，驚動了屋子裡的主人。屋主衝出來查看，卻見到一隻獵豹拖住山羊，只是繩索綁住無法馬上拉走，於是跑回屋子拿起獵槍，並解開牧羊犬的繩索。

牧羊犬朝凱斯這邊衝來，緊接著好幾道類似飛石般的彈頭與凱斯擦肩而過，他不得已放下口中的肥羊一躍而出，以時速超過一二〇公里的飛速消失在子彈射程範圍內。屋子主人於是放下槍，沒有必要他是不願意殺死一隻獵豹的，剛剛開槍僅是嚇阻的作用。他收起槍並喝止了欲追出去的牧羊犬，這才發現獵豹逃跑劃出的地面痕跡上，留下了淡淡的血漬，而放眼望去早已不見凱斯的蹤影。

第三章　嘉布塔斯

凱斯受傷了，剛剛就算是以地表最快的動物速度奔馳，仍然難逃子彈的飛速衝擊。彈粉炸開的餘燼埋在血肉裡，有如烈火在體內灼燒，痛得無法繼續前行，必須找個地方躲藏起來。

他找到一處洞穴鑽進去，舔拭著染血的絨毛，意識逐漸模糊，緩緩閉上眼睛。回想起從出生到斷奶、跟在母親的後面一起狩獵，以及經歷親情從生命中消失，現在總算可以停止種種的掙扎及奮鬥，一切都太累了！

此時自洞穴深處發出了奇特的聲音，聲音相當遙遠，但確實是從洞穴另一端傳出來的。儘管傷口疼痛不堪，他還是循著來源緩緩走去，只聽見渣渣的怪聲越來越清晰。也許是覺得將要面對死亡的威脅，連膽子都壯大了不少，不知哪來的勇氣繼續朝黑暗中鼓足前行。忽然，凱斯見到了讓他驚異不已的事物。

他看到了一堆黃金的雕像，雖然被塵土覆蓋，但仍然非常耀眼。除了黃金，還有許多的象牙藝品，然而吸引凱斯目光的，不是這些年代古老的文物，而是一座座精美的動物雕像，佇立在黃金刻成的王者側邊，以對稱的型態望向彼此。這是獵豹的雕像，雖然上面漆的色彩已經斑駁，但那優美的形態及流線的弧度，他再熟悉不過！

此時，凱斯彷彿聽到了一個聲音在呼喚他，這個陌生的語言、陌生的聲音。但不知為何他居然聽得懂，也感覺到這聲音不是從耳朵傳進去，而是直接穿透他的腦波，與靈魂對話。

「嘉布塔斯，你終於來了！我已經等你很久了。」

凱斯循著聲音繼續前進，洞窟滲水不斷滴落在傷口處，微酸的水使他感覺更加疼痛了。終於，前方出現一處小小的水塘，水面隱隱透著一絲光亮，原來是側邊有個洞口，使外頭的月光流瀉了進來。池水晶瑩澄澈，他望著水面，才發現與自己對話的聲音，來自於池中的倒影，波光中那隻獵豹眼中閃爍著磷光，讓人感覺到一股寒顫。

嘉布塔斯？這名字對凱斯而言十分陌生，倒影中的那頭獵豹，散發著炯炯有神的目光，彷彿可以透視任何的心靈。凱斯覺得，這種目光和剛剛看到的黃金雕像頗為神似。

「嘉布塔斯，你剛看到的就是你本身，還不明白嗎？」直接傳達到腦波的聲音，又再次呼喚了那名字，但這一次，他有些微震撼的感覺。凱斯忽然很想跟這聲音溝通，而令人驚訝的是，他聽到了自已的心聲。

「為什麼？剛才我看到的是我本身。嘉布塔斯？又是誰。」凱斯心中發出許多疑問。「嘉布塔斯是這塊土地古老年代時，神賜與伴隨在王者身邊輔佐的使者。他以獵豹的姿態出現，但是經過了許多年代更迭，許多野心勃勃的統治者，嘉布塔斯的聲音逐漸不受重視。雖然多是以獵豹及宮廷寵物的姿態在王者身邊，但無法感受到力量的庸主越來越多。」

「歷經了這麼漫長的歲月，嘉布塔斯逐漸消失了。直到今天，嘉布塔斯再次出現，因為有著必須完成的任務，以及許多來自未來的指引。其實，就是你。」

凱斯聽來似懂非懂，如果照水中倒影的敘述，那似乎是一種神祕的誕生。問題是，他感覺到自己跟一般生物沒什麼不同。如果真的有神的力量，他不太想當什麼嘉布塔斯，他想要有親情的陪伴，為什麼，在神所在的土地所允許的狀況下，他接連地失去至親及姊妹，被迫孤獨地活在這世界上呢。

「我知道你在想什麼。」水中的自己忽然這麼說，把凱斯嚇一跳，似乎是他的心聲都可以直接透過腦波傳導，毫無溝通的間隙。

「繆加還活著！如果你想找到她，必須答應身為嘉布塔斯該做的事情。」

凱斯聽到，心情為之一振！沒想到繆加還活著，她在哪裡？她是否也在焦急地找可憐、無助的弟弟呢。

「我不能告訴你繆加在哪裡，只能提示你她還好好地活著，這部分必須保密，因為這是你命運的一部分，在這個階段，你必須對她的情況毫不知情。否則，會影響你的天命。我的指示會接連到來，到時你就會知道該怎麼做了！」

去他的天命，凱斯現在才不想管這些，他只急於知道繆加的下落。向水面撲了過去，但是一陣水花飛濺後，看到的只有自己原來的倒影，那個對話的聲音也消失了。大量的失血使他憔悴，感覺到傷口的疼痛再度襲來，彷彿被抽去筋骨般癱軟在水池旁，任由意識漸漸遠去。

再次醒來時，已經是黎明時分了，他出現在一片荒地中，感覺到身體彷彿不是自己的。前腳無法著地，身體也變得相當沉重，找不到可以像以往自由奔馳的感覺，他檢視全身，四肢變得跟上次用黑色長管擊中自己的生物一樣！

是人類，他變成人類了嗎？凱斯看著此時現身的荒地，是一個奇妙的圓圈，中間是光禿禿的一塊，旁邊卻長滿茂盛的草地。當地人管這種現象叫仙女圈，它的形成過程瞬息變化，讓人無法掌握。凱斯沉浸在種種困惑及未知的命運轉角，待他一回神，才發現光禿禿的小塊荒地已經消失了，再度被雜草覆蓋過去。

他已無力思考這一切，急於尋找水源地，已經好一陣子沒喝水了，或許也為了看清楚自己的樣貌。他摸了摸這陌生了臉頰，感覺到額骨、眉弓的菱角、高挺的鼻樑，這一些觸感都相當新鮮。

更奇妙的是，傷口已經消失了，難道，隨著新生的身體，傷口也已經癒合或是轉移了嗎？想到之前崩裂般的灼燒感，至少他現在不再感覺到痛苦。而且他發現，這類似前爪的肢體可以更自由地活動，可以握拳，也可以抓住東西，是全新的體驗。美中不足的是兩腿無法再像從前那樣奔馳，他還在習慣運用它們的感覺，眼前似乎想要踩穩著走也不是容易的事。

凱斯終於找到了一處水塘，雙腳跪地就是一番痛飲，並用不熟練的雙手鞠起冰涼的水清洗臉龐，他這才從倒影中看清楚自己的樣貌。如果以人類的觀點來看，這是一個相當俊朗的青年相貌，眼睛深邃，看得出他從前還是獵豹時，那代表性深色淚溝的特徵。只是尚未理過的鬍子爬滿了面頰，凱斯摸了摸鬍子，感覺到有種想把它除去的衝動。忽然，方才那聲音又再次傳進了腦中，他感覺到水面漣漪，知道那倒影已經不是自己了。

「嘉布塔斯，你看到了嗎？這就是你目前的模樣。」水中的倒影，再次變幻成熟悉的樣子，懾人的目光直透進凱斯的心底。

「你所見到的倒影是你本來的面貌，但是嘉布塔斯須融入人類社會，這一切賦予了你人類的本能，以及語言能力。你可以理解各方的語言，因為你不是用以往的經驗學習，而是直接解讀對方的詞彙。」

「為什麼我需要這樣的能力？所以我現在可以直接與人類對話？」凱斯不太理解這種神祕的力量是從哪來的，但他的確感覺到，他現在可以輕易地說各國的語言。從西非小國或各部落幾百種方言，到萬物之間彼此傳遞的訊息，彷彿都能感應自如。

「我接下來到底要做些什麼？還有我的肚子很餓！人類都吃些什麼，野兔？田鼠？可是我現在這副身體根本跑不動！」凱斯抗議道。

「首先，你得先穿件衣服，把自己整理得像個樣子，還有不能再吃生食，因為血淋淋的肉會把周圍人嚇壞，你要融入正常人類的生活。」「另外告訴你，你再往前走個幾百呎，會有一個舊倉庫，有些可以穿的衣物。你也可以找到小刀將鬍子刮掉，然後收在身上藏好，之後可能會用上，那裡還有一些乾糧，放在身上以備不時之需。這些你到時候自然就會遵循本能達成，我也會再給你指示，現在先用這池清水把身體洗一洗吧！」

此時水中倒影又再度變回那陌生的人類面孔，他忍不住多瞧了幾眼，看到自己光溜溜的身體時，居然也像當初伊甸園亞當及夏娃般產生了羞恥感。他急於找遮蔽物，也想把那濃密鬍子剃掉，就洗滌一番準備出發了。

凱斯走了幾百呎，終於抵達了那個小倉庫。裡頭空無一人，幾個箱子上蓋住的帆布積了厚厚的塵埃，他努力翻找，總算找到幾件舊衣和鞋褲。凱斯穿上了衣服，感覺尺寸小了點，他現在的身高將近六英尺，不過也只能湊合著用。也不知道為什麼，他覺得這些再理所當然不過，似乎不太需要摸索及適應的樣子。

另外他找到了一把小刀，剃了自己那捲曲細軟的鬍子後，就隨手抓了一只皮袋往裡頭塞，角落處似乎有一團團東西被塑膠包住。上前察看後，原來是某種動物的腐肉，早已爬滿了蛆和蒼蠅，這熟悉的畫面令人作嘔，他快速打包行李離開這間庫房。

第四章　肆虐的病毒

凱斯來到一個小小的城鎮，路上卡車塞滿了各種補給用的貨物，他一聽到居民的交談聲，本能的反應出這是一種混合的地方方言——愛羅語，腦海也立刻聯結出這個小地方在漫長的歲月前所經歷的浩劫。內戰不止、糧食危機、傳染疾病肆虐等，這些畫面就像親歷其境一般，如果這是莫名被賜與的天賦，對凱斯而言反而感到沉重不堪。此時，一個大約十來歲的孩子，正嬉鬧著捕捉逃跑的蟋蟀，他眼神好奇地追逐著男孩，卻看見了一條蛇虎視眈眈看著和他同樣的方向，舌尖不斷地吐信代表著已經鎖定了目標。

他立刻撲向了那男孩，男孩嚇了一跳，慌忙往籬笆的方向跑走了，凱斯拍了拍滿身的沙塵，咒罵了多管閒事的自己，這才發現手上多了兩個鮮紅色的齒痕。他感到頭部開始暈眩，緊接著全身無法動彈，失去了意識。

昏沉中凱斯做了一個奇妙的夢，一個渾身爬滿各種毒蛇的少女，容貌美艷且妖嬌，眼神勾人且撩情，在她前方有一隻凶惡的獵豹，咧開嘴巴露出滿排利齒，拱起身體步向少女。忽然少女眼神迸射出懾人的凶光，隨即上百條毒蛇噴向獵豹，在一片血肉模糊的混戰中，凱斯驚醒了！此時他躺在一個奇怪的軟墊上，周遭人來人往，哀號聲不絕於耳，空氣中滿佈著鐵鏽般地血腥味及消毒水味，有如人間煉獄！

「先生，剛剛你昏到在路上，恰巧被幾個村民看到，你該萬分慶幸你昏倒的地方剛好在醫院旁邊！在這裡並沒幾家醫院！」一位中年的修女大聲對凱斯解釋，其實與其說解釋更像嘶吼，因為就算她這麼大聲凱斯還是聽不清楚她講的話，周圍實在太吵雜了。凱斯冷靜了下來，向修女要了杯水，她拿來一個鐵罐般地容器放在桌上就離開了。只見杯底有許多混合的沉澱物，凱斯沒想太多一飲而盡，但伴隨來的是一種腐蝕金屬味，令人作嘔。

他衝進了醫院簡陋的廁所，看著鏡子，那張臉龐此刻顯得憔悴。凱斯內心呼喚著那聲音，果然不久後，他知道他來了，鏡子裡的那個影像已經不是自己了。「嘉布塔斯，這是你第一個考驗，你要揪出隱藏在這個區域的敵人——茹菌。」

「茹菌？那是什麼？」凱斯疑惑地皺眉。

「它自千百年前就存在了，是一種古生物的詛咒，可能是病毒、戰火、獨裁者、生化武器等，千變萬化，難以捉摸。剛剛你做的夢是遙遠的時代，獵豹曾經是王者身邊的守護者，也是一種進言的角色。而蛇是一種王權象徵，但他也可能會吞噬著這世間的真理至言，如果在茹菌的助長下，他反而是會侵害著世界。現在那條蛇給你的就是一個警示，只要你能度過這次的難關，你就能戰勝這一波的茹菌。」

「這一波的茹菌？所以還會有嗎？它是永無止盡的存在？」凱斯感到無力，彷彿血液裡就存在著對蛇的警懼。

「你現在所在的這間醫院，滿住著最近爆發疫情的病人。這波疫情如果沒有控制，幾乎會導致這個地區人口滅絕，甚至可能擴散到更外圍的區域，人們現在還不知道它的嚴重性。只當它是一種瘧疾或流行病。你要揪出引發這次的茹菌，將疫情控制住。」

「可是我對這種疾病一點都不了解，老實說，我也是從幾小時前才開始認識這副身體……」鏡中倒影靜靜看著凱斯，沒有再說話，凱斯很快發現，那影像已經離開了。

他回到了病床，看到許多病人在痛苦地哀嚎，打了嗎啡都無法起作用。有部分的人身上長了許多的膿包，流出濃稠的黃綠色帶血汁液，發出陣陣的惡臭，究竟是醫院還是地獄已經分不清楚。

他鎖定了一個護士，打算瞭解一下現場情況。「嘿，我想問一下，這裡的病人，多數是得了什麼疾病？」凱斯講完，注意到原本背對他的護士不耐煩地轉頭過來，不過護士在仔細端詳過他後，眼神變得溫柔許多。

凱斯現在的模樣是個年輕俊俏的小夥子，在這間滿布傷病的醫院顯得相當醒目，她於是轉變語氣俏皮地說：「你怎麼沒先詢問自己的病況，反倒是先關心其他人起來？看來你應該是已經沒事囉？」護士發現到這可能是她這幾天僅有一次的笑容，多久沒有過了？她想。

「我們現在還無法釐清這是什麼疾病，一開始症狀和熱病很相似。但是後來發現他們身體會不斷長出膿包，如果在上面敷藥只會疼痛不止，然後慢慢地器官衰竭死去，我們能做的就是儘量用嗎啡減緩他們的痛楚，但可能連這點成效都相當有限。最近已經將樣本送去檢驗，可是相關單位都還無法釐清出那是什麼樣的病毒？當然也很難對症下藥。」

此時凱斯看到一個痛苦的婦人，注意到她不停地喊著一個單字，仔細聽那婦人不斷以愛羅語呢喃的單字是：「那羅米希！那羅米希！請求您的寬恕。」

他走近那個婦人，想詢問她一直呢喃的那羅米希是什麼意思。婦人床邊有張矮凳子，凱斯就坐了上去，婦人被這突然的行為嚇到，他趕緊表示自己並無惡意，並且用愛羅語噓寒問暖，婦人才平靜了下來。

待可以正常交談時，她回答凱斯那羅米希是一條靠近村子樹叢的小河，幾個月以前這小河就被許多蛇以及爬蟲類佔據，流經的土壤都不能種植作物，河邊受到詛咒的傳言就此蔓延開來。凱斯心想，這是非洲典型的惡靈傳說，這種恐懼不能解救村人的性命，如果實際上真的是茹菌作怪，他一定要來親自勘查一番搞清楚怎麼回事。

凱斯並非專業醫療人員，他憑著直覺應該要從大自然裡尋找答案，但他知道自己需要幫手，只能求助剛才那位護士。護士娜坦利聽完凱斯的請求，覺得他有這股熱忱令她十分感動，於是答應幫忙。他們準備簡易的醫藥箱與必要的物品，就往那羅米希河所在的雨林出發。

一路上，娜坦利不斷好奇地詢問凱斯許多問題，從為何想探究這疾病來源，到背景來歷等，凱斯面對如湧泉般的提問只能支拙其辭。此時，他們終於看到了婦人口中所說的那羅米希河，發現當地長了很多特殊的蕨類，凱斯拔起其中一株放在舌頭上嘗試，上面布滿了奇怪的孢菌。因為他從前喜歡觀察各種野生的植物，或是在等待母親狩獵回來時亂吃一些蕈類，還有幾次差點中毒，所以對這有些瞭解。

他問娜坦利，這些菌類長在這條河邊是否正常，娜坦莉對這一帶也不熟，活動範圍僅止於醫院周遭。他們只好將這些情形拍照記錄起來，繼續沿著上游前進。

「這裡有個廢棄的瓶子！」娜坦利忽然大聲說道，凱斯直覺不對勁，正要制止時，她已將瓶子拿起，瞬間一股奇異的氣體流洩出來。他快速地將娜坦利推入一旁樹叢，自己摀住口鼻把瓶子踢向一邊，瓶身順著坡地噗通一聲沒入了水中，連個漣漪都沒有。

此時奇妙的事情發生了，瓶身慢慢浮出水面，周遭出現了許多的水苔。而旁邊近一尺的河岸，又多了幾叢的蕨類，並且長出許多孢菌，有些還漂浮於空中，隨著風慢慢地沒入雨林。這一切，就在這短短時間內發生在他們眼前。

娜坦利揉揉眼睛，確認自己並沒看錯，凱斯則從水面撈起瓶子仔細端詳。「危險，你還敢拿起來！」她緊張地大叫，凱斯冷冷地看了她一眼，回答道：「瓶子的東西早就揮發掉了，剛剛最危險的時候是妳毫無警覺把它拿起來，也太大意了吧！」

「不過，多虧妳剛剛幹的好事，我發現這小小的瓶子跟這裡發生的事情，有必要性的關聯！」娜坦利一點都沒把凱斯的話聽進去，她只覺得凱斯在責怪她的粗心大意。「誰會想到這種瓶子會被扔棄在毫無人煙的溪河邊，我還在想會不會是附近軍營遺留下來的補給品呢！」

凱斯從這番話中想到了重點。的確，是什麼人在這種人煙稀渺的地方放置這種玩意兒。他看著水面上的青苔，此時在暮色漸濃下，與河邊的蕨類映照出一種令人作嘔的藍綠色澤，這種顏色不太會出現在正常的自然生態體系，特別是這種茂密的雨林內。

雖然他很想再繼續進行，但是娜坦利似乎已經很累了。他們在河邊一處較乾淨的泥地上搭了一個簡單的營帳，這裡雖然白天時溫度高到可以在石塊上燙熟一顆雞蛋，但是入夜後氣溫馬上驟降。凱斯窩在篝火旁，看著身邊的娜坦利早已進入夢鄉。

第五章　跨國企業

布瓦鎮的居民現在有了新的煩惱。沿著那羅米希河流域原本擁有著綿密的生態系及豐富資源，現在卻有家名為科契亞的跨國企業，在當地種植各種經濟作物，咖啡、可可豆、棉花等，砍伐許多林木增加農地，也縮減了土地年限。今年隨著地力的過度開發農產品產出大幅銳減，咖啡豆及可可的品質也極度不穩定，於是科契亞成立新的農技公司，研發了一種新的農藥——「孟美」。

孟美可以改變土地的酸鹼值，使原本貧乏的地力恢復，只不過這種恢復不是真正的恢復。它只是暫時改變土壤狀態，讓作物強迫生長，雖然增加了許多單位面積的產量，卻對土地帶來可怕的後果。孟美無法分解也無法被水稀釋，透過每場大雨，不斷流入了周圍的那羅米希河流域。

凱斯昨夜嗅到風中飄來淡淡的煤油味，清晨他獨自循著這股氣味，來到附近一間倉庫，屋外的廢棄發電機應該就是氣味的來源。他進屋後赫然看到一堆死老鼠，凱斯拎起其中一隻鼠屍仔細查看，發現老鼠呈現藍綠色的死斑，和河水顏色相似。地上的瓶子碎成一堆玻璃片，其中一個碎片標籤紙上印著一堆英文字體，凱斯看到其中一個單字：塔里塔庫，看來只能從這裡追查起了。

空氣中散發的刺鼻味幾乎蓋住了身體每寸氣孔，逼人窒息，但凱斯無法解釋自己怎麼平安無事。他慶幸沒帶著娜坦利來，否則在這滅人的空氣中恐怕凶多吉少！現在，他準備回去喚醒娜坦利，再一起進行下一步－進村調查！

他們走了足足一里的路，終於看到村莊，這應該就是布瓦鎮了。路上架了一個檢查哨似的亭子，卻空無一人，他們通過哨站走到了村裡，想詢問當地的村民。可能這裡常常有外國人進出，居民對外人來訪似乎不怎麼感興趣，顯得相當冷漠。終於詢問到一個較為熱心的婦人，她聽了凱斯說明來意後，徐徐道來這段時間發生的事。原來，凱斯看到的玻璃碎片上的塔里塔庫，就是科契亞所成立的農技公司。

科契亞在當地以低於市場的價格大量收購農產品，還有一些珍貴的木材等，塔里塔庫則研究農藥及化肥的改良。孟美的出現的確暫時使作物及收入增加了，卻帶來很多副作用，居民開始發現河邊長出很多異常的藻類及蕨類，以及凱斯他們所看到飄浮在河上的藍綠色物質，這已經引起了無法想像的生物反應。河邊聚集了很多爬蟲生物還有鼠類，這些鼠類經常光顧村裡的倉庫還有田地，造成農民困擾。另外，此地患上怪病的人越來越多，症狀差不多就是凱斯他們在醫院看到的那樣。他們決定探訪這些染病的村民看是否能提供幫助。

娜坦利此行帶了一些醫院裡的血清，那是從這一波疫情少數痊癒的病人身上採集並分離處理過的，雖然不清楚管不管用。她打開了隨身攜帶的氮氣保冷箱，霧氣在滯悶的空氣中化成一縷煙霧。他們到了每個病患家裡都發現當地人對於這種疾病的處理方式幾乎一致，給病人擦身、放血，但是這一點都不管用，反而加重了痛苦。

凱斯感覺再一次來到人間煉獄！他看著娜坦利熟練的動作，唯一能做的只有壓住那些病患手臂，避免他們將針頭弄斷以及傷到專心的娜坦利。此時，一個孩童忽然哭哭啼啼朝他們奔過來，因為他們正在醫治的是他的母親，孩童看到那尖銳的針頭，以為這些不速之客要傷害媽媽，迎面就撞上了娜坦利，針頭輕滑過她的手臂，流出了淡淡的血。

她頓時腦中一片空白，安靜地退到一旁，用漂白消毒水清理傷口，但她知道假如這個病毒真的可以透過血液感染，這樣做已經於事無補了。凱斯此時將男童拎到一旁安撫他，並沒注意到角落面有異色的娜坦利。

「怎麼了嗎？是否被剛剛那孩童嚇到，我已經跟他解釋了，我想那孩子應該知道我們不是在傷害他母親。」凱斯終於發現娜坦利臉色不太對勁，以為她只是太過疲勞，於是將水壺遞給她，她搖頭婉拒了。本來也可以馬上給自己注射血清，但是畢竟現場能多救一個是一個，娜坦利想說反正回到醫院，再注射也來得及。其實，他們也不確定血清是否管用。

回程途中，凱斯注意到娜坦利變得十分安靜，到醫院後她匆匆返回宿舍就沒再回護理站了。凱斯發現她遺落了皮夾，於是來到了宿舍，將皮夾放在床邊的櫥櫃上。此時才注意到娜坦利手上包裹著布，他偷偷拆開來，發現了針頭劃過的傷口，終於知道她異常安靜的原因，一股巨大的落寞湧現心頭。他衝進浴室對鏡吶喊，希望那一個嘉布塔斯可以出現，並告訴他茹菌到底是什麼？可惜只有來自長廊盡頭的回音，沒有任何期待的奇蹟出現。

第六章　活著的勇氣

娜坦利昏迷很久，醒了後發現凱斯坐在旁邊的木椅上睡著了。她想起自己意外的遭遇，卻很寬心凱斯陪在身邊。此刻凱斯也醒了，看著她的眼神充滿擔憂。「妳是不是被針頭劃到了手臂，我一路上發現妳不太對勁。後來，我看到妳包裹的紗布，忍不住好奇打開來，看到那血痕就猜到了。」

她嘆一口氣，把紗布打開來看著那血痕，感到萬分絕望。忽然凱斯把她手抬了起來，將嘴唇按上去將傷口滲出的血吸出。娜坦利被這突如其來的舉止嚇到，急忙甩開了手大吼：「你知道你在做什麼嗎？為什麼要做這種危險的事情！你也想被感染嗎？」

凱斯看著她冷靜地說：「我知道，其實我跟我的姊姊以前受傷時也是這樣互相療傷，這沒什麼。這病毒又不一定透過血液感染，而且我這麼做以後也跟妳置入一樣的處境，妳不會孤單面對這一切，我們一起來解決它！好嗎？」娜坦利不可思議地看著凱斯，頓時感動不已，但又很擔心他們兩個未來的處境。凱斯卻在心頭堅定了一種信念，他想藉此迎戰那所謂的茹菌，如果真的有嘉布塔斯的命運引導，那他深信自己不會有事。

其實血清的試用僅僅在這短短一周內，因為這個病情爆發地突然，在未造成大幅感染的情況下，能投入的資源有限。娜坦利只有在醫院給幾個病患注射過，但還是無奈地看著多數人掙扎死去。現在他們比較關心布瓦鎮那些注射過血清的村民是否能度過這次危機，因為他們症狀並沒有醫院的病患嚴重。

娜坦利抱著一絲希望，也擔心自己是否已感染，潛伏期多久？而凱斯卻如往常般，喝著剛煮好的咖啡，在這裡已經算很奢侈的事了，因為他們偷偷混入醫院研究室。這裡已經閒置已久，跟外面簡陋的鐵皮相比，卻是嶄新舒適許多。

門忽然推開，一位和藹的中年醫生走進來，看到了凱斯他們十分吃驚，娜坦利趕緊報上自己是這裡的護理長。「我是派駐來這裡的研究主持人艾瑞斯，希望沒有嚇到你們。」醫生禮貌地自我介紹，凱斯覺得眼前的人看起來很是親切，於是放下了戒心。

「我本來在日內瓦做研究，因為最近收到通報的案例，我們怕跟東非這波疫情有關，所以來探查此地的狀況。」艾瑞斯醫生說起話來慢條斯理，他對於凱斯和娜坦利在布瓦鎮做的調查特別關心，也看了他們寫下的報告。娜坦利正猶豫是否要告訴醫師她有被針頭劃到的事情，但凱斯已經開口了：「醫生，我們倆有疑似被病人的血液接觸到，雖然不知潛伏期有多長，但可以給我們做個抗體測試嗎？」

艾瑞斯聽聞後沉思半晌，回答道：「雖然我們尚未證實感染途徑，但是體液傳染的可能性相當高。只是這種病的潛伏期應該要兩到三天，甚至更久，不過我可以先為你們檢查。」幾天後結果出爐，他們兩個都沒有抗體反應！

娜坦利感到如釋重負，但現在可能還沒過真正的潛伏期，凱斯認為眼前還是趕快去布瓦鎮看村民的情況，艾瑞斯醫生也決定前往。他們再次抵達布瓦鎮時，氣氛似乎不太一樣，再走近後，很多孩子跑出來向他們丟石頭，村民也紛紛出來，對著他們咒罵。娜坦利不明白是怎麼回事，怎麼才過個幾天，居民的態度差這麼多！凱斯卻知道了，他們用愛羅語咒罵的是什麼意思：撒旦！他隱約聞到很多腐屍的氣味，不用再進去也清楚了：之前注射血清的那些居民全都死了！現在事情的進展更加棘手。

回去醫院後，凱斯感到相當沮喪，體內那個懦弱的靈魂又重新佔據了內心。每天閉上眼，他不斷想起和家人一起在草原上嬉戲的時光，現在這景象已經非常遙遠了。

隨著時間他對這副身體就愈加熟悉，嘉布塔斯賦予他超乎常人的學習能力，但他卻逐漸忘記奔馳的感覺，爪子陷在草地的觸感。那尚未成熟的心靈對這未知的一切感到恐懼，他想逃走，想放開這一切！可是，如果逃離嘉布塔斯的命運，神是不是會詛咒他再也找不到繆加？他也想到如今脆弱的娜坦利，以及那些無助的病人，一股湧上的力量拖住了原先逃避的想法。

隔日一早，艾瑞斯醫生例行性地巡視病房，他們暫且將這波感染以DB代稱，血清及疫苗的使用根據目前的統計還是沒辦法有效降低死亡率，至少以布瓦鎮來看就是血淋淋的例子。不過在醫院，他們適時給予這些病人輸血、點滴等醫療照護，似乎延緩了病情，但還是接二連三有人死去。凱斯忽然發現從早上到現在都沒有聽到娜坦利宏亮的聲音，他記得她總是早起的。

他走進娜坦利的房間，靠近床邊時，才發現她緊裹著棉被發抖，床單浸濕了一大片。他趕緊摸了摸娜坦利的額頭，才發現燒得很厲害！凱斯立刻將她抱起衝往病房，艾瑞斯醫生也嚇到了，他們將娜坦利放在較為乾淨的病床上，此時她已經昏昏沉沉，甚至連開口都很困難。凱斯看到昨天還好端端的人忽然如此惡化，感到相當難過，於是輕輕握住那冰冷顫抖的手，希望給予她一點溫暖。娜坦利眼角緩緩淌出了淚滴，想起那天凱斯說要跟她一起面對這一切，現在內心卻相當慶幸，他不用陪自己一起經歷這種痛苦。

娜坦利持續地發燒。醫生只能不斷地更換點滴，凱斯想著那幾天的情景，如果是那次劃傷造成娜坦利感染，那他後來也有接觸同樣的血液。於是他請艾瑞斯醫生再次幫他抽血檢驗，此時終於發現有微量的抗體反應，但凱斯到現在都還沒有任何症狀，照理說潛伏期應該已經過了。

「是否可以先用我的血液做成血清，然後先幫娜坦利注射呢？」凱斯詢問，艾瑞斯醫生搖搖頭。「現在我還不能證實你已經過了潛伏期，也不知道你的血漿是否真的可以用，另外就算要做血清，我們這間醫院的設備也不足。」艾瑞斯無奈地說。

他焦急地看著虛弱的娜坦利。她開始急促呼吸，凱斯只能不斷幫她敷著冰袋，一面期待度過了今晚，奇蹟可以隨著黎明出現。

此刻娜坦利身上開始出現了膿泡，渾身失去知覺，只有眼淚浸濕了面頰。她不想讓人看到自己這副樣子，而疾病伴隨的出血症狀，卻讓她體力漸漸耗盡，亟需輸血。凱斯再也受不了這漫長的等待，他站起來走向艾瑞斯醫生，將隨身帶的那把小刀抵住了他，醫生卻異常冷靜，充滿無奈地看向凱斯。「如果你再不為她輸血，我會用這刀把自己的手腕切開，用我的血來餵她！」凱斯激動地說道，握刀的手也顫抖不止。

艾瑞斯醫生聽罷，默默將刀子推開，他站起身請凱斯準備抽血。以娜坦利目前的情形，他們只能將所有辦法都用盡，反正情況也不能再更糟了！娜坦利的眼淚已經流乾，現在眼角滲出的是淡紅色的液體，凱斯握住她的手說：「別怕！待會妳身上會流著我的血液，我要把能量傳給妳，一定要撐過來！」

她掙扎著想甩開凱斯的手，因為膿包破皮帶血的汁液已經流入凱斯的掌心，但他卻握得更緊了。「好溫暖啊！」此時一股暖流緩緩注入，娜坦利不知不覺就睡去了。

夜深時，凱斯感到手一陣觸動就驚醒了。看到的是娜坦利微笑地看著他，凱斯感到很高興！雖然膿包已經化成黃綠色了，但她精神像是好上許多。「凱斯，雖然我到現在仍然不知道你是從哪裡來，你的過去，還有家人。如果可以真想多了解你一些，有著一顆善良心腸的你，不知不覺間，在我心中佔據了重要的位子。」娜坦利說著便將凱斯的手放在她的胸口，凱斯也發現這段日子以來，自己不知為何總放不下這女孩。看著沉默的凱斯，娜坦利嘆了一口氣：「我有點累了，或許我再休息一下就會好轉也說不定，如果我真的奇蹟地撐過去，你可以答應一直陪在我身邊嗎？」

「當然可以，只要妳康復起來。」凱斯溫柔地看著她，卻透著隱隱的哀傷，娜坦利卻笑得很甜，這是凱斯看過她最有女人味的表情。

「幫我拿杯水好嗎？我好像好點了！現在口渴得厲害呢！」說罷她重新躺回床上，凱斯認為她可能真的好多了，立刻起身去裝水。等他回來時，娜坦利側向另一邊，他喚了幾聲，卻是毫無反應。凱斯於是把她側躺的身體翻平，這才看到娜坦利的面色蒼白，毫無血色，身體的餘溫也慢慢褪去。

他幾乎無法置信，不斷地輕搖著娜坦利，希望她只是睡得太沉了，但娜坦利的確再也沒醒過來。若干個月前，他也是這樣看著母親淌著血的屍體，血跡斑斑的皮肉中印著獅子獠牙的痕跡。這段沉入內心的記憶，就在那一瞬間，再度浮現腦海。

第七章　消失在甘蔗工廠的男人

第一道曙光來得很早，對凱斯而言卻是長夜漫漫，他開始質疑嘉布塔斯的一切，也疑惑是否跟自己有關的人事物都會遭遇不幸。如今只能懷抱著希望，在遙遠彼端的繆加仍在等他重逢。此時有人敲了房門，門一打開正是艾瑞斯醫生，手裡端著兩杯熱騰騰的咖啡。

凱斯接過了咖啡，啜飲了一口，只覺得比往常還要苦。艾瑞斯以充滿理解的眼神望著他，凱斯覺得眼前這位朋友總是如此善解人意，不過此刻卻也猜到了他的來意。「我知道你想了解那一天的詳細情形，可是我和娜坦利是一起行動，沿途經過的地方都一樣。我甚至有直接接觸她的血液，可是真的不太清楚為何我沒有發病。」凱斯的回答感覺有點無力。

「這些過程我都聽你陳述過，不過我好奇的是，你不是這間病院的工作人員，為何會和娜坦利一起去疫區勘查，是什麼原因讓你來到這間醫院，你可以和我聊一下嗎？」艾瑞斯皺了皺眉，凱斯也陷入一陣苦思，他想唯一能解釋的只有那時他被蛇咬傷來到醫院的經過。但是當他和醫生緩緩陳述的同時，他們兩個都同時聯想到：蛇！

凱斯想起那羅米希河邊引來許多爬蟲類的情景，難道說蛇和這次的疫情有什麼關係嗎？醫生詢問凱斯被哪種蛇咬傷，他已不太記得了，而且就診時醫院注射的血清此時也找不到紀錄。現在醫生決定要重新檢驗凱斯身上取樣的血液，在娜坦利發病時他只是針對ＤＢ檢測相關的抗體反應，現在則需要詳細的報告。

幾天後送去的取樣詳細報告出爐，他們發現凱斯的血型中有許多異於常人的排列基因組合。除了這部分難以解釋外，也有最初毒蛇咬傷的血液反應和ＤＢ的陽性反應，但他們無法理解凱斯為何沒有發病。醫生覺得毒蛇的血或許起了中和的作用，且有必要釐清是哪種毒蛇咬傷了凱斯，或許從這個源頭追蹤起，就有機會解決ＤＢ的感染危機，凱斯也同意再度走訪那羅米希河。

河水在太陽的照射下呈現出腐敗般的藍綠色，凱斯沿路看著蕈株，稍微拈了一點放在舌尖上，和先前嚐起來的感覺有些微的變化。此時，河邊聚集很多爬蟲類，數量密集到令人不敢置信。艾瑞斯大致記錄了這些蛇的品種，決定回去比對血清，好理解凱斯是否因為這種抗體免疫。凱斯回想那時診間一團亂，以致於他當時並沒有注意到這些。

但此次再訪那羅米希河後，凱斯卻有了不同的想法。「你現在是朝毒蛇血清的方面思考嗎？我覺得，還有別的可能性，因為我發現那些蛇是被河邊改變後的生態吸引過去的，似乎跟這次的感染沒有直接相關。還有，我們是不是應該去探訪源頭公司——塔里塔庫！」凱斯說完，艾瑞斯醫生也同意他的看法，他們的確該從各種可能的方向著手。

塔里塔庫在喀科拉村的廠區今天相當忙碌，大夥忙著採收甘蔗，在廠區鐵皮屋外的籬笆圍欄倚靠著一位年輕男子，有著一頭褐金捲髮及小麥膚色。「夏曲，你今天不會又把酒窖清空了吧！」工廠的人拍著他的肩膀笑著說。

夏曲是在七月時出現在喀科拉村廠區，他穿著白襯衫及牛仔褲，操著一口帶有外地腔調的英語。儘管工廠的人都不知道這位陌生夥伴的來歷，但夏曲爽朗的個性很自然就跟大夥打成了一片。現在他正在廚房，忙著烤新鮮的羊肩肉，幾分鐘後，桌上堆滿了滋滋作響的肉排以及剛出爐的麵包，廠區頓時香味四溢。

凱斯和醫生循著村人的指示，來到了廠區附近。沿路的顛簸路況讓凱斯吃足了苦頭，他們剛好搭上順路來此的貨車，車上貨物擠得凱斯沒辦法找到舒適的坐姿，到了目的地時，他已經覺得胃翻攪得厲害，還好眼前這片寬廣的甘蔗園頓時讓他舒心不少，儘管知道這是由多少血汗累積起來的。凱斯不明白為何會了解這些，這陣子他的腦袋總是被迫去理解很多自己無法想像的事。

他們剛好遇到端著紅茶的夏曲，一不留神就撞上了凱斯，紅茶潑得他滿身濕透。凱斯不滿地瞪向那位冒失鬼，夏曲抓抓頭，微笑地賠不是，艾瑞斯醫生連忙請人拿出毛巾幫忙擦乾。

「我們這裡只是塔里塔庫其中一個甘蔗工廠，外面摘採的甘蔗會直接進來這裡做處理，然後再分批送到總廠。有時我們會在這裡製作蔗糖，因為有簡單的設備，可是如果是農藥或是一些改良技術、器具，都是總公司統一寄來的，我們並不是很清楚詳細的流程。」廠房的負責人面有難色，凱斯想到當初他們本想直接去找塔里塔庫的農藥來源，但是因為居民提及他們生產甘蔗的據點就在附近，只好先順路來一探究竟。

凱斯發現廠區有些地方是封閉起來不對外開放的，他要求走訪整個廠區，卻被負責人婉拒了，因為這牽涉商業機密。情況是可以理解，只是艾瑞斯示意凱斯，如果不能看到工廠的全貌，他們這趟就等於徒勞無功。

整個情況陷入僵局，此時夏曲熱情地邀請他們吃個晚餐。凱斯發現這個乍看之下不修邊幅的男子，長相倒是有幾分秀氣，如果梳洗一番應該是個俊美的青年。可惜他似乎覺得蓬頭垢面是一種不拘的生活態度，頗能滿足。

晚餐桌上擺滿豐富的佳餚，凱斯看到那烤得香噴噴的肋排，忍不住大快朵頤起來。艾瑞斯則是要了一罐啤酒，以及一支菸，夏曲笑得開懷拿來了酒和菸，一邊詢問他們的來意。當醫生講明他們的目的後，希望夏曲幫忙帶他們去看那些未開放的廠區，夏曲居然爽快同意了，他們都很驚訝，以為會吃閉門羹。

但是夏曲已經站了起來，並且示意兩人跟著他走，因為他知道此時工人已經聚集在另一邊倉庫打牌、喝酒，沒人會知道此時他們在做什麼。這是個良好的時機，凱斯和艾瑞斯醫生點點頭，馬上跟上他的腳步。

沿著走道的光線越來越陰暗，他們經過一間庫房，上面的鎖頭相當新，和剛才經過的其他倉庫相比，應是經常維護跟出入，門口的灰塵也沒有積得那麼厚。凱斯聞到了不舒服的氣味，他的嗅覺就像以前一樣靈敏，於是停在了門口。

艾瑞斯發現凱斯沒跟上來，就回頭一望，夏曲也停住了腳步，他笑了笑對凱斯說：「真有你的，我原本不想揭開是哪個倉庫，沒想到瞞不過你。不過要是被他們發現我讓你們進來，我可能飯碗不保了！」。凱斯回答：「我想你應該不缺這飯碗吧，如果是這樣你為何要帶我們來呢？」

夏曲露出了謎樣的笑容，凱斯幾乎猜不透他內心在想什麼。艾瑞斯醫生急著請夏曲讓他們進去庫房，於是他打開了門，此時一股異味竄出。進去一看，庫房堆了許多甘蔗、穀類、玉米，但卻爬滿了噁心的藻類以及蕈珠，跟那羅米西河看到的幾乎一樣，氣味令人作嘔，奇怪的是卻都沒有腐敗。

艾瑞斯醫生詢問庫房保存這些作物的原因，夏曲聳聳肩將一切娓娓道來。原來，這些作物並沒有真正的腐敗，塔里塔庫發現使用孟美這種藥物後，會使這些作物長出奇特的藻類，空氣中也會漂浮很多菌株，但如果將這些藻類剝除後，清洗一番仍可以利用。於是將大量的收成作物存放於此，再統一以特殊的水洗過濾、烘乾，看起來就有如剛採下的新鮮作物，賣相尚佳。他們大量的傾銷到本地的農戶，這過程只透過少數人經手，大部分的工人及本地人均不知情。

現在他們知道感染已經擴及了農田、水源，更重要的是作物也有傾銷到鄰近的地區，範圍超乎想像。艾瑞斯希望可以寫一份報告公諸於世，並且聯合政府的力量抵制科契亞。夏曲卻表示當局和科契亞的關係緊密，科契亞在本地有許多投資，且和地方官員也有不少金流往來，官商勾結下許多事情只得被銷聲匿跡。夏曲在講述這些事情時，露出了難得的憂愁。凱斯總覺得他先前表現出漫不經心的態度，就像是完美的偽裝。

夜色已深，夏曲於是帶他們來到宿舍休息一晚，其實也只是一間堆滿雜物的普通倉庫。他躺在乾草及報紙揉成的被舖上，示意凱斯可以過去和他挨在一起。「小老弟，見你長得還算俊俏，我可以勉強和你並枕，只是醫生就麻煩你睡另一邊了。」夏曲說完，只見艾瑞斯笑了笑，就走到了角落，隨便將乾草鋪平就躺下來休息。

「嘉布塔斯，你對環境的警覺性還是不夠吧！」

凱斯驚訝地看著夏曲，他沒想到會在此刻聽到這個名字。「你是誰……」他感到心臟幾乎要蹦出胸口。

「我想順便警告你，不要對周遭的人過於輕信，但我話只能點到這裡。因為如果說多了，會改變命運的規則，你只能靠自己去領悟了。」夏曲蠻不在乎地聳了聳肩。

凱斯卻驚訝到說不出話來，等回神時，夏曲已經走出了倉庫門口，許久都沒有再回來。他找遍整個工廠，才意識到夏曲已經消失了行蹤。他憤怒地猛捶地板，痛恨那神祕力量給的指示每次都是如此隱晦，等到親身經歷那些考驗時，都是一次又一次付出了痛苦的代價。

第八章　久旱逢甘霖：是詛咒卻也是禮贈

經歷了前晚奇妙的際遇，凱斯一早精神卻很好，他昨晚睡了個好覺。夏曲離開的早晨，就沒有人會去煎肉排跟準備早餐了，但是一早的生活節奏還是正常運轉。凱斯也沒意識到自己幾乎忘了昨晚震撼的對話，甚至開始淡忘這個人，只依稀記得那一頭褐金捲髮，以及飄忽神祕的眼眸。

醫生已經將前晚看到的那些長了藻類的作物都採了樣，準備要做進一步的菌株培養。「我覺得關鍵在於這些藻類，因為你們看到我的血液有抗體，部分原因可能是我們第一次去現場察看時，我有將這些藻類放在舌尖嘗試。後來第二次我和醫生您一起前往時，我又嚐了一次，當時我發現氣味有些改變，它們似乎隨著環境開始起變化，我想比對這兩次的照片有什麼不同？」凱斯說出了他的想法。

艾瑞斯也點頭贊成，但是他們沒將上次的照片帶在身邊，只能把此趟採樣的結果先帶回實驗室，只是還有另一件奇怪的插曲。今早，工廠的人完全沒提到夏曲失蹤的事情，他的到來和離去有如輕煙拂過般沒留下任何痕跡，凱斯跟艾瑞斯也幾乎忘了曾有這個人。這一天就如往常般，是個普通的豔陽天，他們準備搭上順路經過醫院的載貨卡車離開這個廠區。

一路上司機為了抄捷徑，幾乎開到了自然保護區邊界。凱斯看到了熟悉的畫面，遠處許多蹬羚、斑馬，甚至再遠一點，他依稀看到了幾隻獵豹，看起來應是一家人，他們正在瞰查草原上的動靜。凱斯想起依偎在母親懷裡的日子，也懷念在沙土上盡情打滾的時光，思緒拉回了現實，他知道眼前只能繼續走下去，晦暗不明的未來才有撥雲見日的一天。

他們回到研究室後趕忙比對照片，發現藻類顏色和河邊的相較起來有些微變化。凱斯查覺到即使是河邊的樣本也有著不同的色澤轉變，倉庫內附著在作物上的，是鮮艷的藍綠色澤。而河邊的很多都已經呈現深黯的顏色，氣味也有不同，此時他心中有了大膽的設想。

「我認為第一次和娜坦利前去嚐到的藻類，已經是和河邊生態起過化合作用了。那時嚐起來的味道也和我後來跟醫生您一起去時嘗試的不一樣，之後那次我記得氣味和顏色都和甘蔗工廠倉庫的比較相似，顏色較為鮮豔。」

「也許是你之前嚐的那幾株透過河邊生態化合作用，已經產生了某種類抗體反應，而我們在倉庫看到的可能是新生的藻類，還沒有和周遭環境發生影響。有時大自然會有內部制衡的力量，河邊的相關動植物及環境經過這些蕈藻類的汙染後，可能啟動了某種自動防護的機制，所以才有這種抗體的存在。而這些類抗體剛好可以透過表面的蕈孢被人體吸收進去，所以在你身上才驗出了這些反應。」艾瑞斯醫生也回應了凱斯的觀點。

兩人陷入了沉默，這只是他們的推論，真正結果也要等待這些藻類的化驗報告才可以釐清。如果想要進一步的產生疫苗，勢必還需要更多臨床實驗結果才能支持這個結論，而且他們不知道能不能緊急先使用在危急的病患身上。

近來，雙手沾著膿汁幫病人注射點滴已經是凱斯的生活寫照。許多病患出現嚴重出血和脫水症狀，都需要做緊急處置。凱斯也會用他們來自不同地方的家鄉話安慰他們，有時這種安慰比藥還要有用，畢竟當前他們所能做的，只是減輕病患的痛苦及心理負擔而已。

艾瑞斯醫生位在亞特蘭大的工作室今天早上來了電話，他們發現兩種不同時間採集的藻類，除了呈現不同的顏色外，也有不同的檢驗結果。其中較早期從作物上面採集的樣本，經比對後證實確是和此次ＤＢ感染相同的菌種。

另一個更驚人的發現是，他們驗出後來在河邊採集已經呈現黯色的藻類出現了一種類蛋白的反應，這些類蛋白和凱斯身上驗出的抗體有著相似的結果。這是個令人振奮的發現，雖然他們不知道藻類在河邊生長起了什麼變化，也很難排除凱斯的抗體是否為自體產生，但至少可以著手製作實驗性藥物。因為眼前情況危急，所以他們認為可以先讓較為嚴重的病患嘗試已經化合的藻類以求生機。

另一個難題卻擺在眼前，他們不知道凱斯當時食用的藻類已經和那羅米希河周遭的生態化合到什麼樣的程度。假如沒有產生完全的化合作用，是否會加速病情的惡化？如果真的要產生疫苗，還有很多有待釐清，但是解決眼前燃眉之急才是首要任務。

現在醫院每天都有人死去，他們已經加派人手到河邊採集產生化合的藻類植物，依照艾瑞斯醫生的指示要呈現特定的黯綠色澤，絕對不能採集顏色鮮豔的藻類。凱斯則在醫院待命，將採來的藻類一一給患者服下。雖然忐忑不安，不過除了幾組已經拖到後期的病人還是回天乏術外，多數的病人竟在服下藻類後慢慢好轉，至少出血症狀已經穩定下來。

他們歸類出，這種藻類使用在症狀前期可以減緩病情，但如果是拖到了後期的病人，因為已經器官衰竭，服下藻類或是直接注入點滴都無法得救了。而且這種藻類顏色不易分辨，他們在河邊也花了一番時間尋找，有時也可能混雜了新鮮的菌株，所以釐清重要的元素還是最終開發疫苗的關鍵。

此刻艾瑞斯醫生正努力地打著報告，畢竟這是個令人振奮的結果。雖然未來還有很多尚待努力研究的空間，但至少如今庭院外多了很多病患和家人相聚談笑的畫面。凱斯覺得很欣慰，但他忽然想起了夏曲，逐漸模糊的臉龐，還有和他的對話，卻是怎麼都想不起來他實際說了什麼。

就在陷入沉思時，艾瑞斯醫生端著兩杯咖啡出現在門口。凱斯現在心情很輕鬆，正好想找個人聊聊，不過醫生坐下來後，就和凱斯表示這波疫情控制住以後，他就要回到亞特蘭大繼續之後的研究了，此次前線作業已經告一段落。凱斯瞬間感到很失落，他沒想到分道揚鑣的日子這麼快就到來。現在他們擁抱話別，隔天一早，醫師就打包好了行李，搭上預訂的班機啟程。

第九章　蔓草翩翩起舞

艾瑞斯離開之後，凱斯在醫院頓時失去目標，他漫無目的地隨意搭上一部通往庫巴的貨車，車上除了裝箱好的貨物，還滿載了許多要去上工的年輕人。沿路通過了一望無際的甘蔗田，終於緩緩駛進了另一個村落，許多棕櫚葉蓋上的圓頂小屋出現。這時卡車停靠路邊，司機就和凱斯打了聲招呼，示意他在這裡下車，凱斯看到滿車異樣的眼神投射而來，只好趕緊拎著隨身的舊皮袋下車。

經過長途車程，他感到疲憊不堪，此時映入眼簾的是一間間茅草屋和圍欄。凱斯決定要問一問居民請求借住，他先前到過的幾個地方都不喜歡外來訪客，但是這個名叫卡布的小村，卻非常歡迎凱斯。熱情的村民領著他見過酋長，並決定要辦個晚宴歡迎客人，其實說是晚宴，也就是升起了篝火，村民圍繞著營火歌舞助興罷了，他們還有烤得滋滋作響的野珠雞，凱斯這才發覺他已經飢腸轆轆了。

愉快的旋律流轉在營火間，唱的是一種撒哈拉沙漠以南的當地歌謠，凱斯發現很久以前他們在草原狩獵時，也依稀聽過這旋律，感覺甚是親切。

他坐在禾草堆上喝著村民傳遞的棕櫚酒，此時身旁的人告訴凱斯，這個晚宴的高潮，就是卡布的巫女跳祈福舞，正當大夥酒酣耳熱之際，巫女雷拉拉出現了。她穿著淺紫色的長紗，眼睛以下以薄絲遮蓋，所以無法看清楚她的長相。巫女有著一雙深邃勾人的眼眸，曼妙的身材玲瓏有緻，凱斯卻感覺依稀見過這身影，此時雷拉拉將手中的蔓草在空中揮舞，身上披掛的獸骨、貝殼如銀鈴般作響。

隨著音樂的旋律起伏，每個節拍似乎都隱沒在那精湛的舞步上。大夥在微醺中看得如癡如醉，凱斯也不例外，甚至有了想一睹巫女真面目的衝動。只是他沒多久已經醉得不省人事，於是酋長吩咐村民趕緊將客人帶去茅草屋中歇息。

醒來時已經是日上三竿，天氣燠熱難耐，凱斯在村落附近走動，他看到了昨天那名巫女雷拉拉。今天的她少了昨晚篝火照耀的光彩以及鮮豔的舞衣，著實樸素了不少，不過她依舊將口鼻以紗巾遮住。凱斯走近時，她正在給村人服下不知名的藥水，村人通稱這是聖水，是經過祈福儀式得來的。巫女又有個名字叫做拜西亞，這是當地稱呼母獅的意思，因為雷拉拉據說是獅族的後裔，她也確實擁有像貓一般的瞳孔，在陽光照耀下呈現美麗的淺咖啡色澤。

「這是聖水嗎？它能治什麼病呢？」凱斯問道。

「如果我說是，你相信嗎？」雷拉拉說著將水給村人服下，也不知道是否聖水真的有神力，本來萎靡的病人奇蹟似地恢復了精神，對雷拉拉再三感謝。凱斯坐在剛剛村人看病的地方，對著雷拉拉說：「剛剛那位村民得的是什麼病？你方便和我透露嗎？」

「也許就是你之前遇到的出血型熱病，也和那羅米希河的感染有著什麼關聯吧！」說著，巫女卸下了面紗。凱斯定睛一看，她不就是之前甘蔗廠裡的夏曲嗎？夏曲那時每天故意蓬頭垢面，但凱斯覺得他五官俊秀，不似表面那般粗獷。重點是那對深邃眼眸，始終讓他無法忘懷。

現在的夏曲——也就是雷拉拉終於露出真面目，她容貌美艷絕倫，茶褐色肌膚襯托出立體的五官，微翹的豐唇呈現優美的弧度。凱斯沒看過這麼美的女人，重點是第一次見面時她還偽裝成一個粗獷農工，讓人幾乎無法相信這樣的轉變。

「我知道你很訝異我的身分，不過夏曲只是化名，當地人除了叫我雷拉拉，也用拜西亞稱呼我。其實我只是短暫停佇在這個村子一陣子，就有如我之前在甘蔗廠當臨時工一樣。只要我想要，我的來去都能和沙漠的風一樣自然，不會讓環境察覺。」雷拉拉莞爾一笑地說。

「我猜妳這次出現在這裡一定有什麼原因，不管妳究竟是夏曲還是雷拉拉，我比較想知道的是，這個地方是不是有什麼事情要發生了？」

聽到凱斯的提問，她嘆了一口氣說：「你真的覺得你們先前所遇到的DB感染已經結束了嗎？其實它正在這個地區擴散，還有科契亞和多數國家的鏈結，非你們所能想像。他們的事業版圖幾乎遍及非洲大陸，甚至南美洲，多數政府官員私底下都收過他們的好處，事情還沒有結束。我剛剛給村民服下的不是什麼聖水，是你們之前看到的那種已經化合成熟的藻類汁液。」

「妳昨晚做了那些祈福儀式，還弄了聖水，原來只是故弄玄虛？」凱斯有點不滿地說。雷拉拉表情凝重地回答：「你所在的這個部落，他們非常迷信巫女，我很難用科學跟他們解釋。何況，現在村裡的感染還沒有非常嚴重，只有零星幾起案例，在事態還沒有擴大以前，我覺得這樣是平息恐慌的最好方式。」

凱斯無可辯駁，但他直覺雷拉拉並不是鏡像中給他指引的那個角色。「我其實很想問妳，妳知道嘉布塔斯到底是誰嗎？妳知道那個一直給予我指示的人是誰嗎？還有茹菌又是什麼？」

「第一個問題你知道，第二個問題我沒辦法告訴你，第三個問題你已經錯過他了，你覺得茹菌是這次的病嗎？還是一個始作俑者，或是一個傳遞的角色？」雷拉拉語畢，見凱斯答不出來，於是緊接著說：「其實當我還是夏曲時不是警告過你，不要對周遭的人事物過於輕信嗎？茹菌此次賦予的角色，告訴你他回到亞特蘭大了。其實他根本不是回去那裡，他已經到了了中非，你所不知道的地方。」

凱斯此刻簡直不敢置信，雷拉拉所指的人就是艾瑞斯醫生，他心中那善良的好人，總是積極投入醫療的工作。他完全看不出來醫生為何會是這次茹菌的傳遞者，而且醫生究竟是正巧擔任這個角色，還是他本身就是茹菌的代表，凱斯已經分不清楚。

「我此次來這裡，是為了要等你到來。這個部落再過幾周，會有許多國際志工來訪，要是疫情在此擴散，後果可不堪設想，我必須先阻止災難發生。另外，我們現在得前往中非尋找艾瑞斯，他並沒有將樣本寄回亞特蘭大，也沒有和世界衛生組織通報這次的結果，更可怕的是他將所有的成果都帶走了。這些菌株經過研發後，可以變成以空氣傳導的生化種子，這是我目前最擔心的。」雷拉拉說完，凝神望向遠方，眼眸在陽光下呈現琥珀般的色澤。

村民此時鬧哄哄一片，原來是有人捉到了一隻大野豬，凱斯被這插曲轉移了注意力。等他一回神，雷拉拉就不見了，凱斯四處搜尋她的身影，放眼望去只有一大片的原野和零星的羚羊。他知道雷拉拉已經離開了，去了下一個未知的點，但他們會再次會合，所以他也不擔心，並且決定和村人辭別前往下一個目的地。

凱斯茫然看著偌大的草原，忽然覺得頭有點暈眩，因為剛剛為了應付熱情的村民，他喝了點酒。此時後勁無預警襲來，一陣天旋地轉後，他倒在禾草叢中失去意識。

醒來時周圍是和先前一樣的仙女圈，光禿禿的圈環外長了茂盛的草堆，他注意到自己纖細毛絨的四肢，還有熟悉的感覺！這是久違的身體，不禁想往前衝刺奔馳，但卻全身無力，甚至想將頭扭動都很困難。他注意到身邊有幾個人，他們手上拿的正是麻醉槍。凱斯才發現自己身體不聽使喚的原因，但因為劑量還算輕，所以他並沒有完全昏厥過去。

這群人應該是盜獵者，輾轉從坦尚尼亞、肯亞等地走私、盜獵許多珍稀動物，從草原中的幼豹、犀牛到熱帶雨林的狐猴等皆有。現在他慶幸至少可以解讀盜獵者的語言，不至於對未來的命運一無所知。

此刻凱斯被放置在一個大型的獸籠中，遮布擋住了四周視線，獸籠被推上一輛貨車。他依稀聽到他們的中繼站是要先去一個市中心的馬戲團，有些動物要先在那裡卸下，他暗自提醒自己保持清醒，以求逃脫的機會。

不知過了多久時間，車子終於停了，他並沒有如預期般抵達中繼站的馬戲團會場。獸籠被推下一個陌生地帶，漆黑中似乎有熟悉的冷光視線逼射而來，現在他慢慢恢復了視覺，查覺到前方也是一隻獵豹，距離他不到幾尺。

外面的燈亮了，一位叼著菸斗的男子進來，走向他前方那隻獵豹。凱斯定睛一看，簡直不敢置信！那正是繆加！多少天以來，他引頸企盼重逢的日子，想不到是在這種情況下。而且那人似乎來意不善，他還來不及為見到姊姊感到高興，就開始擔心她未知的命運。

繆加並沒有發現凱斯的存在，對眼前舞弄著繩圈的人露出了利齒。眼睛嚴重充血，瘦削的身體看來應該是很多天沒有進食了，可能只被餵少量的水，應該是準備要馴服成馬戲團成員的，連日來的飢餓是打算消磨她的意志。

此時繆加拱起了背，憤怒吼了一聲衝向眼前那挑釁的馴獸師，卻沒注意到那堅實的柵欄。凱斯聽到了碰的一聲，柵欄被撞得咿呀作響，那人卻是咧嘴笑開了，繆加開始躁動地打轉低吼。馴獸師不知從哪拿出了鞭子，揚起來狠狠往籠子裡一抽，她身上瞬間多了一道血痕，眼神迸出了憤怒的火花。

凱斯看了激動不已，但麻醉藥效仍在，且眼前是一根根金屬柵欄，還有脖子上沉重的鐵鍊。馴獸師淬了口痰，就將皮鞭一扔轉頭離去，凱斯對著繆加嗷嗷叫個不停，希望喚起她的回應，可不知為何繆加像是不認得他似的。她的骨型已經瘦削到顯露出來，身上不只剛剛的鞭傷而已，還有多處的舊傷，眼神透露的憤怒使深黑色淚槽更加鮮明。

她開始不停地衝撞柵欄，凱斯繼續嗷叫希望阻止她這種行為，但是憤怒的心靈無法止息。等她終於注意到凱斯時，回應的只有連連的低吼聲，凱斯傷心不已！現在親情的呼喚怎麼也喚不回繆加了。

這時門又開了，一群人出現，包含那個馴獸師，他們將繆加的柵欄往外推出，手上拿了一些繩索還有肉塊。凱斯看到他們消失在門廊邊，激動地往前一掙，麻醉藥效像是慢慢退了。他來回衝撞柵欄門口，終於知道繆加的傷口是怎麼來的，但還是難以控制自己，即使看似希望渺茫他也不願放棄。

忽然奇蹟般地鎖頭鬆動了，凱斯慶幸之前當人類的時期，那些生活經驗及記憶仍然沒有忘卻。他用爪子撬開了鎖，撞開柵欄門，朝著長廊那一端狂奔而去。

第十章　再次聚首已成追憶

一路上凱斯矢速奔馳，光滑的地板讓他行動不若在草原敏捷，甩動的尾巴沿路掃翻不少易碎物。這時一個車庫門出現在前方，他慢了下來，嗅到繆加的氣味從這裡傳出，隱約還有人講話的聲音。躡腳走近門邊，正巧看到馴獸師揮鞭抽打著繆加，她已失去抵抗的力氣倒在一旁。

凱斯見狀憤怒地衝了進去，朝馴獸師脖子瘋狂地咬下去。這無預警的攻擊出乎現場意料，他惡狠狠地掃視四周，馴獸師血流如柱倒臥一旁，所有的人驚慌不已，趕緊將傷者抬起來逃離現場。走廊上雜亂的腳步聲逐漸遠去，周圍呈現一片死寂。

繆加身上有多處鞭傷，舊傷口甚至已乾硬到裂開來，連日來缺乏食物跟水，她已經耗盡剩餘的力氣。凱斯注意到一旁留下了一塊新鮮牛肉，但繆加絲毫未動，他卻很清楚原因，姊姊不屑任何的乞食還有馴服。現在她已漸漸虛弱下去，凱斯貼近她身邊，舔拭著那已皮開肉綻的傷痕。

繆加終於認出他來，這個自小呵護備至的弟弟，剛剛的勇敢行為讓她驕傲。但是凱斯的成長對她來說太遲了，生命的火花已如殘燭餘燼，黑色淚溝深陷下的雙眼已緩緩失去神采。凱斯嗚嗚地啜泣，挨在那逐漸冰冷的軀體旁怎麼也不肯分開。

外頭有聲音傳來，他知道那些人不會輕易放過他們，大隊人馬此時有備而來。他趕緊拖著繆加鑽進一旁的洞口，這群怒氣沖沖的人們抵達時，他們早已不見蹤影。

他將繆加拖出距離好幾千呎的範圍才累得停住，來到一個茂密的樹蔭下，涼風徐徐。凱斯環顧四周，決定在這裡將繆加埋起來，他用鼻頭親暱磨蹭姊姊作最後道別，就翻弄泥土直到將繆加完全覆蓋住，才依依不捨地啟程。中途忍不住回頭再望一眼，因為他知道，此生不會再來造訪這裡了。

天空下起了雨，他任憑雨水打濕皮毛，卻已無心顧及這一切，此刻和行屍走肉並無二致。凱斯躺了下來，不想再做任何命運的掙扎，但瞬間又是一陣天旋地轉，他再度暈眩過去。醒來時，雨停了，地也是乾的，卻又回到了熟悉的仙女圈，他感覺自己被拉去了另一個時空。但這次周圍環境很眼熟，是之前和娜坦利一起去過的布瓦鎮附近。

在凱斯記憶中，先前和醫生去勘查時注射過血清的病人都已經死了，所以他預期這次看到的小村將是一片死寂。但意外的，眼前是一片生氣蓬勃的景象，有人在扛著木材，有人在洗衣，草屋還散發出了炒棕櫚油的香味，他完全沒嗅到腐屍跟感染的氣息。凱斯不敢再靠近，因為他會被當成侵襲家畜的不速之客。此刻心中最強烈的念頭，就是回到醫院看一看，儘管他知道娜坦利已經不在那裡了。

回到熟悉的身體，凱斯隨便擺動矯健的四肢，就穿過了好幾百呎的樹林，不到幾小時就已經到達了醫院。但不幸的是，醫院依舊是人滿為患的感染者，和先前的情景並無二致，他不明白為什麼布瓦鎮的人後來安然無事。本來還暗自祈禱，說不定穿梭了仙女圈的時空發現感染從未發生，但他聞到了熟悉的血膿味，那可怕的病毒依舊蔓延在這個不幸的地區。

但此時凱斯不敢置信！透過窗戶他看見了在急診室的娜坦利，正忙著照顧病人。他很高興看見她安然無恙，卻馬上嗅到了一絲憂慮，他發現到娜坦利呼吸間咳血的症狀，還有各個器官開始衰竭中。凱斯憂傷地確定，娜坦利感染的是ＤＢ無誤，而且已經拖延了最初的關鍵期。

他知道自己的出現會帶來騷動，但顧不了這麼多，衝進了急診室來到娜坦利面前。娜坦利看到眼前忽然出現了一隻獵豹，嚇得尖叫起來。凱斯卻緩緩地走向她，希望用眼神喚起她想起過去的事，只是娜坦利未能理解，而且像是從沒遇見過人類的凱斯。如果這就是平行時空，那真是再貼切不過，明明曾經烙印於記憶深處，卻有如風輕雲淡了無痕。

周圍果然躁動了起來，一個醫療人員隨手拿了個罐子朝凱斯猛扔過去。他敏捷地閃過，但尾巴卻將周圍的藥瓶掃得全落了地，地板一片狼藉，他知道這種混亂的情形下，不可能有和娜坦利好好交流的機會，只好破窗而出。頓時碎裂的玻璃四濺，留下現場驚愕不已的眾人。

「解藥！解藥！化合成熟的藻類！」凱斯狂奔向那羅米希河並在腦海中不斷重複這段話，生怕自己忘記。醫院中沒有艾瑞斯醫生，可能也一直沒有存在過，布瓦鎮的感染也從未存在過。但是醫院裡仍有大群感染的病患，娜坦利也沒有倖免……這些念頭紛亂地從腦海掠過，到底這裡發生了什麼事情，他一點頭緒都沒有。

他到了河邊，發現河水已經清澈了不少，而且那些異常生長的藻類及蕨類都消失了。一般而言，這代表生態已經慢慢地平衡而且淨化，本來是件好事，但凱斯卻發現黯綠色的藻類已經不見了。他焦急地四處尋找，用爪子翻攪土壤，仍然是徒勞無功。凱斯悲傷地嚎叫，卻忽然感到後腦一陣撞擊，而周圍景象瞬間化為混沌的一體沒入了意識深淵。

再次清醒時，他正在一間陌生的茅草屋內，一個熟悉的身影走了進來，是雷拉拉！凱斯驚愕地看著她，此時他已經恢復人類的模樣。摸了摸自己冰冷的面頰，感覺像是被冷汗洗過。「你醒來了？重新回到熟悉的身體感覺如何？」雷拉拉輕笑著，凱斯瞬間怒火衝上心頭，將她纖細的手拉扯了過來吼道：「這兩個夢到底是真的？還是捉弄人的戲碼？我要搞清楚這件事情！」

「這兩個都是真實發生的。我想告訴你的是，她們兩個你一個都救不了，也改變不了什麼。因為你一直想知道繆加的下落，所以我告訴你，她已經死了，死亡的場景跟你看到的差不多。那是真實發生的，只是時間點已經是一個月前了，還有在你那個經歷裡，娜坦利最後也是病死了。仙女圈是將你拉到了平行時空，你想的沒有錯。只是，注定要發生的事情，就算你回到那時空去，也改變不了結果，希望你可以放過自己，而且現在我們要面對的是更嚴峻的挑戰！」她將凱斯的手甩開，表情顯得不是很高興。

「當時你們的人和我說，繆加仍然活著，如果我想要再次見到她，就得成為嘉布塔斯。現在既然她已經死了，我唯一在這世界上的牽絆也不在了，那繼續這項使命也沒什麼意義！」

「在告訴你的那個時候，她的確還活著，只是已經邁向她原本的命運了，情況就如你那時所經歷。我們也的確履行承諾，你已經再次見到她。要是你沒以嘉布塔斯的身分重生，當時早已經死在那獵槍下，或許你們也只能在陰間相逢罷了！」

此刻沉默的氛圍飄盪在空氣中，兩人都不再說什麼。雷拉拉走向門邊，回頭和凱斯說：「我們要出發了，現在要前往北邊的納庫斯。艾瑞斯也在那裡，他並沒有在亞特蘭大進行疫苗研發，而是準備散播病毒，這我應該已經跟你提過了。」雷拉拉眨著靈動的雙眸，一頭長捲髮紮成俏麗的馬尾，淺綠色紗裙內的雙腿若隱若現。凱斯看了不禁怦然心跳，眼角餘光不自覺地投射在那曼妙的曲線上。

「這是妳本來的面貌嗎？還是妳又有另一個身分？」凱斯問完時，雷拉拉已經開門離去了。此時他發現桌上遺留了像紙片的東西，上前一瞧，正是一張前往納庫斯的單程機票。

這是一個中非的小國家，在地圖上很難察覺，凱斯費了一番時間終於抵達納庫斯的機場。入境大廳相當氣派，頂棚全是玻璃帷幕打造，陽光灑落地面，襯出絢麗視覺效果，沿路免稅商店展示著各式奢侈品，這樣的畫面讓凱斯看得目瞪口呆。等他步出大廳時，前方的長椅上坐著一位穿著鐵灰西裝的男子，像在等著凱斯。

「請問您就是凱斯嗎？雷拉拉小姐請我在這裡等您，可否隨我走一趟呢？」男子彬彬有禮，凱斯點頭不疑有他，他們坐上了一輛黑色的轎車，行駛在街道上。凱斯驚訝這是一個富庶的小國家，從他們的機場到街外，都讓他嘖嘖稱奇，琳瑯滿目的商店街，遠處聳立著參天的高樓大廈。正當凱斯望著窗外出神時，西裝男子示意他準備下車，車停靠在一個城堡般的建築前，陽光滲進瑪瑙藍的透天窗，交錯出空間繁複的層次感。

門一開他們進入了長長的走道，跟考究的復古外觀相比，裡面卻是充滿了各式現代化的設施。會議間視訊及投影配備皆十分齊全，挑高的天花板更顯氣派，但看似無盡的長廊卻顯得空蕩淒涼。凱斯可以感覺到踩在拋光地板上清脆的回音，他不禁懷疑除了眼前這男子跟自己以外，這棟建築物還有沒有其他人的存在。

男子領著凱斯來到一間隱密的房間，他獨自走了進去，雷拉拉已經在房裡等著他。她戴著紫色框的眼鏡，抹上粉霞色的唇膏，看起來充滿俐落的都會感，凱斯卻不是很習慣她這身裝扮，但是他比較想搞清楚來這裡的目的，以及雷拉拉目前的身分。雷拉拉不等他提問，就直接回答：「這裡是納庫斯的國際貿易事務委員會，我現在的身分是委員會執行秘書，是否又是讓你驚訝的身分呢？」

「妳說，艾瑞斯已經來到這個國家了，我們現在不是要先找到他嗎？」凱斯被洞悉了心聲感到有點尷尬，也不得不承認雷拉拉變幻莫測的身分幾乎讓他招架不住。

「其實我也不是很清楚他切確的位置，我只能告訴你我跟你一樣是接受指示的，知道他已經來到了納庫斯。現在除了ＤＢ可能爆發的感染外，還有這個國家潛伏的許多危機。你先前看到的是這國家最光鮮的一面，他們的行政特區，坐落了政府機關以及高官政要的私人宅邸，也是你或其他觀光客的第一印象。但你不知道的是納庫斯滿目瘡痍的一面，卻是占了這國家百分之九十。」說罷，雷拉拉示意凱斯跟著她走。

他們進入地下室，走近一台香檳橘的跑車，一待凱斯坐定以後，雷拉拉就猛踩上油門。瞬間他們就來到了戶外，映入眼簾的是凱斯初來時所見的街景，但是約莫半小時後，他們出了城，到了另一個世界。他見到了截然不同的畫面，還以為已經離開了納庫斯國土。

沿路建築殘破不堪，人們顯得無精打采，路上不見嬉戲的孩童，也少了歡愉的笑聲。另外，所見之地幾乎都是光禿禿的一片，林地被大量砍伐，只留下了大片的樹樁及枯黃的地表。

「這就是納庫斯真正的模樣，跟你來時所見差很多吧？」雷拉拉神情凝重，凱斯若有所思後問道：「我們主要不是要找尋艾瑞斯嗎？為何要涉入這個國家的事務呢？」

「納庫斯國土佔據了大片的原始森林，擁有許多珍貴的林木資源，ＤＢ來到這裡會造成更大幅感染，影響鄰近許多國家，甚至傳染到世界其他地方，所以不得不審慎看待這件事情。ＤＢ其實就像茹菌的反噬一般，在生態遭到破壞和不平衡的地方伺機而動。現在茹菌即將透過艾瑞斯醫生將疫情散播開來，所以我們才會來到這裡。」

雷拉拉說完，凱斯想到ＤＢ除了確定可以透過體液感染以外，塔里塔庫也疑似使用名為「孟美」的農藥導致河川田地大幅汙染，間接讓作物產生異樣的藻類跟菌種，可能就是ＤＢ一開始的傳染來源。如果艾瑞斯醫生透過培植這種菌種散布在任何地方，後果就真的不堪設想。

第十一章　日月同輝

一間私人醫院位在納庫斯繁華的特區中心，卻隱蔽在咖啡館及高級酒店林立的街角內，收費相當昂貴，貧苦的人是不會來這裡看病的，而政要及商人又多有私人的醫療照護，所以平時沒什麼病人出入。那這間醫院究竟是做什麼的？它其實是納庫斯反對黨成立的，表面上是醫院，實際上卻祕密進行生化技術的研發。而主要的出資人，就是反對黨的斐洛親王，他的名字是歐茲塔。

斐洛親王是納庫斯國王卡曼的次子。他的哥哥愛尼亞親王本來應可成為下一任的納庫斯國王，為人正直親和，對國家政務嫻熟又常於鄉間奔走。本來備受各界期待，可惜多年前因為一起離奇事件死於非命。

最令媒體感到質疑的是國王輕描淡寫的態度，還有他那惡名昭彰的內閣——布克總理。他實際上是個槍桿子下所出的政權，在歷經一次血腥政變後脫穎而出的軍事獨裁者。雖然納庫斯實行的是君主憲政，但實際上議會及多數的實權都握在布克手上，國王為了保住僅有的王座，據說出賣了自己的兒子。愛尼亞年輕有為，不畏任何的威脅及利誘，對於布克很多行徑都看不慣，卻因此葬送了寶貴的生命。

斐洛雖然是哥哥死後第一順位的繼承人，但卻對這個王位感到戒慎恐懼。兄長的血腥前例擺在眼前，無論是當個粉墨登場的小丑國王還是有建樹的英明君主，都有難以前進的荊棘之路要走。他更感到哀傷的是從小疼愛自己的哥哥死去，更氣憤父親聯合布克魔鬼（他和哥哥如此稱呼）的詭計，但是卻不敢有太多的表露，只能在表面上成為服從的王儲。斐洛心裡其實偷偷在算計如何為哥哥報仇，從此推翻布克政權成了他的首要目標。

從一個不經世事的男孩成長為身兼重任的儲君，他表面上雖裝作順從聽話，卻沒能躲過布克的疑心。他不斷地打壓親王，甚至在親王身邊安排親信監控等等，斐洛一再地忍耐，終究敵不過多年來積累已久的怒火。

他暗地裡投入了反對黨的懷抱，因為反擊是眼前唯一能走的路。布克從暗殺政敵、操縱選舉、收受非法賄絡等，幾乎每件壞事都有沾上邊。只是他躲在幕簾背後，好處跟錢都進了口袋，自己的手卻彷彿乾淨的很！可憐的是納庫斯的人民，每日長夜熬盡卻要擔心黎明到來。他們只能噤默無聲，因為每個地方官員都是政府及執政黨的爪牙，只要膽敢加入反對黨的行列，或有任何的意見，他們都有本事讓一切雜音消失！

茹菌找到了良好的散播管道，它透過艾瑞斯找到了斐洛親王。親王對於布克太過憎惡，不顧一切要讓政權垮台。但這次他執著的方向錯了，艾瑞斯利用親王此時的心態，打算大肆散播病毒。他在和凱斯分道揚鑣後，已在特區那間醫院研發出了讓ＤＢ可以化為粉末散播的方法，這無疑會造成更大程度的傷害。

他以生化攻擊的說詞打動了單純的親王，儘管表面上他給的是一套周延的計畫，儘量不傷及無辜。親王透過反對黨的各種手段，文宣、媒體操弄等皆無法撼動布克政權，焦急和失望的他，現在思考的是另一個自我毀滅的方向。他想利用生化戰來打贏布克，即使結果可能會同歸於盡，年輕氣焰的親王卻無法考慮這麼多。

今日廣場上聚集了歡慶的民眾，因為這一天正是納庫斯的自由紀念日。說來諷刺，這是紀念布克多年前成功的那場政變，當時他們在國際的支持下，迫使國王交出實權，成立自由黨並且由布克主導，自由黨變成了實際上的執政黨。但是各國沒想到的事情是，本來支持布克政權希望走向民主的模式落空，布克上台後果然符合他後來魔鬼的稱號，使國家陷入更深的腐化及更獨裁的政體，自由黨的稱號可說是名實不符。

廣場上大多都是自由黨的成員或是動員來的人馬。斐洛親王知道這一天會有許多熟面孔出現，他手裡拿著一小罐壓力瓶，打算趁此機會將魔鬼的勢力一網打盡。

親王偽裝成一個街頭的小攤販，看上去就像個平凡的小夥子，只是俊秀臉龐上的貴氣很難掩飾。幾個年輕女孩偷瞄了親王幾眼，他只好將帽簷拉低，以防被熟人認出。推著賣玉米的攤車混入了人群中，他認出了布克的爪牙——國防部長安曼，還有警察署長道恩等人。斐洛知道這些人的出現，就代表布克即將登上演講台了。

他摸了摸口袋，感覺心臟怦怦跳個不停，但為了這個國家，他只能成功，不許失敗。儘管周圍有不少的小孩、老婦，還有只是來看熱鬧的平民，但親王選擇忽略了這些人的存在。或許他認為犧牲少數人拯救這個國家是為大局著想，也沒考慮到自己這麼做後是否能全身而退。

布克上台了，一個鷹眼猴頭的瘦削老頭出現，乍看之下很難相信布克是這個國家掌握大權的人，他那嚴重駝背的身軀在繁複雕花的講台上幾乎快要隱沒不見。但一待他開口，就知道這個人如何有號令三軍的能耐。他語氣沉著穩健，聲調時而平和時而激昂，很懂得操縱群眾的技巧，魔鬼總是能夠煽動人心。

親王此刻已經恨得牙癢癢的了，他準備將壓力瓶拔出，但不知從哪伸出一隻手，在他抽出那一刻將瓶罐奪走了。親王吃了一驚，是個小孩！他追了過去，跑到轉角時卻見到拿著瓶子的是一個妙齡女子，站在女子身邊的正是凱斯，孩子早已消失了蹤影。

「你們為什麼要拿走我的東西！」斐洛親王咬牙切齒地說，他等了這個機會好久，卻被兩個不認識的攔路之徒破壞了。「為了阻止你自毀前程，阻止這個國家唯一的希望落空，還有阻止你傷及無辜的百姓！」雷拉拉慧詰的雙眸直視斐洛。凱斯卻嘆了一口氣，他詢問親王明明擁有反對黨的資源，為何要選擇如此極端的手段。

親王看看凱斯，眼前這年輕人和自己年紀相仿，長相清俊而且態度友善。但是他在險惡政治環境下掙扎多年，無法輕易相信人，所以只是瞪著凱斯和雷拉拉，沒做任何回答。不過斐洛猜到他們大概知道自己的身分，因此露出了他原本略帶驕尚的貴族氣息。

他認為沒必要和這些人攪和，現在只想要離開。但是凱斯和親王說，自己擁有這種病毒的解毒配方，而且詳述了病毒的特質，親王睜大雙眼看著凱斯，他總算相信了眼前的人。

親王娓娓道來他這麼做的原因，實際上他已經被皇室放逐了，自從加入反對黨後，等於直接宣布和布克對立。國王也認定斐洛覬覦王位已久，時時刻刻都在等待他駕崩自己好掌權。對於短視的國王來說，和布克聯手至少可以確保他的王座還有無虞的生活，而這一切都可能被斐洛這個逆子破壞，他不能任由親王阻斷自己的好事。

眼前不允許再坐以待斃，親王開始匿名接受訪談，大揭布克的陰謀，這一切在政府眼中是何其挑釁的動作。於是他們密謀給了親王一個罪名，說他有叛國還有洩密的嫌疑，將他放逐出境。但實際上親王只是出國避風頭一陣子，就在反對黨幹部的接應下偷偷返國。

他以歐茲塔的署名，進行各種地下活動，從黑函、祕密集會到暗殺等都有。親王嘗遍了各種方式，從合法到非法，從溫和到激烈，他對自己的目標愈來愈執著到失去方向。尤其遇到了艾瑞斯後，斐洛親王更堅信殲滅布克一干人等不再遙不可及。

「尊敬的親王，您可以有更好的作為，也有可以讓布克垮台的其他方法，但絕對不是這個！您看到剛剛廣場的人群了嗎？他們都是這個國家還有您未來的子民，很有可能在您一念之間死於非命！」雷拉拉說完後蹙緊了眉頭。

「在布克還有父王麾下，我隨時有可能屍骨無存，所謂的儲君只是個象徵，讓這個國家的人民安心。但實際上這個位子卻是如履薄冰！何況我現在身負罪名流亡海外，只要他們發現我回國，馬上會將我軟禁。」他想著只要能成全大局，一點點小犧牲是無所謂的。在幾年前，他曾經和哥哥在鄉村河邊，為了幾個無法飽餐的孩童親自煮粥，那時沒有孩子知道他們身分。親王曾經因為那天真的笑容感覺到滿足，現在很明顯某些情感已經麻痺了，他知道如果哥哥還在世，自己可能不至於如此。

凱斯只想問親王艾瑞斯醫生的下落，他對於納庫斯政治鬥爭毫無興趣。雷拉拉像猜到他心思，馬上將食指按在他唇上，示意他暫緩提問，凱斯只好忍住。他想到親王應該要對他們更加信任，才能進行接下來的事情。

他們離開了巷口，來到雷拉拉委員會的辦公室，親王對於各種政府機關都相當疑慮，畢竟布克的情報網絡無所不在，他無法不提高警覺。但他發現這個辦公室只有雷拉拉和幾個值班人員，應該沒有布克的眼線，這才鬆懈下來。

雷拉拉表示願意幫助親王對抗政府，並帶他走進一間檔案室，將許多蒐集來對布克不利的證據還有國際調查報告交給他。本來這都是機密，但到了此時，開誠布公對雙方來說沒什麼損失。親王也理解了他們的立場，於是默許了合作的契機。

凱斯內心揣度著，要是找不到掌握關鍵的艾瑞斯，將無法阻斷病毒帶來的威脅，想到他們曾經共患難的經歷不禁讓他生氣惋惜！親王此時執著在於如何扳倒執政黨，而非DB帶來的恐怖效應。凱斯如果此時和他追查艾瑞斯的行蹤，極有可能引起親王的不信任感，當前他只好暫緩這件事情。他們答應親王先以打擊布克政權為主，一邊私下追查生化病毒的流向。

入夜以後，成串的街燈像夜明珠結成的纍纍果實將夜晚照得有如白晝。現在凱斯還有雷拉拉、斐洛親王正在特區裡一間地下咖啡館，也是反對黨從事祕密活動的據點。他們手中正是今天的晚報，布克咧開嘴笑的臉孔成了封面照片，報紙內文則是撰寫了布克發表的談話內容。他得意地宣布農產量還有國民所得年年上升，這席演講的聽眾主要是國外媒體。實際上納庫斯這幾年累積的債務令人乍舌，雖然世界銀行還有國際貨幣基金等相關組織均有提供許多援助，但幾乎都進了官員口袋，底層的多數民眾生活仍是愈來愈艱苦，只是布克這席談話可以讓投資者還有捐贈組織寬心。

親王看了這篇報導不以為然，但是凱斯看到了一個關鍵字──「科契亞」，這場可說是群魔亂舞的典禮也有邀請科契亞的總裁擔任嘉賓，凱斯才發現這間公司帶給這片土地的影響遠遠超乎想像。

科契亞除了經營農產經濟作物外銷之餘，在納庫斯還有許多的賭場、酒吧、飯店等投資事業群，其中一家位於特區北邊的賭場，夜晚經常政商雲集。雷拉拉示意他們有必要混入這樣的場合，如果可以掌握到一些科契亞高層或是政府官員的資訊，就可以追查近期的土地或森林開發案，還有他們使用農藥的來源。凱斯認為可以從那間特區賭場著手，考量親王的面孔容易被認出來，所以決定只有凱斯和雷拉拉前往賭場一探。

深夜的賭場益加熱鬧，雷拉拉今晚穿著的低胸晚禮服充分顯露出性感的鎖骨與銷魂的胸前曲線，凱斯感覺被她挽住的那手格外不自在。現在他們進入賭場內，目光被角落一張較少人參與的賭桌吸引，一位衣著考究的紳士，操著一口葡萄牙語。凱斯觀察到他來自於巴西，懷疑是科契亞其中的高層，於是他走到賭桌邊，驚覺自己只看了幾局就完全明瞭遊戲規則，雷拉拉也發現了這件事，於是暗示凱斯馬上加入牌局。

雖然他擁有馬上嫻熟這套遊戲的本事，但卻沒有樣樣賭贏的能力。這套遊戲相當講究運氣，技巧派不上用場，而凱斯今天偏偏缺乏的是運氣。他一連輸掉了許多籌碼，雷拉拉的臉色愈來愈難看，因為凱斯輸掉的籌碼都是她的錢。凱斯愈是積極想贏回來，卻輸得越多，雷拉拉於是示意地咳嗽幾聲。

此時，那位衣著考究的男子哈哈大笑對著凱斯說：「你的女伴不高興了喔！不過如此美麗的女伴，就算被責備也甘之如飴吧！」雷拉拉聽到男子這麼說，馬上禮貌地微笑致意。凱斯也停止了下注，他知道這是個契機，於是對男子說：「可不是，我根本就抗拒不了呢！」接著順勢將手放在雷拉拉水蛇般的腰際上。

雷拉拉怒視著他，但是凱斯示意她配合演出，她也只好佯裝微笑。其實凱斯根本不擅長這麼做，但是對於眼前的男子，必須表現出應酬的姿態，木訥的反應只會露出破綻。雖然，當他的手無意間碰觸到雷拉拉的翹臀時，感覺像電流通過般顫動了一下。

「你好，小兄弟，我是科契亞的非洲事業部經理安德魯，你跟你的女伴堪稱郎才女貌，其實從你們剛過來賭桌這邊，我就注意到你們了。如果不嫌棄，我請你們去酒吧那裡喝一杯如何？」男子態度誠懇。凱斯看了看雷拉拉，她默默地點頭，但沒有正眼看凱斯。他知道她還在為剛剛扶腰的事情生氣，只好挽著她的手跟隨安德魯一起走去酒吧。忽然感到刺痛了一下，原來雷拉拉將尖長的指甲戳進他的掌心，凱斯無奈地只能搖搖頭。

走到了吧檯，安德魯點了一杯加水威士忌，這很符合他給人的形象，溫文儒雅的老紳士。凱斯此時才想起自己還沒自我介紹，有點失禮，於是禮貌地說：「尊敬的安德魯閣下，我名叫凱斯，這位是雷拉拉，我們今晚乘興來小試身手，不過卻讓您見笑了。」凱斯此時莫名的直覺，安德魯可能是來自歐洲某個支裔的王室成員。基本上他稱安德魯為閣下不完全因為他是鉅商，也是出自於他散發的特有貴族氣息。

「小兄弟，我想交你這個朋友，如果有空請來寒舍坐坐，名片有我的地址，我會隨時恭候你們。」說完，他塞了一張紙片在凱斯手中，就捻了捻菸斗逕自離去。凱斯看著他的背影，轉頭對雷拉拉說：「我看這位老紳士為人坦蕩，不像我們要追查的對象，妳覺得我們也該同時找別的線索嗎？」。雷拉拉沉默地凝視空蕩的杯底，凱斯知道她氣還沒消，只好不再多問，任憑這尷尬的氛圍飄盪在空氣中。

深夜的地下咖啡館，斐洛親王握著酒杯沉思。這間店的布置簡直和那幅名畫如出一轍，紅色漆底的牆面在昏黃燈光照映下，籠罩著詭譎的氣氛，只是少了畫裡的那張撞球桌，取而代之的是堆滿骯髒高腳杯的陳舊吧檯。此時一位高大的男子走近他身邊：「歐茲塔閣下，克羅他被發現陳屍在自家沙發上，死因是窒息而死……但是周圍門窗都沒有被破壞的跡象。」男子低沉的嗓音顫抖著，親王憤怒地將拳頭捶在木桌上，發出了沉悶厚實的聲響，驚動了周遭稀落的客人。

今天親王收到來自他特區宅邸的信，是一張別緻的金色邀請卡，上面印刻三隻公鹿的銅色圖騰是王室特有的紋章。親王看到署名是自己的妹妹——卡勒米公主，誠摯邀請皇兄參加她十八歲的生日舞會。

他馬上猜到這是一樁鴻門宴，邀請卡的印製者可能不是卡勒米公主本人，但他疑惑的是這張卡片為何會寄到那間宅邸。他早在海外流亡期間，將宅邸私下託給親近的友人，除了反對黨以外應該沒人知道他回國了，這張卡片輾轉透過了不少網絡送至咖啡館，目的在於避人耳目。斐洛擔憂自己出現在宮廷會馬上被軟禁起來，此時電視剛好在轉播國王接受媒體採訪，他趕緊盯著銀幕仔細聆聽。

「我對於親王被指控通敵洩密一事感到憂心且失望，但如今種種跡象顯示他只是遭到有心人士的操控。斐洛秉性純良，但年輕容易受人影響，這點我卻沒有察覺。我想他在國外流浪得夠久了，也見識得夠深了，怎麼說他也是我立下的儲君，未來的納庫斯國王，豈能有流落在外的道理。孩子，回家吧！」說完，國王亮出了一枚別緻的胸針，親王立刻臉色一變。他盯著銀幕那胸針出現的位置良久，儘管那畫面早已消失了，但他似乎還在追逐著殘像，許久未發一語。

近來，國王身體堪憂的消息在坊間不斷流傳，斐洛清楚在父王縱情逸樂的生活下，身體早已不堪負荷。但他不怎麼在意父親的身體狀況，而是在意那枚胸針。當國王健康欠佳不能視事時，由王位繼承人傳承這枚攝政胸針暫代職權，也就是名副其實的攝政王，必須擔起重新組閣的任務。但眼前布克是實質的權力核心，就算親王成為攝政王也很難撼動這事實，儘管他看到那枚攝政胸針時，還是動搖了。反對黨懷疑國王的動機，親王卻認為既然父親已經公開赦免自己，見個面試探一下也無妨。

傍晚的地下咖啡館，凱斯還有雷拉拉來到角落的沙發區坐下，親王希望他們一起參加這次的舞會。「我們要用什麼身分參加呢？這應該要特定身分或是收到邀請卡才行吧？」雷拉拉提出了她的疑問。親王微笑地回答：「妳是國貿事務委員會執行秘書，我請妳陪同當我的幕僚應該說得過去，只是凱斯我就不知道要怎麼幫他掩飾了。」

凱斯其實對於參加這種場合不怎麼感興趣，在他看來，這只是幫助親王奪回他的權力，跟他們追查病毒的下落並無關係。但是雷拉拉猜出他的心思，將凱斯拉到一旁。

「只要我們幫助他，或許可以暫緩這國家的危機，我們也可以透過他得知艾瑞斯的下落。討好一個王子甚至是王位繼承人，對於我們接下來想進行的事情也是會有幫助的，而且……」雷拉拉遲疑了一會繼續說：「親王看起來是個很有抱負的年輕人，或許他真的可以拯救這個國家，你不想要見證一個國家改變的契機嗎？」不知道為何，凱斯認為雷拉拉這席話似乎夾帶了私心的成分。一種奇異的感覺在他內心激盪，某種威脅，某種敵意，在他心中滋長。

到了舞會那天政商媒體雲集，但是他們事前不知道親王也有應邀出席，所以當斐洛親王隆裝現身時，引起了一陣騷動。而他身邊美麗的女伴自然也搶盡鋒頭，一旁的凱斯裝扮成隨行採訪的皇室記者。他看到雷拉拉今晚依然艷麗動人，卻感覺頗不是滋味，他第一次知道了什麼是嫉妒，可能也有一部分被排除在外的孤獨感。

遠遠看著雷拉拉，還有和她相襯的王子，凱斯這才發現彼此距離之遙，更無法形容是什麼時候，開始渴望貼近她的心。雖然他們這陣子一起共事，但他覺得雷拉拉始終神祕難以親近，那天她指尖嵌入手掌的痕跡仍在。凱斯握緊手心，決定今晚忘卻一切，專注於眼前的事務。

現在來到了國王致詞的時間，他今天早上才在寢室被人發現暈倒在地，要是現在預言他幾日內就會駕崩可能也沒有人會質疑。親王緊盯著父親一舉一動，而不遠處的布克的眼神也和他投向同一處，要是今晚國王就宣布由親王代為攝政，他們彼此的命運皆將改變。可惜國王只發表了例行性的說詞，並且將一隻藍色瑪瑙打造的銅絲貓雕刻贈送給公主當生日禮物。

卡勒米公主擁有黝黑晶瑩的膚色，一頭濃密髮辮優雅地盤起，是個俏麗的大美人。舞會良久後，凱斯注視著雷拉拉和親王相摟起舞的畫面，巨大失落感襲來，公主卻注意到了落寞的凱斯，走近他身邊伸出修長的纖纖之手，示意凱斯邀她共舞。凱斯感覺受寵若驚，他沒想到公主找上自己，卡勒米甜美地一笑，他無法拒絕這迷人的邀約。於是牽起了公主的手，在許多男人的艷羨目光中步入了噴泉旁的雷射舞池。

第十二章　再次席捲的病毒

親王和雷拉拉的舞步被打斷了，就在他好不容易忘卻國憂沉浸在綣繾幸福片刻，一個熟悉的聲音冷不防從背後出現：「想不到您真的回來了！歐茲塔閣下！」親王聽到這熟悉的聲音，一回頭就見到布克那張惺惺作態的面孔。「您回來怎麼沒想到要跟我知會一聲呢？讓我們可以先幫您做些安排，洗洗塵，您受了多少苦啊，這叫我們怎麼能夠忍受呢？」布克總是可以佯裝成關心的模樣，但親王不買他的帳。

「尊敬的閣下，我看到了父王在訪談中對我的殷切企盼，而且他的氣色也不是很好，如果可以早些回來隨侍在側，我才能夠安心。」他們倆這段風馬牛不相及的談話，彼次都知道在試探對方。只是這段心裡攻防沒有輸家和贏家，維持了賽局的完美平衡，沒有人多透漏自己半點心思。

雷拉拉偷偷觀察布克的周遭，發現有幾個可疑的西裝男士，他們從剛剛就緊隨著布克，而且都配戴了武器，親王卻不以為意，像在盤算著什麼。忽然大廳磅鐺一聲響，緊接著是清脆的玻璃打破的聲音，他們回頭一看，那華美的鑲嵌水晶吊燈就這樣落在了地上，上面的飾品還有玻璃片撒了滿地。賓客一陣驚呼，忽然一陣氣體噴出，引起在場人員一陣恐慌。此時不知從哪竄出一個人影趕緊對著氣體噴了滅火器的乾冰噴霧，頓時氣體煙消雲散。

就在凱斯還有眾人感覺不解時，他看到了一個熟悉的身影，就飛也似追了出去，這一切就發生在這短短幾分鐘內。雷拉拉也趕緊追著凱斯出去，現場只徒留了訝異的賓客們，但是親王對這一切卻顯得泰然自若。場面在一陣驚慌後馬上被控制住，所有賓客被帶往另一個大廳，而遺留的現場需要消毒還有請鑑識人員到來確認。

凱斯奔出去後，追著黑影進入了狹長的黑暗巷弄，他對於路況並不熟悉，很快地就丟失了黑影的下落。他垂頭喪氣回到了明亮的大街，盡頭等待的是焦急的雷拉拉。她一見凱斯就問：「是那個人嗎？你一直在尋找的那個人。」凱斯點點頭沒有答話，此刻他忽然格外疲倦。雷拉拉請他今晚可以暫住她於特區宅邸內的客房，因為至少有駐衛保全較為安全，但凱斯婉拒了。紛亂的思緒在腦海竄動，他回到了原本長租的旅館，放空一切倒頭睡去。

天微微亮，凱斯聽到了敲門的聲音，他睡眼惺忪地打開房門，就看到雷拉拉怒視著他。「你知道昨晚發生的事情嗎？都登上頭版了，你還真的倒頭就睡？」她蹬著高跟鞋走進來，打開電視。新聞上正是皇室發言人對於昨晚發生的事情感到遺憾，並表示國王誓言要緝捕到那可疑份子。根據化驗結果那是一種致命的病毒，只是在極度冷卻的情況下分子會暫停活動，他們事後也找不到那噴乾冰的男子。凱斯看到了這一切，馬上猜到那是ＤＢ病毒的變種，不知為何他直覺親王也知情，因為他看到的那個背影的確是他－艾瑞斯，他們決定要去追問親王這件事情。

「這麼早就來找我吃早餐嗎？看你們現在的態勢，我想你們一定猜說這件事情跟我有關。」斐洛輕鬆地邊看著報紙，凱斯怒視著他回答：「我們不是再三警告過你那個病毒多麼致命，就算在場有你的政敵，但也有你的親友還有許多外賓，你可知道這件事情會帶來多嚴重的後果嗎！」

「我當然知道，你們看到落下的水晶燈還有事後噴乾冰的人，都是我安排好的。其實我本來是不打算這麼做的，我希望父親昨晚就宣布讓我攝政，但可恨的是他什麼都沒有說。而且要是我當場沒這麼做，今天可能早已經身首異處，你們沒看到布克安插的人馬層層包圍我吧！我早就聯繫了很多黨內的人士，只要一有緊急的狀況，就製造那場混亂。」

「因為艾瑞斯醫生後來研發出讓這種病毒於攝氏二十五度以上才會擴散的方法，所以包括噴乾冰都是盤算好的。而且，我們早就計畫要將這次的混亂嫁禍給布克。我們只要跟媒體發佈，是他想要謀害他的政敵，我們的手下因為事前有接獲眼線的密報，所以準備了萬全的措施防止他計謀得逞，一切就如我所料了。」

親王說完放下手邊報紙，但是凱斯卻不以為然，他一開始感受到親王對於這個國家的熱忱，卻被攝政的希望沖昏了頭。還有他過於執著不擇手段的方式，凱斯認為親王不是那麼值得託付。但雷拉拉卻有不同的看法，她想要支持親王登上權力高峰，他們才有辦法著手進行該完成的任務。

不過這種種凱斯都不在意，他只想找到艾瑞斯醫生，問清楚DB的下落。他已經失去耐心，決定要直接問親王，儘管雷拉拉已經勸了好多回。但他感覺已經沒有多少時間了，DB極有可能在這裡爆發大規模感染。親王聽了凱斯的提問後，堅持要他們協助他登上王位後，他才會透漏艾瑞斯的下落，還有全力協助DB防疫的事情。凱斯感到不是很高興，卻看見了一個熟悉身影出現在咖啡館角落，那人依舊是點了杯威士忌，凱斯走上前去拍了他的背。

轉過頭來的人正是安德魯閣下，他出現在這裡不是個意外，他不僅是親王忠實的朋友，也是反對黨的贊助人之一。凱斯內心的疑問是，如果安德魯也是反對黨成員的話，他本身科契亞的非洲經理職位就讓立場顯得曖昧不明，因為科契亞和當局的好關係自然是不在話下。

但雷拉拉卻猜到了，她知道像科契亞這樣的財閥，隨時在政權搖擺間權衡。或許親王和安德魯早有私交，但是眼下親王勢如中天，討好未來可能的當權者絕對是有力的一張牌。而且他對親王的支持僅限於檯面下提供資金，檯面上科契亞的高層絕對是和布克當局關係交好，斐洛也不否認這一點。凱斯一直以來所理解的黑白分明世界，在這複雜的政治生態中是不適用的。

親王請櫃檯拿出一瓶窖藏的葡萄酒幫在場三位嘉賓斟上，他正式央求凱斯和雷拉拉加入反對黨的活動。凱斯思考後改變原先的想法回答道：「加入可以，但是我希望可以了解科契亞製造農藥—孟美的來源，還有我想看科契亞在這裡的農產品加工工廠。」他知道這樣的要求有些唐突，但容不得當場解釋太多。安德魯卻爽快答應了凱斯的請求，雷拉拉也決定一同前往。

司機載著一行人來到郊外，一路上滿是荊棘臨時搭建的路障，安德魯逐一給了他們通行費後車子順利開往人煙稀少的原野。凱斯發現司機並沒有順著道路行進，而是不斷地迂迴前行，有時甚至開向了草叢內，他看著雷拉拉，雷拉拉於是偷偷和他解釋，這是為了閃避掩埋在地底的地雷。安德魯聽到他們的談話，無奈地說，這片土地許多居民連民生用品都匱乏，但是軍火或是地雷卻從未少過，儘管排雷工程已經投入許多年，看不見的未爆彈仍不計其數。

就在此時，他們聽到碰的一聲，氣流炸開的碎片飛向他們，原來是後面一部送貨的卡車誤觸了地雷。雖然距離還在百米卻感覺到一股驚人的爆炸威力，爛掉的蔬果噴散滿天。雷拉拉央求停車，她下車想去看一下後方的傷亡情況。

但就在她步出車外時，一個碎片玻璃從後方彈出，剎那間就要劃向那粉嫩的臉頰，她想轉過頭卻知道已閃避不及。瞬間一個身影擋在她前方，鮮血濺出，凱斯的臉被劃出一道淺淺的血痕。

雷拉拉嚇呆了，趕緊將隨身圍的絲巾往他臉上想擦拭，凱斯卻只是迅速地將她牽上了車，就逕自往後方的傷亡區走去。她本來想跟上，卻發現凱斯的速度異常的快，一下子就消失在塵土飛揚的道路末端。幾分鐘後他抱著一個腳炸傷的孩童出現，小男孩是坐在卡車後方的車廂上，準備要去鎮上的工廠打零工，未料這場飛來橫禍，他不斷地哭號。

一行人決定先將他送往附近的醫院，透過安德魯遍及此區的精密網絡，他們馬上找到了最鄰近的醫療院所，對男孩來說也算不幸中的大幸。但是對雷拉拉來說，一路上她除了不斷安慰哭泣的男孩外，她還掛心著凱斯臉上的割傷。凱斯卻始終將臉撇向另一邊靜默無語，車子裡只有尖銳的哭嚎聲還有刺鼻的血腥味充斥在空氣間。

來到醫院急診間，安德魯請醫護人員緊急救治男孩，確保男孩獲得最好的醫療照護。雷拉拉本來也想請醫護人員幫凱斯清創臉上的傷口，只是說也神奇，他的傷口已經癒合了，沒再流血。只是一道淺淺的傷痕日後將始終伴隨著他。

雷拉拉撫摸著那道血痕，止不住內心的愧疚還有眼眶打轉的淚水，但是凱斯卻像沒發生什麼事般，他不怎麼在意這個外表。對於一個曾經以蒼芎下為家的野生性靈來說，弱肉強食的世界非生即死，人類的外表如今只是皮囊。雖然本來清俊的臉龐多了點瑕疵，但實在沒什麼好在意的。

終於在一片急診室混亂中，他們準備啟程了，凱斯看了看這間醫院沒有發現任何DB的案例，多是一般外傷的就診，連瘧疾也沒有，相當不尋常。他擔心安德魯帶他們去的路線並不是原來他要求的，DB感染範圍日益遽增，至少在科契亞塔里塔庫工廠所及沿路地帶會有相關案例，因為他和艾瑞斯醫生之前已經研判他們的農藥導致菌種增生的情形。想到這一切可能完全推翻，他感覺相當喪氣，但也猜想是安德魯故意拖延或是偏離路線。

就在凱斯千頭萬緒的時刻，他們的車子已經來到了一間大型廠房外面，安德魯只是對外面駐衛警點了頭，車子就順利駛了進去。一排排暗紅色的倉庫坐落其中，不久後他們到達最深處一棟躲在幽暗樹蔭不起眼的鐵皮屋，裡面有許多已經廢棄的管線，還有裝有粉紅色粉末的小瓶子。「這就是孟美。」安德魯低聲地說，一行人看著眼前這有如廢墟的景象，全部都說不出話來，雷拉拉表示要帶上一小劑樣品回去化驗，安德魯點頭同意。

「孟美的確是毒性很強的農藥，其實我們發現它對於土地的危害後已經停產了，你們現在看到的生產廠房早就沒再運作了。只是我們為了研究它具體造成的損害才將已經生產的部分還有這些設備留存。要是真的像凱斯所說，它是造成菌種催生的來源，還導致致命病毒，這種嚴重影響商譽的情形我們大可直接將它銷毀，畢竟我們有著來自世界各地的客戶。」

安德魯嘆了口氣，繼續說：「我也是重視名譽的仕紳，我知道科契亞經營方式有弊端存在，但是知道有病毒的疑慮還繼續生產是不太可能的事情。至於土地開發種種也都是上層的經營考量和指示，這也是許多企業在這裡的生存之道。假如真的導致病毒擴散，我以名譽發誓至少在我監控之下不可能會發生這樣的事情！」凱斯本來就對安德魯懷抱好感，現在他幾乎要相信了他的說詞。雷拉拉推了一下凱斯，暗示他所有結果要等回去化驗報告後才能知曉。

一路上凱斯心情紊亂，原本安德魯還提議可以帶他們參觀這一區塔里塔庫的咖啡樹農地還有工廠，但是他拒絕了。因為看到沿途的村民還有那間醫院的情景，凱斯有預感不會發現到什麼，他甚至隱約懷疑了某些事情，儘管未經證實。經過了漫長的車途，他們終於回到了特區。隨著車外繁華景象重現，每戶華宅透出的光亮如繁星萬點，安德魯請司機載他們回到了雷拉拉的宅邸門前。臨走時他再三請凱斯一定要找機會去他上次給的地址拜訪他，安德魯的熱情邀約讓凱斯印象格外深刻。

他們一起走進了宅邸內的廳房，雷拉拉疲憊地攤在奶油色的皮製沙發上，凱斯也坐了下來，他們都經歷了漫長的一天。「我想我應該先把這瓶拿去化驗是否有病毒株，才能化解你的疑慮，是嗎？」雷拉拉不等凱斯提問就先將他的心思說了出來。

「先前我和艾瑞斯曾經認為這是經由孟美農藥及肥料種植出來的作物產生的，它還蔓延了那羅米希河流域。但是我現在懷疑了。假如跟種出來的作物沒有相關關係，為什麼當時夏曲在工廠時會告訴我那個倉庫呢？」凱斯質疑的眼神望向雷拉拉，雷拉拉知道他話裡的意思，瞪著他回答：「作物的確是有長出相關的菌株沒錯，你們不是也有驗出結果嗎？只是它可能不是經由孟美直接催化的，但也要等我把這瓶拿去化驗才知道。」

「我那時跟你一樣在追查這件事情，我發現並不是只有農藥那麼簡單，因為他們開闢農地大量地砍伐了當地的森林，這使生態起了劇烈變化。至於為什麼作物上會有菌株，還有那羅米希河化合成熟的藻類可以抑制病毒，我跟你一樣也還不是很清楚。」雷拉拉說罷攤了攤手。原先凱斯以為雷拉拉對這些知情，故意瞞著他讓他不是很高興，因為從她化身夏曲還有巫女種種身分，就讓凱斯感覺她變幻莫測，還有她融入環境的本事讓他折服。但是眼前看起來像是她一直以來最真實的模樣，而且因為不高興而噘起了小嘴。凱斯感覺有點虧欠，他拿起桌上的冷水壺倒滿了兩杯水，遞了一杯給雷拉拉。

雷拉拉沒有拿過水杯，看著凱斯的臉沉默著，凱斯才發現她注視著自己臉上的那道傷痕。「痛嗎？你會不會責怪我先前如此魯莽呢？」彷彿還想再說些什麼，到了嘴邊卻又噤了下去。凱斯沒想到始終將心思隱藏起來的她，卻在這一刻為了自己流露出真實情感，但雷拉拉和親王先前共舞的畫面浮現眼前，而自己只是個身分隱晦的配角人物，想到此內心有如石頭般沉入了湖海。他決定起身告辭，雷拉拉走到門廊邊，琥珀色瞳眸映出那落寞離去的背影。

過了一天，又是喧鬧的白晝，大批群眾聚集在特區的廣場，一如自由紀念日那般熱鬧，只是沒有慶典的歡愉氛圍，而是一群不滿的民眾。他們來自於納庫斯各地，訴請國王退位，直接將王位傳給斐洛親王，這大多數是反對黨動員而來的人馬，但其實也是納庫斯廣大的民意所歸。他們早就對當局相當不滿，國王的腐敗不聞世事，還有布克政權的囂張跋扈，都嚴重壓榨他們的生存空間。斐洛親王繼承了過去廣受愛戴的愛尼亞王子的人氣，加上過去幾年流放海外的經歷受到國際的同情，使他披上了有如悲劇英雄般的色彩，挾著這股勢力，民意波濤洶湧而來。

布克政權承受廣大的輿論壓力，為避免反對黨抓到把柄，他們已經交代警察儘能制止暴力行動，卻不能有任何擦槍走火見報媒體的機會。凱斯和雷拉拉也趕到了現場，因為他們兩人都隱約有不好的預感，此時民眾情緒越來越高漲，開始推向警察圍起的封鎖線，後面就是布克其中一棟私人行館。這時有位男子大喊：「前方就是魔鬼的私人豪宅，兄弟們我們衝啊！」說著就有如人肉盾牌般不畏警棍和刺刀衝了進去。那裏恰好是封鎖線中較為薄弱的地帶，一個臉龐稚嫩的員警焦急地對空鳴槍，其後又響了幾聲槍鳴，男子應聲倒地。

現場尖叫聲不斷，頓時陷入一片混亂！「魔鬼的爪牙開槍啦！警察殺人了！」憤怒的民眾推向警方，但是凱斯注意到這個中槍的人手上拿著一個小罐子，他趁著場面混亂趕緊將罐子奪走，示意著雷拉拉盡快離開現場。他現在怒氣沖沖，因為他知道罐子裡裝的是什麼。

親王出現在他們的眼前，他等在雷拉拉宅邸大門前似乎已靜候多時。凱斯一見親王就上前揪起他的衣領，憤怒地質問：「到底要和你說幾次呢！你居然想透過自殺客來散播病毒，在場的可都是支持你的民眾！」

「我是希望這病毒投擲向布克的官邸還有那些保護他的近衛軍，那個方向可不是朝向群眾。」親王將凱斯的手推開，仍是一貫淡然的態度。但是他們瞭解了反對黨另一個動機，這個意外插曲逼得警方開火，還傷了民眾。今天他們特意集結了許多媒體記者，上報後這又是一樁布克政權的醜聞，而輿論以及國際社會將更導向讓親王繼位獲得政權的風向球。

「我現在來不是為了和你們討論這些事情，我是關心你們這次去工廠有什麼進展，如果可以希望這次我也可以略盡棉薄之力。」親王似若誠懇地說道，彷彿這次自殺客事件是另一樁毫無相關的插曲。凱斯雖感不滿，但還是和親王詳細解說了經過。斐洛聽聞點點頭，他忽然提議讓凱斯他們訪查反對黨進行生化實驗的醫院，凱斯和雷拉拉面面相覷，無法想像事情會進展到這樣。因為他知道，艾瑞斯就是那間醫院的計畫執行人，他迫不及待要見到醫生，也包含了許多複雜的心情。

雷拉拉觀察親王的神情，親王顯然對於ＤＢ可能造成的影響真的沒有太多概念，他眼下只想打擊當權。現在他不顧計畫可能被破壞的風險，願意讓凱斯見到艾瑞斯醫生，也讓她猜想親王對這種種陰謀不知情。而醫生的動機則相對可疑多了，她甚至大膽設想，今天這個計畫的緣起，也可能是醫生的想法。

根據她可靠的線報，今天那位犧牲者已經看病長達一年了，期間服用各種慢性藥物，他願意犧牲的動機也讓雷拉拉感覺到背後的人為操弄因素，所以和凱斯一樣迫切希望看到艾瑞斯醫生。自從她和凱斯第一次見面起，就不斷試圖警告他要小心艾瑞斯，但是她也有著不可言喻的命運未知因素，無法言明一切，也有著無法通盤了解的空白地帶。在凱斯通往嘉布塔斯的宿命之路上，她扮演的角色仍然隱晦不明。

嶄新的醫院卻乏人問津，經過了蜿蜒的走廊，沒見到幾位醫護人員和患者。他們緊隨著親王通往沿廊的末端，裡面是一間附有負壓隔離房的研究室，一個熟悉的身影，全身覆蓋像太空裝一般的隔離衣，正小心地在玻璃培養皿上做試驗。親王看了以後笑了笑說：「醫生看起來似乎沒有空的樣子，我們在外面等他一下好了。」凱斯也曾見過艾瑞斯醫生這樣努力不懈地在那熟悉的醫院裡工作，所以他感覺激動不已！敲打著實驗室透明的玻璃外牆，醫生往凱斯的方向瞧了一眼就繼續工作，隔著厚重的面罩凱斯很難看清楚那人的面容。大約過了半小時，裡面的人出來了，卻不是艾瑞斯醫生。

「歐茲塔閣下，醫生他有事情先外出了，我正在進行他交代的工作，今天有什麼事情我可以效勞的嗎？」年輕的醫生謙恭有禮地詢問，他是艾瑞斯的助理研究員貝瑞塔醫生。凱斯要求進去那間實驗室，但是貝瑞塔在沒有艾瑞斯醫生的許可下不敢讓他們進去。凱斯只好詢問ＤＢ的生化實驗過程，親王和醫生示意他們是自己人，不必避嫌可以大方地提供訊息。

貝瑞塔醫生帶他們參觀了另一間實驗室，而且告訴凱斯ＤＢ病毒目前可以進化的方向，包含氣體型態在一定溫度下散布的媒介。但是凱斯比較想詢問的是這些菌種是否跟農藥的汙染有直接相關，雷拉拉於是將他們帶來的孟美瓶子交給貝瑞塔，他們看到了那些腐爛的作物還有上面增生的菌種，但是無法得知是否跟化肥的使用有關。

貝瑞塔除了是醫生，也具有生物學及化學相關領域的專業，他承諾會幫忙化驗成分。現在凱斯反而擔心如果醫生回來，會阻饒這件事情，因為他不知道艾瑞斯的動機。於是他要求貝瑞塔在今天以前一定要驗出來，而且他會留在醫院等待結果，親王也感覺面有難色。但是他們威脅如果不這樣的話今後不會配合加入反對黨的活動，斐洛只好應允，並催促貝瑞塔盡快完成工作。

約莫幾小時後，貝瑞塔成功地完成了化驗。他告訴凱斯，據他發現孟美的成分和植物後來長出的菌株還有相關元素沒有直接關係，而且孟美似乎只是強化版的農藥，的確帶來土地及河川的危害，但卻不是病毒生成的關鍵因素。

凱斯聽聞這個結果感覺有點失望，他才發現艾瑞斯後來的研究都不是針對病源防治，而是研發成各種生化武器的可能，一股心寒的感覺油然而生。但他又有一絲絲寬慰，在他心中留下深刻印象的安德魯閣下，對他保證孟美後來的停產是確有其事。或許他沒聽進雷拉拉警告對事情要持保留態度，但他此次是真心想要相信安德魯這個人。

本來他們要繼續等待艾瑞斯，但是貝瑞塔請他們回府，因為他剛剛接到艾瑞斯的電話，他將在外地的田野工作站停留一周，這段期間都不會回去醫院。他們只能決定離開，親王要繼續會晤反對黨人士策劃接下來活動，於是先和他們道別了。

凱斯想到了安德魯的邀約，他請雷拉拉和他一同來到了安德魯名片上給的地址。在門鈴聲響後門立刻就打開了，僕人甚至也沒問他們是誰就請他們進去入座，房屋主人已經在大廳等候他們，像是早知道他們會來訪一樣。

安德魯閣下的宅邸和他的身分顯得不是很相當，房屋簡樸，但打掃得乾乾淨淨，該有的設備一應具全。只是少了很多豪門會妝點的一些室內擺飾，僅餘留生活所必需的，但是精美的玻璃櫃卻有很多藏酒，或許也是主人翁僅有的生活嗜好。凱斯在一個老松木櫃上瞧見一張舊照片，像是上流社會的家庭照片，因為背後的莊園還有宅邸不像尋常人家。另外有一枚刻著袖珍浮雕的勳章，上面寫著致給勞斯子爵。雷拉拉於是推著凱斯說：「你之前不是一直猜說他是貴族，看起來真的是呢！」

此時安德魯聽到了兩人的閒談，於是微笑道：「小兄弟果然瞞不住你，我來自於葡萄牙貝里福家族，在很久以前我祖先擁有許多葡萄牙海外殖民地的事業。但是後來家族遭到政治敵手的迫害，宣告破產後變賣了許多宅第還有酒莊，其實科契亞最早就是我們的事業，但是為了還債，不得已將公司變賣，條件是我們家族世世代代都要掛名科契亞的管理職缺。」

「現在我就是掛名非洲事業群的經理，但真正掌管事業核心的人並不是我，他們需要我們家族悠久的貴族背景淵源。因為貝里福家族擁有廣闊的人脈網絡，而我們為了維繫祖先少數遺留的產業……」安德魯不禁哽咽繼續說：「只好不斷踐踏屬於貴族的傳統榮耀，加上現在共和時代，王室早已經沒落了。眼前只能屈服於商場生存法則，我看過太多的黑暗面，但是只能假裝無視一切，僅因為我背負著家族的傳統使命。」

安德魯另外提到，科契亞旗下的塔里塔庫，最近正在進行一樁土地開發案，他們要在納庫斯其中一個美麗的森林—九鏡湖沿岸蓋一座觀光農場。除了可以種植大量的柑橘、椰棗外，還能擴大觀光事業，帶來廣大的經濟效益，而且九鏡湖的優美風光也是吸引人的賣點之一。

這個提案遭到當地居民的強烈反對，因為開發案勢必會砍伐當地許多林木以擴增農地，且部分住戶也要配合搬遷。長期以來這裡的居民持有當地的合法土地權狀，但這種權狀在納庫斯形同廢紙，因為只要像科契亞這樣的富商捧上大筆的鈔票就能買通政府。布克政府從上至高層官員到基層公務人員，甚至連警察等無一不貪，布克本人的華廈也是年年都在擴建。儘管如此，每年外援的金額及計畫仍順利通過，這些大多不是無償金額，伴隨著愈滾愈大的債息，沉重的外債壓力只是反映在人民刻苦的生活上。

這樁開發案涉及的九鏡湖地區是著名的觀光景點，有小型商店街、雜貨店，還有可供觀光客住宿的旅館。居民靠自己種植的農作物還有周邊的旅遊收益自給自足，生活比起納庫斯許多貧困的地區要好上許多，只是這樣的生活很快就會隨著推土機的到來灰飛煙滅。九鏡湖沿岸的居民於是發出了連署，雖然沒被政府採納，但是親王注意到了居民的聲音。他偕同反對黨對此事大做文章，抨擊布克當權的執政黨罔顧人民權益，幾千居民將流離失所。

斐洛一方面也私下和科契亞高層聯繫，希望可以了解此事是否有轉圜的餘地，當然他也找上了好友安德魯。只是安德魯知道科契亞董事們對於此開發案的執著，不少政府官員都收了他們給的好處，他們是不太會理會年輕的親王的。儘管親王聲勢如日中天，但眼前要扳倒當局似乎尚未成氣候，就算斐洛成為攝政王或是繼位，也很難撼動內閣，科契亞是不會冒這種風險的。但是他們也吩咐安德魯慎重協商此事，畢竟也沒人想得罪未來的國王。

安德魯相當苦惱，他可不想得罪親王，而且基於本身的貴族血統還有道德堅持，對於這樁開發案也是相當反對，無奈自己只是個掛名的區域經理，沒有辦法做實質的決策。他想請凱斯他們幫忙，況且他們是親王推薦的人選。凱斯聽完後，表示願意前往九鏡湖看看，雷拉拉也點頭同意。

安德魯相當高興，他打算帶上一名翻譯員，因為當地民眾講的普魯語方言他完全聽不懂。雖然不乏懂得英語的人士，加上又是觀光小鎮，但是如果想和在地人拉近距離，還是最好講他們的母語。「這個您不用太擔心，這裡有個語言高手，那怕納庫斯境內有幾十種方言，他都一一通曉。」雷拉拉說完後俏皮地朝著凱斯眨了眨眼，他一時也不知說什麼好，只好無奈地點點頭。

「我從跟你們初相識，就覺得彼此緣分不淺。您知道，人過了一個年紀，會感嘆歲月的流逝還有真心的朋友愈來愈少，我自認為識人能力不差，相信往後我們可以為共同的目標努力，也希望從今彼此可以當個忘年之交。」說完安德魯豪邁地飲盡了杯中的黑麥威士忌，凱斯很高興，因為他也同樣覺得和安德魯一見如故。這一晚，他們徹夜在美酒咖啡間暢談心情，很快天已經微微亮，百靈鳥的悅耳叫聲喚起了拂曉的晨曦。廚房裡女僕端出了熱騰騰的半熟蛋還有牛奶，雷拉拉啜飲著咖啡時，盯著杯內攪拌後旋轉的奶泡不知在想著什麼。凱斯看到她如此心神專注的模樣，忽然渴望了解她的心思，只可惜嘉布塔斯給他的能力並沒有讀心術。

在某些時候，他還是懷抱著當初那隻幼豹端看大地的純真性情，雖然嘉布塔斯看似讓他迅速進入了人類生活的情狀，但他還是對人性複雜面缺乏洞悉。他無法理解為何親王持反對黨的意見，卻仍然和當局背後支撐的財團周旋還有維持複雜的關係。

然而最難捉摸的還是他身邊的雷拉拉，她像是擁有許多未知的祕密，曾經出現在工廠佯裝工人夏曲、村裡的女巫等，現在會不會是她偽裝身分最久的一次。而且他不明白為何那些人事後都對她毫無印象，或許有一天，她也會將自己存在的證明自凱斯記憶中抹去，他也衷心期盼這一天。因為自從認識雷拉拉的第一天起，他就開始感覺內心再也無法平靜。

他們出發前往了九鏡湖，經過一大段顛簸的路程，終於來到目的地。映入眼簾是一片靜謐的人間仙境景緻，澄綠色的湖水在陽光照射下波光粼粼，茂密的叢林映入湖畔。隨著道路前進他們看到了幾幢小房舍，有矮小的水泥磚瓦築成的洋房，也有傳統的圓形茅草屋，編織著蘆葦門簾，形成特殊的趣味景致。

當地民眾以為是觀光客來訪，紛紛前來叫賣許多新奇的貨色，從絲巾到酪梨皆有，凱斯於是說起了在地的方言普魯語，居民相當驚訝，也知道他們不是普通的觀光客。安德魯刻意穿著隨興的T恤，他們此次主要是以反對黨成員的身分前來了解當地，要是被發現他科契亞公司位居要職的身分，恐怕當地人的歡迎模式就不是如此了。在這裡科契亞可說是惡名昭彰，本來許多居民都有在塔里塔庫農場兼職，但現在他們聯手抵制，雖然自己種植的農產不如專業改良後來得收穫豐厚，但光是每年觀光客帶來的可觀收入就足以溫飽許多家庭，生活品質尚無憂慮。

九鏡湖居民最近得力於反對黨持續為他們的奔走發聲，因此對他們多有優待，馬上幫安德魯一行人安排了靠近湖畔優美風光的別緻旅館。凱斯看到湖邊有人正在垂釣，孩童快樂地跳入水中嬉戲。

「你會游泳嗎？我們也去湖邊加入他們如何？」雷拉拉熱情地邀約，凱斯搖搖頭表示拒絕，從前他除了在水源地邊啜飲河水外，可從來沒有跳進去嬉戲過。此時雷拉拉已經噗通一聲躍入了湖中，她光滑的茶色肌膚在粼粼波光中和倒映的餘霞相互輝映，浸濕的烏黑秀髮讓她看起來更加艷麗動人。凱斯看著這一幕出神時，忽然水畔有個熱情的男孩將他拉入了湖中，生來不識水性的本能充斥著他，身體越是抗拒就離岸邊越遠。他開始感覺不斷往下沉，肺部積滿了湖水，意識逐漸遠去。

就在此時，一個身影迅速接近了他，用如海豚般的游泳速度瞬間將他帶上了岸。凱斯感覺在朦朧意識中，一股溫暖的氣流注入他體內，幾秒後他將肺部的積水劇烈咳出，終於清醒了。起身後看到的是濕透了全身的雷拉拉，她緊蹙的眉頭逐漸放鬆，嘴角緩緩地上揚，在落日餘霞下那容顏是如此的溫煦燦爛。凱斯再也抑制不住內心的激動，他緊緊抱住了雷拉拉，夾雜著長久交織的複雜情感。雷拉拉也依偎著他，並輕輕撫摸凱斯臉上的傷疤，眼神是從未見過的溫柔。凱斯心裡直覺希望時間可以停在那瞬間，僅僅就那瞬間，他從那琥珀般的瞳眸中看見她最真實的心。

湖邊的夜晚升起了篝火，這是納庫斯少數較有活力的城鎮之一，多數地區的居民早已忘記怎麼歡迎外人，他們沉浸在自身的痛苦境遇中，每到了夜晚就熄滅了所有燈火。九鏡湖就像凱斯先前所去過的那幾個熱忱的村落一樣，喜歡以傳統的歌舞晚會來歡迎賓客。此時安德魯也注意到旁邊兩個彼此沉默的人，傍晚於湖畔相擁過後，他們幾乎沒再說話，凱斯連目光都不敢直視她，但雷拉拉卻仍是一派輕鬆，和旁邊的村民相互碰杯說笑，享受著燒烤的豐盛筵席。

當地居民喜愛一種食物叫烤鼠球，他們捕捉在農地裡的田鼠，淋上棕櫚油後插在小木枝上燒烤，去頭尾後很像圓圓的丸子串，滋味鮮美多汁，只是很多觀光客仍無法接受，包含安德魯閣下。凱斯倒是很喜歡這玩意兒，他兒時會在石縫間補捉草原犬鼠，因此對這並不陌生。他如此融入當地美食，又說得一口道地的方言，很快就獲得許多在地的友誼，而且凱斯質樸的個性讓居民感覺和以往的外地人有很大差別。

儘管不善於揣測人的複雜心思，凱斯卻有著細心敏銳的生物直覺，他發現到村裡有些居民臉上塗了藍色泥膏，像是某種特殊圖騰，詢問了村內的老婦後才知道是這裡守喪的習俗，在臉上塗抹礦物鹽提煉的藍色泥狀物，象徵對過往親人的追憶。凱斯看到臉上有藍色泥膏的人似乎不少，詢問最近為何有如此多的人守喪。老婦告訴凱斯，近來村裡許多的人染上一種怪病，去醫院治療後仍有多數患者無法治癒而死亡，後來村人就不再去醫院了，因為來往醫院的車錢還有醫療費都是筆不小的開銷，他們希望病人乾脆在親人的守護下安詳離去。

凱斯隱約有不好的預感，他提出了要求，希望可以探視目前村裡染上這種怪病的家庭，老婦對於凱斯的要求相當驚訝。本來他們是不太願意說出這些事的，因為這會影響觀光客的到來還有造成鎮上的恐慌，目前消息仍處於封鎖狀態，部分原因也是這怪病開始的時間是近期內的事情，還沒有大幅感染。凱斯答應老婦會保守祕密，因為他發現老婦是村內頗受敬重的長者，基本上還有相當多的村民對於病情處於未知的狀態。

雷拉拉雖然和熱情的村民正即興地跳著舞，但一直都悄悄在聆聽凱斯和老婦談話，安德魯也是，他們都猜到這次的病可能就是ＤＢ造成的感染，但是也不約而同想到一個拯救九鏡湖免於被開發的方法，只是需要從長計議，現在首要就是了解這次的感染起源。

凱斯想到如果真的這裡的居民也染上ＤＢ，農藥感染的可能性就更降低了，因為居民根本沒在使用孟美，早在土地開發案開始協商期間，他們就抵制了塔里塔庫所有的農業改良計畫，包含使用他們的農藥。凱斯心理一方面幾乎斷定了居民感染的就是ＤＢ，但一方面又希望不是，因為這樣他當初的設想和後來發生的事實就差距更遠了，雖然知道ＤＢ感染可以透過與環境化合後的藻類解決，但如果不知道來源在哪，就永遠不能防止它從這廣大的土地任何一角捲土重來。

第十三章　非加洛山的鷹隼

斐洛歐茲塔，納庫斯王室的第一順位繼承人，反對黨的精神領袖，卻不是實質領袖，真正領導反對黨的是納庫斯沙目族的農加。沙目族在久遠的年代前就存在於納庫斯這塊土地，民族秉性純良卻不失強悍。而納庫斯王室是建立於外族的侵略基礎上，大約數百年前佔領了這塊土地。第二次世界大戰後西方殖民解放以前，王室還連同殖民國壓榨本地原住民，引起很大的反彈，幾百年來衝突從不間斷，雖然現今多數民族已經融合，但大部分的沙目族仍然被納庫斯當權認為是次等民族，不過農加的出現即將改變這一切。

農加生於納庫斯貧民區，幼年時在農閒之餘總是跑去鄉間的教會聽牧師講授課程，也經常徹夜挑燈苦讀，就這樣一路努力上了大學，並且在特區的政府機關獲得了文官的職務，但礙於身分他總是升遷受阻，這使得農加相當灰心。還好他獲得了當地教會推薦去海外就讀的機會，於是遠赴英國就讀倫敦政治經濟學院歸國。

這個奮發的青年悄悄磨練自己的實力，而當時反對勢力的醞釀在布克政權的壓榨下已經蔚成風氣，農加搭上了這股順風車，他以能言善辯，鼓舞人心的激烈措辭逐漸嶄露頭角。當時在反對黨內，除了長期被壓迫的沙目族外，也有很多納庫斯後來的移民，大夥在高壓政權下將矛頭一致對準推翻執政黨，對於彼此的族群劃分不再那麼壁壘分明。

農加在英國求學期間認識了也去海外攻讀的斐洛親王，斐洛那時只是個稚嫩的青年，農加卻早經歷了從社會底層到力爭上游的艱辛過程，身上洗鍊的沉穩自信吸引了年輕的親王。要是在納庫斯國內，他沙目族的身分絕對會被身為王室成員的斐洛鄙視，但是來到了國外，權力劃分還有部族觀念跨越了遠洋後不再那麼清晰可辨，農加能言善辯在校園內儼然已是個明日政治新星，而斐洛看到的是他那獨一無二的光環，回國後馬上受到農加的鼓勵加入了反對黨。

斐洛在歷經了反對黨種種思想洗禮，以及海外流放的歲月後，已經從當初那隱忍怯懦，只能暗地為兄長之死感到悲憤的青年，變成了激進的反對黨精神領袖，與生俱來的王者鋒芒愈加顯露。只是在善與惡的分界點上，他失去了最初的判斷力，他們代表人民的怒吼聲，也是有意建立在打敗當權的考量上。

農加現在正在一間私人藝廊內，欣賞著當代非裔藝術家巴卡洛的個展，這個展覽不對外開放，只有特殊身分的贊助人可以參觀，而且地點相當隱密，以躲避政府的耳目。事實上它是另一個反對黨據點，而巴卡洛就是其中一個成員，他作品早期都以非洲原始森林、部落生活為主題，擅長譜出那金黃色大地在日出日落天際線優美的漸層色彩。他最知名的作品－日落禮讚，是以馬達加斯加穆隆達瓦的日落猴麵包樹大道為主題，那暮色漸濃下的巨木剪影巍峨聳入天際，厚重如浮雕般的油彩充滿大地原始的色調，讓人有置身其境的無限遐想。

巴卡洛雖為當代知名，卻也被政府盯上，因為他近年來開始嘗試許多爭議性的主題，都是在暗諷布克的獨裁政權，布克得知當然打從心底不是滋味。他開始打壓巴卡洛的作品，畫廊及美術館無限期撤下他的畫作，保有他作品的收藏家也會被政府派來的官員不斷地騷擾拜訪。除非這些作品賣到海外，所以巴卡洛雖馳名國際藝壇，但無法見容於祖國也讓他備感挫折，因此對布克更加鄙夷。

農加相當欣賞巴卡洛，所以吸納他進反對黨，巴卡洛也樂於和反對勢力靠攏，他們以這間藝廊為另一祕密據點，吸引慕名前來的贊助人還有志同道合的朋友，當然這據點尚未被布克得知。斐洛親王今晚也會過來畫廊這邊，他們約好要在這裡策劃下一步活動，上次的廣場意外已經驚動了國際社會，也為布克政權的名聲蘢罩了一層陰霾。這些布克都不以為意，因為獨裁的政府是不需要擔憂民心所向的。

這間小小的藝廊有個暗門，藏在巴卡洛最知名的作品－日落禮讚巨幅畫作背後，因為沒有人會想到推開這幅畫後面有個暗廊，也可以躲過當局的追查。日落禮讚是少數沒有賣到海外的知名畫作，巴卡洛對於這幅畫相當執著，堅持要留在國內。就在日落禮讚即將從當局追查的貴族家庭搜出時，流亡在海外的親王委請公主卡勒米幫忙，買下這幅畫作後輾轉回到巴卡洛手中，藏匿在當局難以追查的隱密地點。

現在這幅畫鑲在暗門上面，只有他們知道如何安全拆卸下來，不知情的人如果要強行拿下畫作會連同畫框毀壞整幅作品，就算是布克本人也不敢冒這個險。畢竟日落禮讚馳名海外價值連城，喜歡佯裝風雅的軍事強人布克也不會擔上破壞國寶的惡名，最多是將畫作拍賣給海外商人或是送給友邦國家。

通過蜿蜒的長廊後，一間精巧別緻的小書房映入眼簾，擺滿了各式書籍，農加和親王已經坐在書架旁的皮製長椅上等待著巴卡洛到來。門打開了，除了巴卡洛以外，還有個打扮古怪的老人，黑色帽緣壓得很低，配上不合時宜的粗大墨鏡。親王覺得老人眼熟，於是詢問巴卡洛這位長者是哪來的朋友，此時老人回答：「來自非加洛山的鷹隼，振翅乘風而來！」

親王聽到這句話，驚訝地站了起來。納庫斯王室是幾百年前自非加洛山緣起的民族，在他們征服這塊土地時，他們的王自許為來自天上的鷹隼，傳授天神的旨意來治理納庫斯。所以歷代的王都在皇冠上刻上鷹隼的圖案。

農加聽到老人提及非加洛山時感覺心頭複雜的情緒湧起，因為他們就是被這個民族迫害，但既然他是隨著巴卡洛而來，農加隱約也猜到和布克有關，只好壓抑內心的怒火。對親王而言，這個長期聯合政治敵手迫害他的人如今就在眼前，親情排序在王室成員的情感表達中往往列入最低等次，他不知道要用哪種表情來面對已經形同陌路的父王。

國王緩緩地坐下，儘管在媒體鏡頭前他已猶如風中殘燭，但在這小小的書房內，舉手投足間仍顯王者威嚴，那鋒芒頓時讓這狹小昏暗的房間有如火炬進入暗房般耀眼。親王彷彿也忘記了長期父子間的仇恨，低下頭宛如兒時一般，準備接受父親的教誨。國王看到這長期和自己天涯相隔的兒子面對自己只是低頭不語時，難得放鬆露出了慈愛的表情。

「你們應該很驚訝我會出現在這裡，基本上我長期仰慕著巴卡洛先生，對於先生的種種迫害，並非出於我本意。」國王停了幾秒鐘，繼續加強語氣說：「對於納庫斯的現況，我知道自己要負最大的責任，我沒有能力管好這個國家，甚至保護自己的家人。」國王說到這裡，語氣激動地抽搐了一下。親王不可思議地看著父親，記憶以來，父王習慣用冷漠的態度及表情對待他，這個高高在上的王就像是任何情感的絕緣體，現在他的表現卻有如渴望親情的慈父，是真的因為已經病入膏肓，打算父子和好重拾過往嗎？

「你一直以來縱容布克毀了這個國家，還聯合他害死自己的兒子，現在我已經踏上反對之路，不可能回頭了，除非宣布由我攝政，讓我們執政組閣，否則一切沒有商量空間！」親王想起自己最初的使命，剛剛父子短暫情感交流再次被長期的憤怒掩蓋過去，如果說父親此時是要來勸退自己，那他想都別想！

但是國王搖搖頭回答斐洛：「我在位時間已經不久了，自己的身體狀況自己清楚，你就算直接繼位也不是不可能，但如果我們父子沒有商討出一個對策的話，你上台後仍然是魁儡政權。」

「因為你是對抗不了布克的，他掌有納庫斯的軍隊，還有他的武器供應來源你也無法想像！現在如果我宣布讓你攝政，他措手不及的話，可能納庫斯就會直接發生內戰！孩子，你希望這些事情發生嗎？」國王語重心長地說完後，開始劇烈地咳嗽。農加示意地看著親王，親王懂他的意思，他們都不希望爆發內戰，屆時付出的代價將難以估算。而且據說布克在邊境還有個秘密軍火庫，連國王都不清楚究竟在哪裡。

農加萬萬沒有想到，象徵他們要打敗的王權－納庫斯國王，居然現在在反對黨的祕密基地和他們商討對策。他們都有共識，想要擊敗布克，很難單靠武力對抗，但是零星的游擊戰打擊士氣是可行的，還有利用國際的輿論給予經濟的具體制裁，切斷他底下官員的密集利益網絡，是瓦解執政黨的可行方法。因為這些官員主要的弱點就是貪，還有對布克的恐懼，他們本身的忠誠度倒是令人懷疑。農加另外提到的關鍵點，就是知道布克邊境武器庫的所在，只要掌握武器庫的地點，他們就可以切斷內戰來襲時政府軍的後勤支援。

國王言盡於此，他表示會利用身旁親信給予他們必要的引援，但是如果弄巧成拙反而會擦槍走火，所以他只能表面佯裝不知道他們的計畫。此時，外面的鐘聲敲響，已經十二點鐘了，國王起身，和在角落保持沉默的巴卡洛握手並說道：「今天終於近距離看到日落禮讚了，這真的是很令人震撼的一幅畫作，先生，我不枉此番冒險前來，希望您今後可以持續揮執那充滿生命的畫筆啊！」

巴卡洛聽完老國王一席話眼角浸濕了，他激動地握著國王的手，感覺不是面對一個國家的統治者，而是一個深深理解自己作品寓意的知音，他知道這個位居上位的人士，在歷經一番歲月風起雲湧後，沉澱出萬千幻化的滋味，才能理解他畫中深厚的情感層次。今日話別，巴卡洛隱約感覺下次見面不知是何時，或許他的感傷遠比親王還要來得多。

揮別了老國王，農加和親王都感覺到相當不可思議，不過他們的路已經越來越清晰，也隱約預見爆發內戰是遊走在計畫邊緣的事，兩人都推斷武力計畫應是掌握在布克親信的國防部長安曼手上，警察署長道恩那邊也可以託人旁敲側擊。精明的農加早在政府內撒下情報網，安插很多反對黨的人士，這幾天除了具體打聽祕密武器庫的事情，他們也將目標放在九鏡湖的開發案上，輿論的反彈已經甚囂塵上，現在是策劃活動及釋放能量的絕佳時機。

九鏡湖是象徵納庫斯優美生態的知名景點，每年觀光客不計其數，但是近來卻悄悄銳減了很多人潮。納庫斯由於國王的健康狀態每況愈下，加上由親王攝政的呼喊聲越來越高，國內政治情勢極為動盪，已經被許多國家列入紅色警戒區，居民本來已經疲於應付土地開發案，現在更是雪上加霜。但是這也為向來紛擾的九鏡湖帶來少有的幽靜，現在正是日落時分，湖畔在粉橘色的夕陽餘暉下，倒映出七彩漸層的美麗天際，清幽的岸邊一道斜長的剪影出現，那正是凱斯。

他忙著幫居民將纜繩牢牢綁在矮樁上，一艘艘的獨木舟排列整齊，他凝視著湖面，卻看見了最沒想到的倒影出現在水面上，那是一隻獵豹的模樣，正是他以前的樣子，他看到那閃爍著磷光的金色瞳眸，就知道是他出現了。「我期盼了你這麼久，你總算願意現身了，現在我的姊姊都已經死了，我當初答應做嘉布塔斯，似乎一點意義都沒有了！」凱斯懊惱地說。

「既然如此，為何你還要堅持追查下去呢！因為你知道這是自己的使命，不是嗎？帶你去那個空間，也的確是要告訴你已經發生的事情，我本來也意料你可能從此消極下去，可是你仍然繼續朝著這個宿命邁進，因為你也想追查出茹菌的下落吧！」湖中倒影其實沒有任何的動靜，但是凱斯知道是他將心聲直接傳達到了他腦中。

「我接下來該怎麼做？請你告訴我吧！我已經快失去方向了！」凱斯雖然在提問，但更感覺像在對自己吶喊。「跟隨著我另個使者吧！雷拉拉是最好的導師，現在和她全力協助親王登上王位，親王上來後會改變這一切，但是記住，等到親王上台後，你要盡全力退出或是隱藏起來，這是我給你的提示。」說完，倒影又重現了他人類的模樣，傷痕在湖水映照中似乎顯得很淡了，幾乎看不太清楚。

凱斯感覺後面有人在盯著他，回頭一看，正是雷拉拉。「那個人已經給你指示了嗎？」她露出了淺淺的一笑。凱斯決定不和她說提示的內容，只是含糊地點了點頭。

「我已經確定了那幾個病例是DB，還好我當初帶了很多化合後培育的藻類精油，當初艾瑞斯有預見未來的需求，在他還沒開發疫苗完成前，只能暫時先用這些藻類提煉出精油，也比較好保存。」凱斯談到醫生時，略為感嘆了一下，他已經在確定那些病例時，請當地的衛生所協助將這些精油給患者服下，現在他們打算回去看看那些病人的情形，這裡離醫院仍有一段距離，而衛生所裡尚有堪用的基本設施，能先做些緊急的處理。

他們去衛生所後感覺欣慰許多，病人多數已經慢慢好轉起來，這裡相較於凱斯之前去過的地方還有布瓦鎮等都先進不少，衛生設備也比較齊全，患者可以在比較乾淨的環境接受舒適的照顧。但是現在安德魯憂心的是另一件事情，再過幾天公司的人會協同政府官員、學者來到當地，和居民開一場協調會議還有進行第三次環評。

納庫斯當地的法律是規定環評需要進行三次，前兩次是象徵性的聽取雙方建議還有概況分析，第三次就會做出決議還有簽署通過，除非在少數極具爭議的情形下才會另外加開決策會議。但是這次背後的財團來勢洶洶，公聽會還有所謂的協議早已流於形式，第三次極有可能就定案，何況這些學者還有官員早已被授意。

雷拉拉已經私下和安德魯討論，要將DB的事情公布。儘管章程並沒有規定傳染病和環評的切確關係，但是沒有人會想冒險在有致命病源的地方開發投資案。安德魯陷入兩難，他知道公布傳染病後，科契亞會針對這次的開發案興師問罪。但他這陣子於九鏡湖停留期間，充分感受到居民對這塊土地的執著及感情，也清楚當地生態破壞後可能帶來的後果。

安德魯的煩惱雷拉拉看在眼裡，她走上前對安德魯說：「您放心，這件事情跟您沒有直接關係，我們會在這幾天透過反對黨的消息管道將傳染病的真相散播出去，全力影響環評結果，只要您當做事前完全不知情即可。只是接下來您最好先回城裡去比較保險，現在這還不是我最擔心的事情。」

安德魯知道雷拉拉的顧慮是什麼，她望向湖畔嘆了口氣說：「我擔心這裡的民眾會希望封鎖祕密，畢竟這也有可能影響他們的觀光收入，也可能會從此讓九鏡湖和病毒劃上不好的等號，可是為了維護這裡，實在也顧不了這麼多了。」說完她拾起腳邊一顆小碎石，扔向了湖面，噗通一聲激起了水花及陣陣漣漪。

其實雷拉拉的憂慮不僅於此，九鏡湖西南邊的林木其實早在許多年前就已經被盜採的商人砍伐不少了。據當地居民描述，他們想阻止盜採的怪手時，還有警察荷槍實彈擋在他們前面，讓他們搞不清楚究竟警方是站在盜採商人那邊還是居民這邊。法律的模糊地帶在這裡已經不是鮮事了，只是在國際環保團體努力奔走下這兩年較沒如此猖獗，索性他們這次乾脆以法律手段將土地整片奪走。

九鏡湖其實這幾年已經產生了一些生態的變化，雷拉拉憂慮這是否和DB有關，她想凱斯一定會駁斥這樣的說法。因為他深信是科契亞農藥使用所導致，儘管化驗結果還有居民近期的抵制已經推翻了這樣的可能，但是目前也沒有具體的證明可以支持她的想法。

傍晚，親王接到了雷拉拉的來電，她希望親王可以幫忙這次環評的事情，親王和農加早將這次九鏡湖的開發案列入戰線之一，索性滿口答應。農加利用自己廣闊的反對黨人際網絡將信函還有消息廣傳各媒體。親王也聯絡了自己在政界的好友，他另外請求雷拉拉，希望她可以回來城裡一趟，因為他需要和雷拉拉見面商談此次勘查的結果。

雷拉拉感覺很為難，因為安德魯閣下也即將離開這裡，以在幾日後的環評缺席避嫌。如此一來，只剩凱斯在這裡孤軍奮戰，但是親王懇切地希望雷拉拉務必來城裡一趟，她拗不過親王的請求，於是只好決定和凱斯討論。

「你們居然已經決定將消息公布了，居民並不知情，妳有和他們討論嗎？」凱斯氣急敗壞地說。

「做事情有時候要不拘小節，我們長遠的考量是站在他們這邊就好。」雷拉拉聳聳肩滿不在乎地說，但事實上她心裡也有這樣的顧慮。凱斯知道如今消息已經在特區傳開，也不忍苛責雷拉拉，眼下他只能想盡辦法回鎮裡滅火，讓他更失望的是，在這緊要關頭雷拉拉卻要離自己而去，回到特區和那個遠在天邊不了解事情的小皇帝彙報。

「還有我想告訴你，朝森林減少後生態改變的方向偵查DB的來源，孟美的確是致使土地改變酸鹼值的原因，但我想不是主要的直接因素。」雷拉拉心想既然凱斯已經在氣頭上了，乾脆一股腦托出他不想聽的話好了，並且準備迎接他的怒火。

但凱斯卻沒再說些什麼，只是安靜地望向窗外，這反而讓雷拉拉內疚起來，兩人陷入沉默不知多久後，他站起來走向門邊，背對著她說：「妳快回去城裡進行你們的計畫吧！我要對這裡的居民負責，畢竟是我承諾會幫他們守密的，現在我也有義務告訴他們所有的利弊關係，妳說的那個方向我也會追查。」說完凱斯就默默掩上門離去，雷拉拉看著他離去的方向，忽然想起了什麼追出去，卻已經不見人影了，只有月亮映照在清澈的湖面上，滑過水面的夜鷺攪亂了湖中倒影，遠方貓頭鷹在嗚嗚地低鳴。

清晨，凱斯敲了房間門，沒有人回應，他發現門沒鎖上索性直接推開，但是房內已空無一人，連所有行裝都已經不在了。此時忽然有人拍著他的肩膀，凱斯嚇了一跳，回頭一看原來是安德魯閣下，鬆了口氣的他卻有點悵然若失。

「小兄弟，我要回去城裡了！回到我的工作崗位，如果可以等到這次風波平息後我會寫個報告給高層，希望他們可以研究其他的開發案，九鏡湖即使在環評結束後仍然很難確保平靜，不過我會盡我的努力。」安德魯為了保險起見決定今早出發，除了免去和科契亞這幾天環評的人士照會外，還有許多後續工作要完成，所以決定提早回到城裡。

「這裡的人會相當感謝您的，您代表的並不是科契亞，而是安德魯·勞斯·菲爾頓。」凱斯的話語像風떦穿透了安德魯心底，他沒想到這個掩埋已久的家族名字從凱斯嘴裡說出。

「你怎麼會知道這個名字？」安德魯嘴唇顫動著，凱斯笑著回答：「天上的神明告訴我的吧！」其實他是在安德魯房內收藏的一把古老西洋劍上看到這名字的，當時還趁著沒人發現，默默將上面的灰擦拭掉，看來安德魯自己也早已把這名字埋在內心深處了。

特區的日間廣場熱鬧非凡，市集一大早就擺滿了各式的攤販，夾雜著烤羊羔的涮肉香氣，銅板硬幣碰撞的聲響不絕於耳。雷拉拉穿上了剪裁合身的套裝，準備踏入她國貿事務委員會的辦公廳內，忽然一個身影擋在門口，她認出了這個人，反對黨的靈魂人物農加。

農加承襲了沙目族高大的身材還有黝亮的膚色，濃眉還有寬厚的下巴說明了他堅毅的人格特質，雄渾有力的嗓音可以折服台下千萬的聽眾，無怪乎他的演說總能吸引一片掌聲。「妳就是雷拉拉小姐吧！老實說我在政府系統打轉這麼久，倒是沒注意到有個國貿事務委員會，會長是誰我也不清楚，還是你們這裡只有設置妳一個執行秘書官方職缺？」農加嗓音磁性十足，雷拉拉聽得出他話語裡的譏諷味道，也感覺到一絲不悅，但是他鏗鏘有力的音調會吸引任何男女聽眾，只想多跟他交談。

「我想你應該不是單純只為了參觀這個你未知的官方機構才來的吧！這裡的確只有我一位執行秘書。」雷拉拉沒好氣地回應。農加笑得咧開了嘴，似乎有個人工皮鼓在他的聲帶處，所以他連笑起來都中氣十足，充滿感染力。農加知道這位美艷的女郎可不好惹，在對剛剛無理的言語致歉後，他請雷拉拉隨同他前去見親王，轎車已經準備在門口。

雷拉拉心底覺得奇怪，親王大可直接告訴她地點請她自行前往，居然請了反對黨極具聲望的農加親自前來接她，只是這部車子實在不是很稱頭，大概是為了避免招搖行動被布克安排的人員監視。她看到農加高大的身體因為要塞入後車座時還差點撞到了頭，不禁噗哧笑了出來。

「親王請我們坐的這台車可真是苦了我」農加苦笑著說，大概是瞥見雷拉拉忍俊不禁的畫面，她沒想到像農加這樣的人還有著自我調侃的幽默感，瞬間已經忘了他剛剛的無禮。她私下看過很多農加現場的演講還有登載的言論，一直相當欣賞這位人物，儘管很多反對黨成員暗地裡說他只是靠口才在帶領黨內，但雷拉拉不反對團體領導人總是需要有鼓動人心的魅力還有辯才，而農加就是這種人物的典型。

他們終於抵達了一間小小的畫廊，當農加領著雷拉拉進去畫廊時，她才興奮地發現裡面展示的都是巴卡洛大師的作品，大師的畫作在境內已經所剩無幾。而日落禮讚映入眼簾時，她驚訝地說不出話來，沒想到這幅享譽海外的名作居然是在納庫斯境內，因為外傳這幅國寶級的畫已經流入了歐洲。但是沒等到有時間慢慢欣賞，農加已經將手推在畫上，她正想阻止時畫已被推開了，一道旋轉門磯呀一聲，日落禮讚已經退入了黑暗中，取而代之是一道深不見底的長廊，農加示意雷拉拉一起走進去，她還沒理解眼前發生的事情只能趕緊跟了進去。

走道又深又黑，一般人走在裡面都會顯得徬徨緊張，但是農加好幾次回頭關照雷拉拉，都發現她顯得神色鎮定，絲毫沒有畏懼的模樣。他點了點頭，走道盡頭出現了亮光，雷拉拉知道等在裡面的人是誰，忽然腦海一瞬間閃過了那幅日落禮讚，此時已經到達了那間雅緻的小書房了。

她一眼就見到了親王，他今天顯得格外英俊，合身的剪裁襯托出俊拔的身段，頭髮紮了一個簡易的馬尾。親王身邊有個年過半百的男子，她馬上認出就是日落禮讚的作者，畫中高聳入雲的巨木群在非洲的語言又有生命之樹的意思，巴卡洛就像他畫中的主角，滿布滄桑的風霜面容卻飽含著生命力還有不屈的性格。

「妳就是雷拉拉小姐吧！果真如傳聞中一樣是個美麗佳人。」巴卡洛露出和藹的笑容，原本嚴峻的表情和生硬的臉部線條瞬間和緩不少，雷拉拉微笑地和當代名家握手致意。「我說的沒錯吧！而且她還是反對黨背後的智囊團呢！」親王說完後，雷拉拉緊張地看著親王，因為她只答應會支援反對黨的活動，但並沒有正式加入反對黨，也不是其中的智囊團，不過她隱忍住內心的想法，因為今天來可是為了更重要的事情。

農加貯在角落點了一支菸，現在的靜默彷彿是為了積蓄能量似的，而親王頻頻望向這邊眼神示意，他才終於起身，走向桌邊將滿布塵埃的桌巾抽掉。映入眼簾的是幅像地圖一般的牛皮紙張，只是上面街道還有房子都用一種特殊的色塊顯示，畫面中許多紅色像火焰一般的圈圈分布在零星地帶。雷拉拉認得這是整個納庫斯的地圖，中間很密集的色塊明顯是特區的街道，還有範圍廣大的外圍地帶，而這間畫廊正位於特區道南街還有馬群街中間，上面還有顆淺藍色芒星圖示。

「這些是什麼？」雷拉拉手指著畫面的藍色芒星還有火焰圈。「淺藍色芒星都是反對黨的據點。」農加簡短地回答。雷拉拉看到藍色芒星分布點相當的多，不少都位於政府機關內，甚至國防部北邊大廈也有。親王嚴肅地表示，大部分的據點都只是因為有反對黨的內應存在，可以掌握相關的訊息，但是真正完全屬於反對黨地下活動的據點只有零星幾處。除了上次他們商量對策的地下咖啡館外，還有這一處畫廊，收藏了巴卡洛個人相當珍惜的幾幅畫作。

雷拉拉沒想到大師也是反對黨陣營，巴卡洛表示，政府曾私下希望他可以改變畫作主題，吹捧布克的政績還有畫一些富庶的城市景觀，但是大師卻斷然拒絕。風花雪月是一回事，憂國憂民又是另外一回事，他無法阻止自己的畫筆開始呈現這片土地滿目瘡痍的真實情景。在他內心有個小小的奢望，親王帶領新政府上台後，可以改變眼前腐敗的政局，他才會執下充滿憤怒的畫筆。一直以來身心已疲憊不堪，原先作畫的熱情也漸漸消褪，巴卡洛希望用自己風燭殘年的藝術生命，試圖改變這個國家風雨飄搖的未來。

其實除了巴卡洛以外，境內不少藝術家也因為理念與當權不合受到監視還有脅迫，而反對黨都盡可能提供他們周全的保護。另外許多鄰近的非洲國家及海外友邦都支持親王，對於布克政權看不慣是原因之一，但也有不少是同情死去的愛尼亞王子，因為他在國際擁有極好的名聲，他們將對於愛尼亞的期望轉寄在親王身上，斐洛可說是承襲了哥哥的聲望還有人氣。

農加自從上次國王來訪後，已經掌握了幾個可能的祕密軍火庫，但是沒有人可以確定真正的軍火庫在哪裡，而地圖上紅色的火焰圈是幾個可能的地點。雷拉拉卻發現了一個關鍵，在一個藍色湖畔的圖示旁出現了火焰圈標記，那個地方所指的方位很明顯就是在九鏡湖境內。

「九鏡湖可能有你們說的祕密軍火庫嗎？」雷拉拉指著畫面問道，農加點點頭，他說這是國防部反對黨眼線提供的消息，這些地點都曾經有軍方的活動紀錄，但是具體的文件都已經銷毀了。「這和最近科契亞的開發案是否有關係呢？」雷拉拉提出了這樣的可能，農加點頭回答：「目前我們不排除這樣的發展，但假如真的是的話，他們開發九鏡湖的目的可能就不僅僅是商業考量了。」

雷拉拉搗著頭沉思，她想如果九鏡湖內真的有祕密武器庫的話，試圖影響環評結果公布病毒真相的效益就不大了。那瞬間他們都猜想到一個可能，政府開發當地真正想做的事情是：打造一個地下的軍事基地，這當然不影響他們本來想經營的商業開發，但是最重要的是他們擁有土地所有權，可以自由地做他們想做的事情。

她回想起在九鏡湖沿岸，居民曾提及附近開始進行開挖的地區，強力的幫浦不斷抽取砂石，導致民宅處不斷湧出汙水，但她懷疑自己這樣的聯想十分荒唐。建造軍堡的事情仍讓人感覺像天方夜譚，但是以布克過往的種種行徑作為，還有眼前他面對的擺盪政局，他們不排除魔鬼布克會採取這種行動的可能性。

但是已經來不及了，所有的文宣還有消息都已經散發出去，雷拉拉也無法再通知凱斯這件事情，親王他們也知道問題的嚴重性。「其實發布消息也沒什麼不好，這是一個很好的測試機會，要是當局仍然執意讓環評通過，就代表祕密軍庫所在的可能性相當高！而且我們也可以密切注意執政黨可能採取的行動，不過我擔心他們會封鎖該地，以阻止傳染病散播為由。總之，我們就持續關注動向吧！我們不是還有個朋友在當地嗎？他會告訴我們情報的。」

農加說這些話的時候一派輕鬆，雷拉拉當然知道他從來沒有去過九鏡湖當地實際了解過，這些都是紙上談兵的計畫。她想到當地也有許多人是沙目族，和說普魯語的居民相處和睦，但眼前的農加可能不是很了解當地人包含自己同胞的心聲，想到在那端孤獨的凱斯，她心頭一揪，為自己那天沒能好好道別感到難過，但是眼下只能將這樣的念頭壓抑心中。

「你們已經掌握了那天環評與會委員的名單了嗎？如果可以我需要那份名單。」雷拉拉希望這份名單可以具體幫忙到凱斯和九鏡湖的居民。

「通常這種名單事前都不會公布出去的，而且幾乎每次委員都不太一樣，反正他們都只是掛名而已，尤其是這種喜歡黑箱作業的政府，但是很幸運，我們有很多朋友可以幫上忙。」農加爽朗的笑聲顯現出他十足的自信，並且和雷拉拉約定會透過相關人將名單給她，親王也滿意地點點頭，好像已經確定祕密武器庫就在九鏡湖了一樣。但是之後要如何確認證據還有阻止開發案，他們打算且戰且走，畢竟他們發現那裡是可能的布局地點，也是大約不久前才收到的消息。

第十四章　與君共同進退

凱斯今晚做了個夢，他夢到了小時候和繆加在蘆葦叢內嬉鬧的快樂時光，草原在和風吹煦下就像金黃色的波浪。忽然間，芒草被強風吹得倒向另一邊，他們看到了一隻母獅正匍匐朝這邊而來，即使已經將肚皮貼在地上讓身體壓到最低，他們還是看到了那豎起的耳朵還有擺動的尾巴。

母獅朝他們飛奔而來，兩隻小豹已經來不及反應，剎那間母親也從旁邊飛也似衝了出來，橫擋在他們和母獅中間。就在此時，凱斯從夢中驚醒了，他慶幸這個夢沒有延續下去，這是已深埋在內心的記憶，隨著愈來愈融入人類生活，過去似乎離他更形遙遠。但夢裡的情景卻又歷歷在目，他這才察覺自己已經流了一身冷汗，外面天色已經濛濛亮，又是一個早晨即將到來。

自從暫居九鏡湖以來，凱斯除了晚上在旅館休息，大多數的時間都會去當地的小型工廠幫忙，也會去湖邊一起拉獨木舟。在凱斯他們來以後，鎮上原本感染不知名怪病的人數驟減許多，很多居民對他充滿好奇，但僅得知來自於納米比亞草原這個答案。不過這沒有影響凱斯給當地人的好印象，個性質樸熱忱，沒什麼心機，只是這個青年的過往像是一片神祕的空白。

儘管和村民相處融洽，他們也不再多問凱斯的私事，但當他收到雷拉拉來電得知消息已經散播出去時，開始顯得焦躁不安。他知道再過幾天就會面臨環評，還有居民馬上就會知道他們已經將疫情公開。雖然他當時有答應老婦不會洩漏，現在只好想個說詞來說服大家，畢竟眼前最重要的就是保住這個小鎮還有居民的生活。

這一晚鎮上為了歡迎一位遠道而來的牧師，準備了篝火晚宴，擺上了許多甜酒還有椰棗製成的糕點，凱斯看到田鼠被這些食物吸引而來，就捉了幾隻。他忽然覺得田鼠的數量近來有增多的趨勢，也想到可能是之前居民抱怨湖水倒灌後，田鼠被迫遷徙或是繁殖導致數量激增。

他決定要在今晚和居民公開疫情的事，儘管還有客人在場，但凱斯已經顧不了這麼多了。雖然特區散布的消息通常要好幾日才會傳到衛星城鎮內，但是很有可能在這兩天居民就會得知九鏡湖疫情感染的事情傳了出去。其實許多當地感染DB的患者在服下凱斯帶來的精油後都已經好轉了，但還是有爆發零星幾個新的病例。

凱斯一直密切在注意湖邊有沒有產生像當時那羅米希河那種藻類，但都沒有發現。另外，雷拉在電話中，並沒有和凱斯說明這裡可能藏有軍火庫的事情，她覺得事情至關重要，在沒有完全確認以前，她很怕凱斯衝動行事會讓自己陷入險境。

「各位，我今天有件重要事情想要跟你們說！」凱斯表情顯得相當嚴肅，原本歡樂的舞蹈全暫停了下來，老婦緊緊盯著凱斯，彷彿知道他接下來要宣布的是什麼事情。

「我知道各位能有今日的富足生活，全仰賴這美麗的湖泊帶來的豐富資源。但是今後如果各位被迫遷離這裡，森林樹木被砍伐賣給有錢人做裝潢，湖水被填平蓋上觀光農場，如今擁有的生活就不會再存續。我希望大家可以做長遠的考量，現在鎮上遇到了一點困難，很多人遭遇了不知名的疾病，不過在我來之後一直傾盡全力幫助大家。再過幾天就會有環評的人來到這裡，我們必須讓他們知道這個小鎮現在的處境，以商人的利益考量，他們會對開發案重新評估，這是我們唯一的機會。否則只能進入暴力抵抗，但是我不希望到時候有多餘的流血傷亡。」凱斯在說這些話時，為貼近群眾他是使用道地的普魯語，所以牧師無法聽懂他們說的話，但這也是凱斯的目的，他知道居民不會按照話語的原意解釋給牧師聽。

居民此刻躁動了起來，不同的意見開始在空中交流，配合著營火劈哩啪啦地響，氣氛有如一觸即發的火藥引線。牧師也察覺了不對勁，但是就如凱斯預期，沒有一個人願意解釋給他聽，他只好呆立在原處。

「你當初答應會幫我們保守祕密！這裡已經被很多國家禁止觀光客到來了，現在政局這麼亂，假如爆發疫情的消息一出，以後大家靠什麼維生，你知道我們靠觀光收益的比重有多大嗎？」老婦大聲抗議，居民一時被這激動的言語煽動，失去了判斷能力，紛紛支持老婦的說法。眼前這個原本大夥喜愛的老實青年，瞬間變成了出賣小鎮的狡猾分子。凱斯看著居民的反應，雖然沒感到意外，但內心還是涼了一截，他想起這個老婦可說是這陣子以來最照顧自己的人，沒想到連她都不信任自己。

「我希望大家冷靜，因為如果我們繼續鼓譟下去，對於我們接下來要面對的環評是沒有任何幫助的，現在這是最關鍵的時候，要是你們注定要被驅離此地，那麼維持這樣的觀光名聲又有什麼意義！」凱斯開始顫抖，因為居民再也容不下他的聲音，此時那個牧師已經被現場躁動的氣氛嚇得不知道溜去哪了，儘管不太重要，但是他此時也真的非常想要逃走。只是在這個關鍵時刻，他只能待在原地忍受大家的叫罵，甚至有人將椰子殼扔向他，後來幾個恢復冷靜的居民將現場控制住，才匆匆結束今晚的筵席。

篝火還在啪啦啪啦地燃燒，現場的人卻早已散去，只徒留凱斯一個人。他仰頭向天，非洲夜晚的星空總是異常清朗，點點星火如織，凱斯苦笑著，站在原地任由晚風吹拂臉龐。

「凱斯，這陣子大家很感謝你的幫忙，但是他們都認為你可以離開這裡了。真的很抱歉，這不是我本人的意思，我很高興交到你這位朋友」一位與凱斯要好的居民為難地說。凱斯點點頭，其實昨晚他就猜到了結果，幾乎就是在等待居民對他的審判，但知道自己不能就此離開，只能請求居民再多給點時間收拾行李。

他往湖畔走去，用水清洗了略帶倦意的臉，仔細看了臉上那淺淺的傷疤，想起了雷拉拉，想起那日夕陽下他們相擁的情景。就在此時，茂密的樹叢中，隱約有雙銳利的眼神迸射出來，凱斯覺得是某種熟悉的生物。他往樹叢走去，忽然聽見一聲獅吼，幾乎不可置信，因為這裡距離保護區還相當遙遠，但還來不及反應時，已經看到一頭母獅在距離自己不到兩百公尺處。他瞬間身體僵住，知道自己此刻已經不是從前那可比風速的身體了，只好將隨身攜帶的小刀拿出，準備奮力一搏。

母獅停在原處良久，她發出的低吼聲讓凱斯摸不著頭緒，而且她的眼神顯得奇異，那不是他傳統在草原上看到的嗜殺眼神。就在此時母獅撲了上來，凱斯感覺一陣暈眩，連小刀都來不及刺入，他原先預料自己應該已經被割斷頸動脈，躺在血泊裡死去，但醒來後，發現自己正在村裡的衛生所，圍在身邊的居民都是些熟悉的面孔。讓凱斯欣慰的是，這些居民看起來相當地擔心，只是他不是很清楚自己怎麼被送到這裡來。

「看來大夥還沒有放棄我，只是我怎麼會被送過來？」他半開玩笑地說，可見並沒有立即性的危險。

「我們發現你被一頭母獅刁住，牠把你拖到了街道上，大家都被嚇了一跳，正當我們準備拿出獵槍時，獅子就放下你飛也似逃走了。只是我們以為你應該已經斷氣，但發現你好好的，完全沒有什麼損傷，只是牠在你胸前留下了傷口，但是不深，我們這裡的設備要緊急處理沒什麼問題。」說話的是那位老婦，從她溫和的話語看來，凱斯斷定她應該已經原諒了自己。只是他這才注意到胸前的傷口，但是真的不是很深，可是皮肉畢竟有破開，當心情放鬆後他反而感覺痛了起來。

可是再痛凱斯都很高興，他知道自己可以留在村子裡了。他們彷彿已經忘記了凱斯前晚篝火晚宴的爆炸性言論，請凱斯專心養病，而且老婦還邀請他晚上可以去家裡吃晚餐。

現在他知道至少可以撐到環評到來，其實很多居民也很高興凱斯可以留在這裡，因為他們在決定趕走他後就後悔了。經過冷靜思考，大夥都覺得凱斯的話有幾番道理，何況現在情況已經造成了，九鏡湖和居民的永久存續才是眼前最重要的事情。

凱斯傍晚和雷拉拉通了電話，雷拉拉表示反對黨這裡已經在盡力釋放九鏡湖環評的輿論壓力，他們首要以水資源保護以及居民生活為主軸。但那只對於民主國家適用，納庫斯這樣的獨裁國家這當然是形同具文，所以他們就將鋒頭轉向了可能帶來的傳染病恐慌，但是目前政府都不動聲色。此時雷拉拉回想起幾天前，親王和她在國貿事務委員會會議廳內商談此事的情景。

「目前我們還沒收到政府任何動靜還有回應，不過我們在國防部那邊打聽到可靠消息，他們可能會朝向這是國家政策的開發案做導向，如果是這樣對他們而言將整個湖邊夷為平地也不在乎。現在已經確定九鏡湖內是有個武器庫，可是我們發現好像還不只有這一個，而且也無法掌握切確地點。」

親王說罷疲憊地倚靠在沙發上。國貿事務委員會的會議廳，雖然裝潢仍算嶄新，但是似乎很久沒有打掃過了，他們也沒有點燈，因為燈早就已經壞了，水晶燈飾蓋上了一層厚厚的灰塵。透過百葉窗外的路燈亮光，親王原本黝黑健康的膚色被照得慘白，但看上去仍舊相當英俊。雷拉拉本來想要安撫他，卻感覺到手臂瞬間被用力拉了過去，親王將她緊緊摟住，雷拉拉只想掙脫，但卻沒想到他力氣如此之大，於是她奮力一推，只見到親王愕然的神情。

「妳知道嗎？那天我請你們一起去我皇妹的生日宴會，晚上邀請妳共舞時，我就不想將妳放開了。」親王用極其溫柔的聲音說。他查覺到了雷拉拉的抗拒，感覺有點受傷，自他懂事以來，只記得復仇還有流放的歲月，對許多柔情款款的目光都不曾心動過，也知道自己外型引人注目的程度。這是他第一次對某個人傾心，雷拉拉的回應反而激起了他潛在的征服慾，更渴望擄獲她的芳心。

「尊敬的親王，那天共舞純粹出於公事還有社交禮儀，當時您在場上也可以和任何女孩共舞。現在，我依然是因為公事而來，只想要如何幫助反對黨還有讓您順利繼位，等到您真的成為納庫斯國王，我就會隱退了。」雷拉拉不悅地說。親王聽到這裡，就激動地回應：「我不可能讓妳隱退，妳要去哪呢？我希望妳可以答應做納庫斯未來的王后。」

雷拉拉震驚地看著親王，卻不是出於歡喜，而是覺得未來國君的承諾如此草率。她半開玩笑地說：「那也要等到您真的繼位，還有掌握一國大權。況且，尊敬的斐洛王子，我們相識那麼短，您怎麼會那麼認定我呢？」

「妳是少見讓我怦然心動的女子，妳表現出的穩健機智，舉止大方，我愈是了解妳，就愈每分每秒都想見到妳。」親王大方地告白，讓雷拉拉很驚訝，但是這些話他說起來卻是如此自然。她忽然想起，凱斯從來不曾和自己說過這些，雖然他在賭場時曾挽起她的手，還有在湖邊溫暖的擁抱，但他卻一丁點話都沒有說。

「我很感謝您的厚愛，但是成為王后的承諾對我而言還太遙遠，此時此刻我們還有個共同敵人，還有許多事情要完成。未來有這麼艱辛的一條路要走，我真的沒有心情思考這些，但是我很高興聽到您這樣說。」雷拉拉說完後，就請親王離開，因為她想休息了！親王知道雷拉拉婉拒了自己，也知道剛剛自己失態的表現，但是他一點都不灰心。只要他們還繼續站在同個陣線上，他就有機會讓她知道自己的優點，何況未來即位後他就是統領這塊土地的君王，有誰會拒絕當國王的情人，甚至是未來的皇后呢！

雷拉拉腦袋一片混亂，她昏昏沉沉睡了一夜，做了很多夢，夢到以前的事情，還有夢到近期發生的事情。早上送報紙以及信件的已經來了，她聽到砰一聲，就知道早報已經放在門口，她從辦公室沙發上起身，裹上羊毛毯來到門邊，看到了報紙的頭條：「出血熱病重新肆虐納庫斯！九鏡湖成為疾病溫床……」等標題，就知道反對黨已經開始動作了！

她注意到報紙旁邊，有一只精美的金色長形信封，打開一看上面寫道：「為昨晚的無禮和唐突致歉，今天想要跟妳商談進一步的計畫，晚上七點在佩特羅丹娜廳等妳，妳的摯友歐茲塔上」。

佩特羅是特區高級的義式餐廳，唯美的氣氛及幽暗的燈光通常是情侶幽會最佳地點，現在親王卻約她在那裡進行計畫商談，而且看似沒有別人。雷拉拉微笑了一下，她無法拒絕，只好應邀前往，但在去餐廳之前，她有件重要的事情非做不可。

晚上雷拉拉遲到了幾乎半個小時，但是親王臉上毫無慍色，而且當他看到眼前的麗人時也忘了她姍姍來遲的事情。雷拉拉穿上端莊的黃色晚禮服，還挽了個美麗的髮飾，但是，親王覺得她的眼神似乎相當疲憊，就像是奔忙後趕緊來赴約。而且雷拉拉的指尖有指甲斷裂的傷痕，親王注意到她指尖滲出的血。

「妳今晚真是美若天仙，但是剛剛是不是發生了什麼麻煩呢？讓我看看妳的手。」親王說完，就想仔細端詳她手上的傷，但是雷拉拉趕緊將手摀住回答：「沒事，剛剛在搬東西的時候碰到手了，這種小傷是無礙的。」

今天就是政府還有相關人員要來九鏡湖做環評會議的日子，他們已經預訂在鎮長辦公室裡的會議廳中進行，這當中只有鎮上部分的人可以參加，包含鎮長還有一些耆老等，但是當地一位原訂參加的工商團體代表無法前來，請凱斯代為參加，當然這都是安排好的。

這場會議幾乎沒有什麼村民可以發言的機會，大多數是委員和政府相關人員主導流程，會議的結論已經很明顯了，要持續九鏡湖的開發案幾乎已做成決議。他們說這裡有絕佳的地理位置，還有對周邊的發展有永續性，但是對於環境的破壞還有居民的遷移則輕描淡寫，他們已經私下協議今天一定要讓評估通過。

凱斯此時站了起來，以平靜的語氣說道：「我不知道你們清不清楚這裡已經是觀光紅色警戒區了，如果你們持續這樣不顧居民權益，想要觀光農場發展起來是相當困難的。還有你們環評完全沒提到填平部分湖區可能帶來的災害，到時候大量砍伐周邊森林勢必會讓這裡生態起變化，農場屆時只會是一個貧乏無力的土地，我不懂你們看重的經濟效益在哪？何況你們把居民都趕離，這裡只會變成一個沒有靈魂的地方。」凱斯知道那些人根本不在意這些話，但他用意不只如此。他從身上拿出一個小瓶子，與會人員面面相覷，不知道那個神祕小瓶子有何用處。

「其實最近周圍零星的開發已經造成一定程度傷害了，這就是最近發現的出血性病毒ＤＢ，我想大家應該都有在新聞上看到。現在我手上這小小的罐子裡就是這病毒，目前我們尚無開發出有效的疫苗，它就是這裡生態改變後的產物，已經造成我們許多同胞的傷害，要是你們執意開發，這個病毒只怕會更加肆虐。」凱斯作勢要將瓶子打開，所有委員都嚇得退到角落，但此時一個沉著冷靜的聲音回應他，他就是這次的主席，環保署長奈德。

「如果你真的釋放，你不怕鎮上的同胞也在這裡，會波及到嗎？」奈德的聲音冷峻，令人不寒而慄。其實大部分布克底下的官員都是這個樣子的，他們似乎就像他底下的冷血機器，每天都不停地按照指令運作，直到將這個國家推向毀滅為止。

凱斯根本不可能將瓶子打開，因為這麼做也會造成鎮上的恐慌，本來DB原病毒是透過體液接觸或是食用有菌種的作物才會感染，但這是艾瑞斯自己研發而且壓縮過的粉末型變種，目的是方便攜帶或是做為生化武器的雛型。凱斯只是想恫嚇這些官員，讓他們知道現在這裡危險的處境，奈德看得出他不會再有進一步的行動。

「這個病毒擴散的事情，我們會寫入紀錄中，但是應該不會影響目前的評估比數，畢竟這是關係整個國家的重要開發案，要是真有病毒，政府也會全力協助解決。而且假如真像你所說的，遷村更是勢在必行了，因為如果病毒在這些居民當中擴散就糟了，要是我們將這土地淨空而且封鎖一段時日，不就可以避免更多感染案例了嗎？」

奈德說完露出了輕蔑的笑容，他們打從心底就是要這樣硬幹，但凱斯的確無法反駁他，也覺得被將了一軍，要是雷拉拉早點將實情告訴他，或許他就會知道政府根本不是重視觀光效益這一塊，科契亞只是推手而已。現在會議幾乎已經拍板定案，相關單位在請民眾等待審核定案後就匆匆結束了這場會議，留下了茫然的村民，自己的家園即將要被剝奪，美麗的林木和湖泊也將不復存在。

這幾天政府的官員偕同委員們還要進行多項的評估，因為九鏡湖來往於市區畢竟不方便，他們在城郊租了一間別墅。這間美麗的別墅是科契亞高層所有，專供打獵或是遊憩使用，有時也租用給皇室成員，只是皇室在近郊有個專屬的獵場及行宮，所以不太會來到這區域。在這裡打獵可說是件風行的事情，尤其是湖邊的闊鹿林更是他們最愛去的地方。

會議結束後隔一天的上午，奈德和科契亞高層一行人來到了闊鹿林，他們身上穿戴了整套的狩獵裝備，叼著菸斗一路說笑。忽然奈德看到了一隻公鹿出現在樹叢裡，他悄悄地示意大夥靜下來，並且用嘴形和旁邊的科契亞公關路易交流：這獵物是我的了！

碰一聲槍響，樹叢群鳥驚慌竄出，奈德直覺那隻鹿已經中了槍，就朝著鹿可能逃竄的樹林深處追過去，一群人跟在他後面跑。奈德看到樹葉及枝枒上都沾了鮮血，料想那隻鹿應該逃不遠，但是當他眼光掃過周圍時，忽然看到了令人瞠目結舌的畫面。

不到三百公尺處，有一隻母獅虎視眈眈地盯著他，奈德曾經在巡視國家保育區時看過無數次獅群在草原上被烈日曬得發昏的畫面，印象中都是見到懶洋洋的獅群，而且他們很安全地在車子裡。但他怎麼也想不到，在這種林區居然會看見一隻單獨行動的母獅，而且牠很明顯朝自己走來。

奈德緊張地對空鳴槍，一般而言野生動物就算是獅子聽到這種聲音都會止住步伐，猶豫是否前進。但是奈德眼前的母獅似乎相當執著，不受到槍聲警示的影響，而且牠已經向奈德這邊衝了過來，身後的同伴都看到了這一幕，他們有人開始對著母獅開槍，奈德也趕緊準備上膛瞄準母獅，但是他習慣使用舊型的獵槍，上膛速度較慢。正重新裝填子彈時，母獅已經撲了過來，他趕緊往後狂奔卻已被咬住了左腿，母獅準備要將奈德往後拖去。同行的路易趕緊對準母獅開槍，牠敏捷地逃過子彈的射擊，忽然就放下口中獵物往旁邊的灌木林一躍而去，消失在所有人的視線中。

大夥都如釋重負地坐了下來，這才想到要關心奈德的傷勢。仔細一看他左腿都是血，因為考量到這塊土地距離醫院偏遠，附近也只有簡陋的衛生所，科契亞的人員叫了他們私人直升機來支援，將奈德送往了較近的市立醫院。

稍晚後居民都聽聞了奈德在闊鹿林被獅子攻擊的消息，雖然奈德的醜惡形象使得當地人不得不暗自叫好，但也都為這樁事件感到驚訝，因為獅子從來沒有出現在這一區。凱斯也打從心底感到奇怪，他直覺這隻母獅跟他上次遇到的是同一隻，但是母獅當時似乎沒有要取他性命的樣子，現在胸口的傷也已經癒合。

如今九鏡湖邊有獅子會攻擊人的消息已經傳開，凱斯告訴了雷拉拉這件事情，雖然奢想這樁意外讓政府打消念頭仍屬天真，但是他們仍希望多多少少對於不顧一切要硬幹的當局有點警示作用，居民甚至謠傳那隻獅子是叢林之神的傳說，牠的出現是要保護這塊土地。當親王聽聞這件事情時感覺相當有趣，農加表示透過渲染這種傳說色彩也是反對黨可以操縱的輿論方向。

後來這隻母獅的攻擊愈來愈頻繁，除了奈德以外，許多政府官員還有科契亞的人在九鏡湖附近游走都有零星被攻擊的事件，但是母獅都是在他們鳴槍後就會迅速逃竄而去，只有一次有個倒楣的傢伙被咬傷左臂，但都沒有致命。雖然沒有人因為母獅的攻擊死亡，但還是搞得勘查團體人心惶惶，如果有必要他們才會離開鎮上去到森林外圍，而且幾乎都獵槍不離身，但還是有許多人開始惡夢連連。經過連日的恐懼洗禮，這行人草草結束這次環評的勘察，在幾天後回去了特區，居民暗地叫好，但他們知道這些人遲早會捲土重來，只是無法預測他們下一步的行動。

現在九鏡湖異事頻傳，爆發的感染危機還有獅子的攻擊事件，透過反對黨輿論喧染已經傳遍了整個納庫斯，甚至是國際媒體，但是布克當局完全沒有針對這些事件有任何動作。親王和安德魯正在地下咖啡館內，商討這次科契亞方面的回應還有行動。

「基本上科契亞高層已經不太信任我了，我似乎被排除在所有決策之外，現在只是因為我的世襲身分才有這個掛名的職位，好在私底下還是有許多人可以打聽。我聽說科契亞打算放棄開發案還有撤資了，因為現在九鏡湖意外頻傳，而且地力貧乏不符效益成本，只是聽說放棄開發的是農產技術部門。現在有另一個部門打算插手，會繼續承包政府委託的開發，這個部門在科契亞似乎相當隱密，我也不是很清楚相關的編組，而且聽說這是一個賠錢的部門。我之前曾經看到他們的帳目很亂，只有支出幾乎都沒有營收，不知道這是一個怎麼樣的部門。」安德魯說完後無奈地搖搖頭。

親王和在身邊的農加交換了眼神，農加也點點頭，他們已經假設，科契亞內部這個祕密部門，和政府一些黑暗的交易有關，也更加確定九鏡湖內確實是有軍火庫的存在。

就在這時咖啡店裡電話鈴聲響起，服務生接了以後用眼神示意農加，他趕緊去接了電話，約過了五秒鐘後，農加臉色大變。

「怎麼了？」親王緊張地問。農加面無表情地回答：「艾瑞斯醫生發了一張新聞稿，上面寫的東西對我們似乎不利，我們必須趕快掌握新聞。」

這時傳真機響了，傳來一張即將登上報紙頭條的新聞稿內容，雖然寫了很多艾瑞斯醫生針對此次ＤＢ疫情感染的見解，但後面卻有對於親王他們不太有利的指控。艾瑞斯表示反對黨假意出資金贊助他的實驗室開發，但是他們將ＤＢ的氣體化試劑騙取走，並且威逼艾瑞斯繼續研究相關生化實驗。

親王、農加看了新聞稿都驚訝不已，當初艾瑞斯可說是自己毛遂自薦，要加入反對黨並且協助相關實驗，現在艾瑞斯還說，反對黨曾經請他去九鏡湖邊駐村實驗好幾周，這一點當地村民可以作證他曾經去過當地，只是他們不知道他進行的實驗。現在感染爆發，這一切都是反對黨的陰謀，目的是攪亂政府開發案並且造成當地的恐慌。

親王他們這才感覺事情相當棘手，因為艾瑞斯和反對黨的紀錄已經被他留了起來，還有當初贊助他的金流，但是他們從沒有對生化武器進行野外實驗過，一切都只是研究階段，何況波及普通人民。親王此時氣得咬牙切齒，他們終於意識到艾瑞斯根本是執政黨的臥底，現在所有進行的事都幾乎攤在布克眼前了，毫無底牌可言。

稍晚新聞稿內容幾乎登上了各大報紙頭條，對於反對黨的撻伐聲浪一面倒而來，但是醫生卻神奇地消失了。雷拉拉去了幾次實驗室，都找不到醫生。艾瑞斯的助理研究員貝瑞塔甚至表示，醫生不曾再進來過實驗室，也很難聯絡到他，現在反對黨決定由農加開記者會澄清，畢竟因為親王的王室成員身分無法公開活動。

「我們的確有贊助艾瑞斯的醫院還有實驗室，但並沒有該醫院的主控權，基本上因為當時艾瑞斯進行的亞熱帶熱病實驗論文引起我們注意，也知道他分離出一種最新的ＤＢ病毒。他聲稱是為了研究還有開發疫苗，我們希望這些實驗可以幫助這塊土地的人共同抵禦傳染疾病，因為實驗室欠缺資金，所以當時我們鼎力支援，但絕對沒有進行生化武器這種危險實驗。九鏡湖最近如果有醫生自行前往研究，應該也是他個人行為，我們完全無法事先得知他計畫，也沒有這種權限干涉醫生的專業行為。我們一直站在納庫斯全民的共同利益做考量，雖然政府給予的生存空間相當有限，但我們堅持從縫隙裡求得生存，我想這塊土地的人民、還有九鏡湖的同胞也是一樣。我們沒有理由荼害自己的同胞，僅僅是為了給執政黨形象上的打擊……」

農加口若懸河，聲音語氣充滿感染力，新聞稿的澄清後來演變成反對黨的理念宣傳秀，他整整說了二十分鐘，許多在場人士都受到他的感染。後來新聞台的人不得不委婉請他結束談話，這場記者會為反對黨的一面倒負面聲浪稍稍挽回了點形象，但是情勢還是朝著最嚴峻的方向發展。

第十五章　祕密軍火庫

凱斯覺得自己沒有臉再待在九鏡湖內，但是居民都捨不得他走，熱情地慰留他。老婦知道接下來會有場硬仗要打，所以希望凱斯可以留下來和他們一起奮戰，他只好決定繼續待在這裡。這一天他出外散步，走到了湖邊接近樹林的地區，忽然看到了他日夜企盼的身影，雷拉拉正凝視著湖面，當她看到凱斯後就高興地迎了上來。

雷拉拉對於先前和凱斯不愉快的對話耿耿於懷，而且後來她就不告而別，其後幾次談話也都僅在電話上談論公事，但是此刻見面後，凱斯卻絲毫沒有介意那次的事情，這讓她很高興，但兩人卻沒多餘時間噓寒問暖。她來這裡主要是要討論軍火庫的事情，雷拉拉知道在電話裡講非但無法表達清楚，而且萬一成為監聽對象就糟了。現在她手上有一張從國防部特殊管道拿來的軍火庫可能位置，這個地點比上次親王他們展示的更加精確。

「妳說什麼？祕密軍火庫？」凱斯不可置信地說。他除了驚訝，心裡也頗不是滋味，雷拉拉當然知道他在想什麼，過去這段時間只有他獨自一人在這小鎮和居民共同面對，而且他還未握有完整的訊息。現在凱斯終於知道，為什麼奈德似乎胸有成竹，也不被當地疫情所影響，因為他們根本不在乎經濟效益！

但是雷拉拉有她的無奈，祕密軍火庫可能位置畢竟當時只是親王還有農加的臆測，凱斯也只能接受她的說法，畢竟一段時間沒見，他不想把氣氛搞壞。

「我聽說你也有被獅子攻擊，是真的嗎？」雷拉拉看著凱斯問道，凱斯聳聳肩回答：「沒什麼大礙，幾乎都看不到傷口了，而且我那時對於母獅的攻擊一點印象都沒有，只記得後來就昏黑一片，之後努力想要回想都想不起來。」雷拉拉聽了之後會心一笑。

他們到了旅館，雷拉拉在桌上展開了地圖，凱斯看到畫面上很多紅色標記的圖示，這幅地圖和農加先前展示的那幅大同小異，只是更加明確且詳細。還有另一個驚人的點，就是涵蓋的範圍不僅僅是納庫斯，幾乎包含了整個非洲，雖然超出納庫斯國界外的紅色標記相對零散不少，但因為這樣反而更加醒目，凱斯發現那羅米希河流域旁也有座落紅色標記。

「妳說這是軍火庫可能的位置？」凱斯驚訝地問，雷拉拉點頭，他們兩個都有了相同的聯想。「這個軍火庫到底是藏了怎麼樣的武器，有沒有放射性的武器或是生化產物，為什麼這麼剛好我發現之前感染的地點，都和這些位置有重複。」凱斯說出了他的疑問。

雷拉拉也告訴凱斯最近發生的事情，包含艾瑞斯醫生的新聞稿還有他的失蹤事件，整件事情關鍵都無可懷疑地指向執政黨。現在他們首先是要找出那個紅色的座標，根據地圖，其中一個座標位於那些官員之前打獵遭到襲擊的闊鹿林。

凱斯告訴雷拉拉闊鹿林現在是危險地區，雖然尚無居民受到襲擊，也把母獅當作是精神象徵，但畢竟有這種掠食性野獸在森林出沒仍然有一定危險性，大家現在還是小心翼翼。

「不用緊張，那隻母獅說不定是來懲罰那些官員還有黑心商人的，你也看到沒有尋常百姓遭到襲擊，也許那是森林裡的正義使者喔！」雷拉拉半開玩笑地說，凱斯聽了卻挺不是滋味，因為他自己就有受到襲擊，但是既然當時母獅沒有給他致命，那應該沒什麼好擔心的了，所以他們就決定隔天前往闊鹿林勘查。

九鏡湖周邊曾經有個水壩，位在闊鹿林靠近安曼河谷的位子。這是個小型的水壩，而且已經荒廢了，現在積滿了泥沙，地圖所指向的方位，差不多就是這一區塊。他們看到了水壩附近有個廢棄的小型水力發電廠，旁邊是一個水電站，再繼續往深處走，就見到一處發電引水隧道，也是因為久未使用充滿了蜘蛛絲還有各種斑駁的痕跡。但是越往裡頭走，就越感覺這裡和外面隧道的結構似乎格格不入，走到底看到了一個半圓形的鐵門，上面的鎖頭早已經鏽掉了。

「現在該怎麼辦？」凱斯問道。雷拉拉也束手無策，因為地圖的指向的確相當接近這一帶，但是這個標的很明顯還在這道鐵門後好幾百尺處，可惜他們被眼前的鐵門給絆住了。現在唯一想到的辦法就是強行爆破，但是他們都沒有帶任何彈藥還有工具。

「我們只好明天再來了，現在我先把這裡的地勢還有圖片傳去給親王他們，這樣也可以擬定接下來的計畫。」雷拉拉迅速在地圖上面劃記，並且拿出相機拍照。凱斯摸了摸門面，將耳朵貼在鐵門上仔細聆聽，發現後面並沒有任何水聲潺潺的跡象，照道理來說地圖這裡應該是接近河谷處。空氣中飄來了淡淡的火藥氣味，他很慶幸自己的靈敏嗅覺沒有跟著這副文明身體而被埋沒掉。

「後面可能真的藏有什麼，我聞到了一些火藥的味道，要是我們強行爆破，可能會引燃未知的武器。」凱斯知道雷拉拉所預想的解決方向，於是擔心地說道。但此時他被地上的植被吸引了注意力，這裡長了許多奇異的蕨類，跟他在那羅米希河看到的差不多，凱斯摸著空氣中飄散的菌孢，嗅了一下，跟那時被污染的植物是一樣的氣味。它們被旁邊涓涓的小細流滋養著，而小細流的水也是和那羅米希河汙染後同樣呈現噁心的藍紫色。

凱斯示意雷拉拉沿著水流邊走進去，他們發現一個小小的引道，也是通往鐵門後的方向，只是這個引道長滿了苔類，幾乎無法察覺它的存在，凱斯撥開了那密麻的青苔還有雜草，他們就走進了黑暗的引道當中。

凱斯知道這些藻類植物只是汙染導致的結果，並非直接原因。當時他們也排除了從空氣中傳染的可能，通過了河川還有土壤汙染作物，長出在農作物的菌種被人食用後才會導致感染，還有血液和體液的接觸，但這些僅止於他之前和艾瑞斯的共同發現以及艾瑞斯的解讀。醫生後來為何可以讓DB透過空氣傳染，這些想法不斷在內心翻攪，讓他焦躁不已，雷拉拉看出了他的困惑，輕輕勾住了凱斯的手臂。雖然在濕冷黑暗的引道中，但他仍感覺一陣溫暖。漸漸地，引道已經來到了盡頭，他們看到了不可思議的場景，驚訝地說不出話來。

沒有人會想到在這種廢棄水壩還有發電廠引水隧道內，會看到這種場景，照理來說武器還有彈藥如果受潮了就不堪使用，但是這裡卻沒有外面潮濕的空氣還有淙淙的流水，充滿了各式武器。有的似乎是二戰以後就一直存放於此，除了滿是手榴彈的箱子及各式炸藥外，角落處還留存著德產的生化防護衣。凱斯看到一個箱子裝滿了特種部隊的戰術刀還有一些十字弓，他沒想到這裡居然還有這種徒手使用的武器，回想自己最初變成人類時從廢棄倉庫拿來的小刀，簡直相形見絀，他撿起了一把戰術刀還有手槍刀放入隨身的行囊中。

但是雷拉拉搖著頭說：「如果這就是祕密軍火庫的面貌，那真的完全不如我猜想，這很多都是舊式的武器，假使布克真的要靠這些骨董維持政權，我認為不是他跟不上時代，就是他太過於輕視反對黨的實力了。」雷拉拉說完，凱斯也抱持著同感。他不太相信這就是祕密武器庫的全貌，而且他們也覺得這些武器和外面汙染的植物不太有直接關聯性，因為這些武器都屬物理性的攻擊，但是環伺四周，這似乎就是他們目前所能找到唯一的線索了。

此時，凱斯聽到了另一邊有淙淙的流水聲，他順著這個聲音走過去，發現一道石牆。

他和雷拉拉示意，他們應該要突破這道石牆，雷拉拉敲了一下牆面，知道另一邊隔著完全不同的空間。他們確定石牆附近的範圍淨空以後，就退到了好幾尺外將手榴彈扔向石牆，碰一聲巨響，石牆被炸了開來，他們看到一個令人震驚的畫面。

裡面像是一個精密的化學實驗室，相關配備都新穎精良，外面的武器庫相較而言就像是陳年骨董攤一般，其中一道玻璃門後有著各式氣體管路還有儀器運作著。凱斯往回走拿了兩件厚重的生化防護衣並給了雷拉拉一件，他們穿著整備後就進入那個空間，防護衣既厚重又炙熱難耐，凱斯好幾次都被霧氣蒙住了視線幾乎無法前行。現在他們進入了玻璃門後的小實驗室，裡面的儀器嗡嗡作響，還有疑似無線電的聲音，可見平時有人在使用，只是他們今天剛好撲空，現在裡面空無一人。

雷拉拉看到一個玻璃箱內有許多的培養植被，和外面那些菌藻類幾乎一致，還有許多奇特的液體導管線及排風口，這些液體導管連接到了實驗室外部，但是管線相當複雜不易分辨。他們已瞭然於胸，這些液體流往了外部和河谷的水源連接上，而這些水源滋養著九鏡湖區的廣大林木，現在他們可以確定感染的來源了。

凱斯不知道那羅米希河的汙染是否也是受到這些生化實驗的影響，他知道關鍵掌握在艾瑞斯醫生身上，而且他們也確定了科契亞惡名昭彰的背後進行的黑暗勾當：大多數的儀器還有硬體設備都顯示出是科契亞底下子公司生產的型號，還有一個使用文件上面印製了科契亞的公司圖徽。

雷拉拉做完了相關紀錄，並且採集樣本後，他們就準備離去了。此時凱斯忽然感覺踩到了什麼，他看了腳下，原來是隻田鼠，正是他們之前在鎮上經常食用的那種烤鼠串的田鼠。他忽然聯想起了什麼，田鼠此時正在食用那些藻類，凱斯抓起了田鼠，並拿了麻布袋將它塞入裡面。

「沒想到你現在居然還想到肚子餓！」雷拉拉露出淺淺一笑。

「我有其他的用途，回去後我要化驗這隻田鼠的血液是否對ＤＢ病毒有抗體反應。因為如果藻類及水源會直接致病，應該大多數的村民都病了才是。」凱斯解釋道，雷拉拉不可置信地說：「你懷疑那些居民是因為食用田鼠的關係嗎？可是你之前在布瓦鎮有看過這種鼠類嗎？還有之前我記得看到你也有吃，但是你卻沒事？」

凱斯平靜地回答：「食用或是被咬都有可能，因為在艾瑞斯還沒研發出變種的生化病毒之前，這透過血液感染是確定的管道。還有我之前早就有抗體了，所以我當然沒事，這種田鼠在鄉間一堆，要不是這裡的居民嗜吃這種食物，我之前還真的沒有注意到。如果我的推論沒錯，接下來在污染的河川附近或是湖畔應該會開始有大量爬蟲類出沒，我們等著看吧！」

雷拉拉透過和農加聯繫，將鼠體交給了一間私人實驗室，證實了田鼠血液中也有ＤＢ的抗原反應，親王已經將所有贊助艾瑞斯的金援都切斷了，而且也關閉了幾個疑似和他有關的小型醫療機構，他們全部的人現在都在找尋艾瑞斯。但神奇的是他就像從這片國土消失了，親王透過相關單位調查他是否有出境紀錄，弔詭的是出入境紀錄從來沒有這個人，所有的人都無法解釋一個活生生的人就這樣憑空失去了蹤影。

凱斯今晚獨自留在旅館內，雷拉拉還有要事已經回去了城裡。他一個人正對著窗戶沉思，外頭忽然響起了像號角般的音樂，這是居民用牛皮及羊胃袋製成的特殊樂器，通常在迎接貴賓時才會使用。他出門一看，一位美麗的女孩全身戴著五彩的珠子在跳舞，這個身影及情景讓他想起初見雷拉拉的時候，所以他被吸引上前。看到的女孩不是別人，是曾經與他在宮廷裡共舞的卡勒米公主，她今天穿著當地的服飾，紮起的編髮艷麗繁複，隨著歌舞不斷地甩動著，可可般的肌膚被營火映照的閃耀奪目。

「是你，我就知道你在這裡。」卡勒米公主看到他後似乎異常地開心，凱斯詢問公主為何會出現在這裡。「我雖然是皇室的成員，但有四分之一的血統來自於九鏡湖，我的母系源於這裡。九鏡湖有個靈媒的傳說，必須由特定的家族女性代代傳授，其實到我母親那代幾乎就沒有通靈能力了，而我從小又被接去皇宮居住，但是每年或是這裡發生特別危難的時候，我都會回到母親的故鄉，跳靈媒先祖流傳下來的鎮魂舞，安撫那些受傷的靈魂。最近我知道鎮上發生了很多事情，所以回來希望和大家一起面對。」

卡勒米有著一雙澄澈明亮的眼眸，她的眼神和雷拉拉完全不同，如果說雷拉拉的眼睛猶如湖底一樣深邃令人無法捉摸，卡勒米的眼睛就像是清朗的艷陽般明淨光潔。凱斯感覺心情似乎也被感染了愉悅，她的出現彷彿撫慰了居民帶有瘡疤的心。

現在布克已經摩拳擦掌準備要來對九鏡湖進行強制驅離了，他對於這塊寶地的執著可能令人驚訝，凱斯聯想到之前看到的生化實驗室，他覺得如果祕密軍火庫就是那裡的話，可能指的就是生化武器，而且還有許多他和雷拉拉未發現的地區，只是那些病毒流洩出來，造成當地感染。凱斯不知道這是布克設計要讓當地恐慌的陰謀，還是毒氣流出是無意中造成的實驗後果，因為他們事前也無法得知，這種病毒可能透過田鼠傳染。因為那個發電引水隧道平常根本沒人會去，地點也相當封閉，唯一能想到的結果就是布克試圖研發生化武器，造成感染可能是當初始料未及的。因為隱密性是開發這種武器的必要關鍵，他們想驅離群眾，就是希望掌握九鏡湖周邊的資源還有將該地所有對外通訊封閉起來。

隔天早上居民收到了政府強制執行的公告，上面還註記了時間，希望居民在期限內搬離居所，然而眼下僅有荒廢的農舍可供暫時棲身，還有一些政府先前興建的鐵皮住屋。每戶僅獲得一筆微薄的補償金，老婦估計這個金額只夠他們買幾桶米，完全無法和當初觀光盛況時居民自食其力的所得相比。

現在居民已經傾向武裝對抗，凱斯決定要偷偷去先前的武器庫備貨，卡勒米公主聽聞凱斯的計畫後，希望可以和他一同前去，他們打算抗爭的事情也傳入了反對黨以及親王的耳中，親王表示會在特區和他們響應，全力協助計畫。一般而言是不需要用武裝對抗的，但是布克底下的軍人政權，已經習慣用裝甲車、槍砲彈藥直接對準人民，甚至於執行都更計畫時也是如此。居民知道手無寸鐵是無法抵抗這個暴力政府的，他們已經準備好面對腥風血雨的挑戰。

而目前在特區，已經開始了這一期議會會期。納庫斯的議會大樓富麗堂皇，進入會議廳後，長長的走廊掛滿納庫斯脫離殖民、走向議會及內閣制的輝煌民主過程的歷史照片，如果光看這些照片，真的會認為納庫斯的未來就像這些動人的展示圖一般，邁往自由的康莊大道。

實際進入議會廳後，看到的卻盡是議員們扭曲貪婪的百象。納庫斯的議會多數自然就是布克所控制的執政黨，投票給執政黨的選民大部分是特區裡有一定影響力的商業鉅子或是有參與公共建設的人士，而反對黨多是納庫斯受過教育的青年。他們擁有滿腔抱負及熱忱，但是人數遠遠不及執政黨，而農加也是代表反對黨的議員之一。最近議會要進行的其中一個法案就是國土法的修正條文，這個條文因為涉及最近眾多土改還有都更案，所以備受反對黨注意，尤其明眼人都可以看出，這明顯是衝著九鏡湖的開發案而來。而這一天議會正要對這項議案開會討論。

「過去這些土地都有經過合法登記，居民也多持有土地所有權狀，我們強烈反對政府用如此強硬的方式就將這些土地廉價徵收。據我們所知，九鏡湖擁有舉世稱羨的原始森林還有稀有的自然資源，數不盡的居民都依靠那些自然資源及觀光收入維生，政府不可能以等價關係就可以補償的了居民的損失，還有對土地永久的危害，而且目前納庫斯尚有鉅額的外債，我們需要國際社會的支持……」農加在會議上慷慨陳詞，但是除了反對黨的成員給予掌聲外，大多數的議員都靜默不語。而布克不斷地用手搓著他那昂貴的純金戒指，從頭到尾都低頭不發一語，但他這樣靜默的行為卻往往更讓人不寒而慄。

聽完農加的發言後，應本次議題出席的奈德反駁道：「這些居民獲得的權狀早已逾期，那是在前一個王政時期不合法的佔有，現在納庫斯已經邁向了民主時代，為了擺脫那標誌帝國以及殖民時期的歷史餘蔭，我們反對非法據有。為了這個國家未來的長遠規劃還有公正地分配資源，我們需要適時地統籌這塊土地，正是因為尚有鉅額的外債，納庫斯才需要更加靈活的財務政策還有善用土地的產值……」雙方一來一往之間，農加還有反對黨都知道影響議案無法通過的機率微乎其微，他們的目的是希望藉由這些言論還有議會的聲音，讓民眾覺醒，還有讓媒體散布這次的議題。現在納庫斯國內反對聲浪沸騰，動盪的政治氣氛讓人覺得內戰遲早的到來不是完全不可能。

事實上他們早已對可能爆發的抗爭做了許多準備，自從凱斯及雷拉拉發現那個軍火庫後，農加還有反對黨也搜尋了地圖上其他可能的分布點。只是除了九鏡湖有發現外，其餘大多數都沒有斬獲，這些都是布克設置障眼法的手段，但農加他們還是有查到少數幾個藏設生化實驗室的地方，且發現附近村莊都有零星的ＤＢ感染，甚至還有一些其他國家也受到波及。而親王請求那些國家協助後，他們才知道自己城市爆發感染的原因，因此都相當憤怒，也願意全力支持親王，提供武器還有支援。凱斯帶來的精油配方也派上了用場，這些處方都已經在全力開發疫苗階段，至少解決了許多小國可能面臨的危機。

九鏡湖後來也如凱斯所預測，出現了許多蛇以及爬蟲類。凱斯和電話那頭的雷拉拉解釋，這些蛇都是被田鼠散發的特殊氣味吸引而來，而他那時所在的布瓦小鎮，已經到了感染後期了，所以幾乎都可以見到蛇類，而田鼠可能早已經被滅光。後來那羅米希河也在許多蛇類出現後，慢慢起了化合的作用，河邊的植物產生了對病毒的抗體類蛋白，河水也慢慢在生態循環下自我淨化，但是那時那羅米希河流域還有布瓦鎮的疫情遠遠比九鏡湖嚴重。

「看來我們來到九鏡湖是沒錯的，我們阻止了更大範圍的感染，凱斯，你現在還會排斥嘉布塔斯嗎？你可說是這個地方的守護神。」雷拉拉在電話裡說道，凱斯卻沒有一點高興的樣子，因為他隱約感覺接下來的挑戰會更加嚴峻。

此時卡勒米公主正在外頭跳著鎮魂舞，她那振奮人心的舞蹈還發揮了一個有趣的效果，這支舞似乎有驅蛇的作用。最近九鏡湖邊湧入了大量的蛇及爬蟲類，很多居民半夜經常被闖入的蛇還有蟾蜍嚇到，凱斯甚至有次還被蛇咬到了，但他卻完全沒事。不過這些蛇類都在卡勒米每晚跳完鎮魂舞以及吹奏比盧笛後漸漸少去，居民盛傳這是舞蹈有通靈效果，已經說服蛇靈離開這塊土地。凱斯知道這根本是無稽之談，儘管他也好奇地問過卡勒米，但公主只是俏皮地將手指放在唇上，示意說這是祕密。

但是最近闊鹿林經常出沒的母獅似乎也消失了，居民都沒再看過母獅，而政府的官員及科契亞的人也幾乎都不再來訪，還給居民暫時的平靜。凱斯倒是常常想起這頭母獅，他後來經常去闊鹿林漫步，也想再去那個水壩的祕密軍火庫一探，順便去多拿些武器備用，但是他們上次的行蹤似乎已經被發現，道路封閉了起來，凱斯後來沒再找到那個點。而他也希望經過闊鹿林時再看到那頭母獅，但是卻都沒任何收穫。

晚上凱斯正在淋浴時，感覺鏡子裡反射出奇異的磷光，回頭一看，又是那熟悉的影像出現，他對著鏡子說：「最近我已經阻止了DB的蔓延，我想我應該已經盡到身為嘉布塔斯一部分的使命了！可是這條漫漫長路沒有盡頭，好像又捲進了納庫斯的內亂，這不是我的本意。」凱斯說完後，只見到鏡子裡的影像不動聲色，但熟悉的聲音已傳入腦中。

「納庫斯的內戰會引發這整塊土地甚至是更大範圍的動盪，因此你要全力阻止內戰爆發，還有你有一個更重要的任務……」正當凱斯要詢問是什麼時，卻又陷入了那熟悉的渾沌知覺，他心裡不斷吶喊著，但是已經被抽離了所有意識。恢復清醒後他再次出現在那仙女圈中，周遭是一片荒原，他站了起來，清楚地感覺到四肢重新回來，那是準備奔馳時速超過一二〇公里的飛速極限。凱斯知道每次回來這個身體就不會有好事發生，他上次見證了繆加還有娜坦利的死去，卻是什麼都做不了。

這次的地點他愈走愈熟悉，是家鄉納米比亞，那幅員遼闊一望無際的草原。這裡正巧是沙漠和草原交界處，他嗅到了沙漠飄來的灼熱氣息，甚至更遠方海水鹹鹹的氣味。此時正是春季，納米比亞著名的骷髏海岸吸引了成千上萬的海狗群聚交配，凱斯彷彿聽見他們那高音頻的嘶嘶聲，落難的船隻殘骸還有許多白骨在這片金黃色沙漠交織成詭異篇章的墳場。

遠處有一個獵豹家庭，就像他兒時一樣，獵豹媽媽正在和兩隻小豹玩耍，這種和樂融融的天倫景致在這塊土地不常見到，因為大多數時候他們都扁著肚子，隨時準備盯上草原任何一隻獵物或是躲避天敵。現在小豹躺著翻了過來，露出白白的肚皮，臉上的表情就像小貓兒一樣，加上未脫落的白色絨毛，看起來相當可愛。

凱斯會心一笑，但此時他嗅到了遠處不速之客的氣息。一隻母獅不動聲色地盯著他們，他覺得這個情景相當眼熟，並預見了接下來會發生的事情，凱斯衝上前去，母獅已經奔了過來，情景和之前如出一轍。但是已經來不及了，獵豹家庭和母獅已經扭打成一團，而且母豹身上出現了多處撕裂傷，小豹奮力上前但都被甩開來。

凱斯忽然意識到自己無法再往前進，他就像一個無力的旁觀者一樣，目睹這痛苦又熟悉的場景再來一遍，而且他忽然驚覺，兩隻幼豹就是自己和繆加，還有一直保護他們的母親。現在嘉布塔斯帶他來看的，是另一個平行時空的過去可能發生的事情，凱斯仍動彈不得，眼睜睜地看著母獅撕裂了自己幸福的家庭，小豹的屍體已經被母獅叼走，剩餘的殘骸則被禿鷹和鬣狗分食。

過了不知多久，他終於感覺到可以動了，但是原本的殺戮戰場只留下一片血腥骸骨，令人不忍卒睹，而母獅早已遠遠離去。凱斯不知道被什麼想法佔據了所有思緒，開始瘋狂地循著芒草沾染的血跡追蹤母獅離開的路徑，空氣中飄來一絲絲熟悉的氣息，他感謝風向的幫忙，因為他已經知道母獅所在何方了。

凱斯在一處樹蔭下找到那頭母獅，母獅不尋常地沒有跟獅群在一起，周圍也沒有公獅，此時正在哺育自己兩隻幼仔。他靜下來躲在一旁埋伏，母獅把幼獅藏在旁邊的蘆葦叢後，就離開去尋找水源，凱斯嗅出此時大地如火烤一般炙熱，大概已經好幾個月沒下雨了。有時獅子會找尋著斑馬群的蹤跡，這些聰明的草食性動物在危急關頭懂得怎麼在枯竭的河床上挖掘水源，幸運的話還可以捕獲落單的小斑馬。

他在母獅離開後，緩緩走向蘆葦叢，這兩隻是相當稚嫩的幼獅，就像家貓一般毫無招架之力，凱斯猶豫地看著幼獅，但此時腦海晃過母親慘死的畫面，而且遠處母獅的氣息已逐漸逼近，他知道再猶豫下去就會錯過機會。

只聽見蘆葦叢一陣幼獅悽慘的哀號聲，就安靜了下來，母獅聽到聲音趕緊奔來，卻只見到附近芒草都染上鮮紅色，而一隻獵豹正咬著她心愛的幼仔，眼神充滿了怨憤望向母獅。牠狂吼地奔了過來，與凱斯扭打成一團，凱斯雖然體積不及母獅半身，但已經是身強體壯的成年獵豹，而且他不知道哪來的力氣和決心，猛然咬向母獅的脖子。母獅躲過致命之傷，但是已經血流如注，只好放棄和凱斯搏鬥下去，低吼一聲後離開戰場。

母獅離開後，凱斯看著蘆葦叢旁那兩隻幼獅逐漸冰冷的身軀，感覺懊悔了起來，被野性還有憤怒沖昏了頭，因為自己不知不覺中，已經存有人類的同情心還有意識，沒有隨著這副身體隱沒而去。

他默默地舔舐兩隻小獅，像是和牠們致歉，但是兩條無辜小生命早已逝去。凱斯看看天空，禿鷹已經在上空盤旋了，牠們總是可以嗅到新鮮的血腥味，他將兩隻小獅仔拖往地底洞穴，用土埋了起來，雖不確定自己這麼做有多少補償作用，至少他希望小獅可以不用在死後還受到那些腐食動物侵擾。他們可說是草原之王，就算死也需要有尊嚴地死去。

漫無目的前進，他越過了山岳還有沙丘，橫跨了沙漠，沙漠幾乎寸草不生，偶有零星幾株枯木還有百歲葉纏繞著，六腳甲蟲在地上挖出了許多小小的沙洞，然後鑽了進去。此時身體越來越炙熱，但他被迎向前來的海風吸引，終於來到了緊鄰著沙漠的骷髏海岸。

骷髏海岸旁都是交配季來的海狗，海狗們看到了這少見的不速之客，瞬間順著凱斯而來的方向散了開來，紛紛潛入海水中。凱斯本來想抓一隻充飢，但他的腳掌卻不太適應海邊沙岸的地形，略顯笨拙，正當他呆呆看著海水沖走腳下泥沙時，忽然海風傳來熟悉的氣息，是那隻母獅。凱斯心裡直覺不可能，因為他已經來到自己在一天內幾乎無法到達的沙漠及沿海地帶，但一回頭確實是她，眼睛就像暗黑中的火炬，筆直朝著凱斯撲了過來。就在那瞬間他又被捲入意識的漩渦，醒來後發現自己正在熟悉的旅館床上，但流了一身冷汗，連床單都浸濕了。

「看來你做了惡夢。」卡勒米公主微笑地說，她手上端著熱騰騰的咖啡，上面浮著一層薄薄的奶油泡沫。「妳怎麼會在這裡？」凱斯疑惑地說，公主作勢噘起了小嘴回答：「我沖了一整壺咖啡，本來想跟你一起喝，看你還在睡就回去房間，再過半小時來順便將咖啡又預熱了一下，就看到你驚醒的樣子了。」

凱斯聽聞有點不好意思，但他今天覺得頭痛欲裂，幾乎昏昏沉沉了一整天，此時喝杯咖啡未嘗不可。這間旅館住房率近來很低，卡勒米可以隨意選擇房間，所以她乾脆住在凱斯隔壁，這裡的房客都可以自由取用飲料還有橄欖黃米粥，有時節慶也會提供甜酒還有烤肉串。凱斯已經在這裡住上好長一段時間，本來一開始是雷拉拉出的錢，但自從居民請求凱斯留下來後，他幾乎取得了永久免費居住權。此時廚房傳來了香氣，老婦正在烹煮晚餐，黃豆燉肉、玉米煎餅、辣椒燴魚湯等佳餚，通常聞到這種氣味的旅人，都會想起家鄉，現在正是傍晚家家戶戶準備升起爐灶的時刻。

忽然外面傳來轟轟的巨響，凱斯和公主跟所有旅客一樣，都被這突如其來的聲音給嚇了一跳，緊接是嘈雜的交談聲夾雜哭喊聲。卡勒米公主害怕得不知所措，凱斯趕緊衝了出去，外頭擠滿了人，他到了現場一看，簡直不敢相信自己眼睛。

外頭出現了幾台怪手，他們只花了短短兩分鐘，就剷平了最外圍一棟茅草小屋，原本貼在上面反對開發的文宣廣告，現在無力地癱軟在地上。本來鎮上不是每間房子都是用茅草蓋的，但是因為外圍是觀光區域，經營著許多小雜貨攤，所以才打造幾棟饒富風情的圓形茅草屋。現在小屋已經倒在地上變成一堆木樁和枯草，貨品散落一地，居民趕緊想攔住怪手並扔石頭，但是怪手居然作勢要開向更裡面。此時有一個人擋在怪手前方，大家仔細一看，居然是那個旅館的老婦。

所有人看到老婦佝僂的身形出現在龐然怪物前，紛紛都覺醒似地擋在老婦面前，瞬間形成一道人牆。凱斯衝了上去，他爬上怪手要將那操控的人揪出來，但是怪手忽然一甩動，他重重地摔了下去，還好甩動的機械沒有傷到人牆中任何一個人分毫，就在凱斯被摔得頭暈眼花時，隱約見到那龐然怪物已經往反方向逐漸遠去，那閃爍得如探照燈般的慘白光暈也漸漸褪入黑暗中。居民趕緊來扶起凱斯，卡勒米公主也在一旁攙扶，看起來擔憂不已！他硬擠出笑容示意自己沒有大礙。

他們沒想到政府居然今天晚上就這樣閃電行動，雖然大家都知道這個警告意味甚濃，但是誰都清楚明天這事情一上報，政府絕對會全盤否認，因為在夜間派出怪手破壞幾乎是他們慣常戲碼了。黑暗中可見度極低，而且隨著怪手都會有強白光照燈，被這樣的光暈一閃，沒有人看得清楚眼前的龐然怪物，現在他們面對一堆毀掉的殘垣，感覺又是漫長的一晚。

居民已經決定要拉起拒馬，強烈抗議政府將怪手推進到這個小鎮，他們在反對黨的支援下拿到許多武器。現在特區也開始有了零星的暴動，很多人民對於九鏡湖開發案表示同情，也願意聲援當地居民，認為政府一意孤行。甚至有盛傳因為當地開採到鑽石礦所以政府要強制徵收，但這種種的謠言只是要造成更大混亂。暴動後面還有個原因，就是親王攝政的希望似乎遙遙無期，國王逐漸恢復了健康，但是人民再也無法忍受國王的無能還有布克的囂張跋扈。

雷拉拉曾經叮囑親王別透露武器庫的事情，只有農加和反對黨特定人物知情，他們在國外調查也儘量小心翼翼，並請那些願意支援計畫的國家保密。他們之所以這樣避免消息外流，就是希望擁有和布克對談的籌碼。

凱斯也有同樣的想法。但是他這幾天嘗試聯絡雷拉拉時卻總是找不到人，她似乎和艾瑞斯一樣憑空消失了，而根據反對黨的活動還有報紙，凱斯知道雷拉拉還在特區，但就是無法聯繫上。他懷疑雷拉拉在躲著自己，當他愈來愈確定這件事情時，就更渴望見到她，甚至寄了許多信去特區，但都沒有回應。近來凱斯如果要跟反對黨的人聯繫，只好透過卡勒米公主和親王的管道，他們知道這幾天特區出了許多大事。

納庫斯由於近來大幅舉債來支應開銷，財務已經處於相當危險的槓桿邊緣，期望由親王繼位的國際輿論壓力不斷，而布克強硬的手腕也漸漸失去海外的支持。許多國家紛紛緊縮納庫斯還款期限，在包含特區等較為先進的城市都開始出現了外商撤資的情形，部分也是感受到內戰逼近的壓力。

唯一沒受到納庫斯內戰氛圍影響的外商可能只有科契亞，但後來凱斯他們證實了科契亞根本就是隱藏的軍火商，表面上經營的農產事業也只是一個安全的掩飾。在這種動盪的氣氛下，戰爭一開打他們絕對是贏家，而且透過本身的農產副業囤積許多米、小麥還有玉米等糧食作物，可以自由地在物資短缺的時候抬高價格，所以根本是一本萬利的事業。

凱斯傍晚收到了親王的信，他們發現布克除了祕密武器庫外，還有委託科契亞經營的地下糧倉，這些糧倉囤積了許多的米、水酒、油鹽還有原物料。他們怕布克會在戰爭開打後再高價販賣這些糧食，這對於反對黨來說相當不利。近來他們已經取得許多國家的支持，武器還有資金，但是糧食也是戰爭期間相當重要的資源，一般來說官方禁止囤積穀類還有水酒，除了買賣會嚴加控管外，還會派員定期抽查。親王希望凱斯可以找到糧倉，因為他們發現糧倉的地點可能也在九鏡湖，九鏡湖如果有地下糧倉還有祕密武器庫同時共存的話，就可以說明為什麼布克堅持要開發這個地點了，不畏各種輿論壓力。

他應允了親王的請求，卻也渴望這些事情是透過雷拉拉知悉的，而不是由親王發落給他，但是既然嘉布塔斯的使命之一就是要阻止這場內戰，凱斯只能繼續往前看。每當想起雷拉拉時，他就看了看鏡子裡自己臉上那道傷疤，不知道為何疤痕愈來愈淡了，簡直就快要消失似的。

特區街頭暴動愈來愈頻繁，有時候是反對黨發起的，有時候是庶民自發性的活動，但是反對黨這邊已經累積了愈來愈多民兵，他們將這些人當作正規軍般的操練。農加告訴親王，如果可以他們要儘量避免內戰的發生，畢竟布克所有的祕密武器庫均未明朗，但與此同時，一件戲劇性的事情發生了。

老國王已經多日沒在公眾場合出現了，這次他出席了一個非洲各友邦國家參加的促進發展會議，並於會後談到了可能會退位的想法。這個發言透過現場連線報導立刻引發舉國譁然，包含布克本人也緊盯著銀幕耐心聽著國王所講的一字一句，他搓揉著手上的金戒指，看似平靜的外表下卻暗藏著波濤洶湧的思緒。

親王聽到父親的發言簡直不敢置信，此刻正在地下咖啡館商量事情，他激動地站了起來，農加卻是沉默著像在思考什麼，忽然他說：「看來內戰可能發生的時間更接近了！」

斐洛好奇詢問原因，農加回答：「僅僅是我的猜測，而且現在老國王應該很危險，如果親王您可以和國王身邊的親衛隊聯繫上的話，請您趕快跟他們說，要好好看住國王。」

他馬上知道了農加的意思，也覺得自己以為政權可以和平轉移的想法十分天真，親王迅速透過宮內連繫上國王的親衛隊，但是卻碰了釘子。原來因為最近攝政傳聞甚囂塵上，國王的親信原則上都不接受直接和親王對談，或多或少也是布克給予的壓力。親王焦急之下只好連絡母親，但皇后久居在無憂宮內，已經是半隱蔽狀態，幾乎很少和國王見面。但是這次不喜歡插手政事的國母也感覺到事態嚴重，她決定全力防制親王所擔憂的事情發生，派出了自己的近衛隊前往王宮：皇后是鄰近卡爾普公國的公主，當初她嫁到納庫斯時，唯一的條件就是要擁有自己的近衛隊。

卡勒米公主也聽聞了父王可能遇到的危險，她焦急和凱斯說了這件事情，凱斯知道如果國王被布克軟禁甚至是殺害的話，納庫斯的內戰絕對會爆發。但凱斯不可能前往王宮，此時他忽然想起一件事情，國王據聞在自己的行宮裡打造了一個迷你動物園，豢養了許多珍奇異獸，這也是無意間聽卡勒米公主談起的。

他馬上衝進了淋浴間，看著鏡子表情凝重地說：「如果注定背負著嘉布塔斯無可避免的命運，請讓我再度化身成那野性的影子，讓我在黯夜裡奇襲，卑劣的血液不值得我付出日光下的行動。」他感覺到這些字句一氣呵成，有如天賦一般出現在腦海，就像他解讀語言、融入人類身體一般的自然。

瞬間他感覺到天旋地轉，但這次早已有預先的準備了，所以凱斯趕緊奔出了旅館，外面夜空月明星稀，他躺在芒草堆裡，靜靜閉上眼睛，睜開眼睛後他就看到了自己那絨毛的四肢。不過這次沒有回到過去的平行時空，而是繼續往未來邁進，凱斯知道這次他終於可以做些改變。

他沿路順著原野的灌木叢前往宮廷，因為凱斯知道如果出現在農家的村落會引來不小的騷動。趁著月光摸黑趕路，並發揮了本身疾速奔馳的天賦，很快隔天上午凱斯就到達了特區宮廷的外圍處，但是卻發現宮廷裡正在實施嚴格的封鎖。他從外部維安人員的交談中隱約得知，皇后派去的卡爾普近衛隊，已經悉數被布克的駐軍下令拿下。現在外圍重重封鎖，凱斯隱藏在皇宮附近種植的松木群中，並且發現側邊的門牆有可供利用的地勢，他小心地用爪子試了幾次牆面的摩擦程度，歷經數次反覆攀爬失敗後，最後終於成功越過了側邊的宮牆，進入到納庫斯的皇家禁地。

在旅館的時候，凱斯有請卡勒米公主畫過宮廷的平面位置圖，他找到了國王的寢宮，而小型馴獸園就位於寢宮邊間。他越過了層層守衛，終於到達了馴獸園，園內幾乎是半開放的空間，除了較兇猛的獅虎還有飛禽，幾乎所有的動物都自由地在外面行走，這讓凱斯大開眼界。其中他也看到了幾隻花豹及獵豹，他們發現了這個外來者，於是警覺地瞪著凱斯，凱斯趕緊躺下並在地上翻滾著，這是一種友好的表示，牠們於是接受了這個外來者，又繼續了彼此原本的步調。此時一頭母獵豹迎上來，友好地和凱斯碰碰鼻頭，並用身體摩擦著他，凱斯也回應母豹的示好，彼此就像熟悉已久的夥伴，他順便觀察了周遭，這些沒關在獸籠的動物大多是已經被馴服的了，因為他們表現出的行為像是已經脫離野外環境已久。

這時他聽見外面有人接近的聲音，緊接著一道自動門開啟了，進來的正是老國王。他看到這群動物們就綻開了笑容，凱斯早已聽聞國王十分喜歡蒐集珍奇異獸，也非常著迷於馴服這些野生動物，此時一隻美麗的花豹迎向了國王，他開心地用手搓著牠毛絨絨的脖子，花豹瞇上了牠那原本冷光四射的金色眼眸，顯得十分溫馴近人。透過這些動物的互動，凱斯直覺到這群動物很多都是從小就養在納庫斯宮廷，牠們或許根本不曾去過野外，所以幾乎都把老國王當成了父親。老國王一一數了幾隻他喜愛的動物，每一隻都有他的命名，但當他望向凱斯時，心裡相當疑惑為何多了一隻獵豹，一隻陌生的獵豹。

就在國王開始懷疑的當下，凱斯馬上奔向國王，做出了如同家貓一般溫馴的姿態，不住地在國王腳邊磨蹭，並且嗚嗚地叫。他馬上知道這點相當管用，國王心想這可能是他自己忘記是哪一隻寶貝了，所以開心地逗弄著凱斯，並且拿出了藏在口袋裡的牛肉，這塊肉引起了眾多動物的注意，牠們紛紛圍了上來，國王先餵了凱斯，然後將更多的肉分給了這群他視為珍寶的動物們。

凱斯吞下了那塊帶血的牛肉，甜甜的血腥味在舌尖翻滾，忽然他感覺一陣作嘔，已經習慣了這麼長久人類的生活，還有烹煮完的熟食，瞬間無法適應這血淋淋的生肉，但只能硬吞下去。

結束了可怕的餵食秀，凱斯持續在國王身邊打轉，國王感覺到他特別的友好也相當開心，於是他在凱斯脖子上嵌了一條精緻的皮帶，就將凱斯帶出了馴獸園。國王有時會視心情挑選喜愛的動物帶在身邊聽政，綁上皮帶是一種馴服的行為，也是告訴周遭人這隻動物不會有傷人之虞。

他們來到了議政室，通常布克要和國王私底下商量事情時，都會在這個房間，凱斯跟著國王走進去後，就看到了那個鷹眼猴頭的瘦小身影。端看他這種身材，凱斯很難相信他是軍人出身。

布克首先注意到了凱斯，他原本瞇起的雙眼瞬間一亮。「這頭獵豹真的是相當俊美呢！不過我好像沒有看過這一隻，他是新來的成員嗎？」布克說完作勢想要撫摸凱斯，凱斯於是露出了尖銳的利齒及猙獰的面容，他只好中途收手，國王趕緊喝止後，凱斯就順服地將身體趴下，擺出了溫馴無害的姿態。

老國王心裡咒罵著布克，只有他和國王說話時，從來都省略敬語，就像和尋常人說話一樣，真不知他有沒有把自己放在眼裡。但此時布克也不管國王的感受，收起了那虛假的笑容後嚴肅地說：「我們近來發現有很多零星的動亂，還有一些不安分的傢伙，但是我跟您保證，我們會肅清這些微不足道的勢力，您根本不需要在意這些聲音，還做出要讓位的決定，在我看來，這是相當不明智的行為。相信我，保持現狀永遠是最好的。」

布克說完後嘴角微微上揚，國王卻恨得牙癢癢的！事實上，他現在已經處於被軟禁的狀態了，外圍的禁衛軍都已經被布克的人馬撤換，一舉一動都遭到監視。唯一可以做的，只剩下去馴獸園看他心愛的寵物們了。

「我退位是為了這個國家著想，我非常清楚自己的身體狀況，也已經無力負荷這日漸沉重的國事重擔。我想斐洛如此受到人民的喜愛，在他身上我也看到愛尼亞的影子，我相信他更能勝任這個國家的領導人。」國王講出這些話的時候，也許沒有想到其實愛尼亞也是他間接害死的，基本上他是最近年老力衰，才開始有道德反思還有顧及親情，至少布克是這樣想的。

「您手下有如此多的人為您分擔，我想您本來就可以高枕無憂地穩坐王位，再說前幾年您不是對這兩個崽子嗤之以鼻嗎？說他們只是貪圖您王位的、不成材也沒有抱負的年輕人？現在您卻想將王位傳給他們其中一人，而且我想您沒有搞清楚，我們國家的體制，這個位子只是個虛位，真正的國家領導人到底是誰呢？」布克如此咄咄逼人的態度，讓凱斯相當驚訝，而他也啟動了渾身的警覺細胞，因為外面已經來了一批荷槍實彈的軍人。

國王此時驚訝得說不出話來，布克冷笑著說：「看來這種舒服的日子您好像不是很滿意，我們是否該考慮別的方式，會讓您比較能接受呢？」說罷那列人員就走向國王，國王緊張地手一放，凱斯的皮帶就鬆了開來。他敏捷地跳向那些帶著武器的壯漢，用他銳利的爪子以及牙齒開始瘋狂撕扯，因為那些人未預料到凱斯的行為，空間又相當狹小，他們射向凱斯的彈藥都撲空，瞬間許多人都被抓爛了喉管倒地。正當凱斯要瞄準布克時，發現他早已經逃到不知哪去了，於是凱斯拉扯著國王的褲管，示意國王趕緊和他走。

國王於是將皮帶重新套好在凱斯脖子上，就被凱斯牽著往地下室逃去，在地下室他發現許多牢房，關的都是國王的親衛隊，甚至還有來自皇后派來的卡爾普近衛隊。凱斯嘗試要咬斷或是破壞那些鎖頭卻是相當困難，就在此危急的時刻，他忽然看見了熟悉的身影出現在地下室入口處，是他日夜企盼的雷拉拉！

「是妳！我知道妳是國貿事務委員會的雷拉拉秘書，是不是我兒子派妳來的呢？」國王似乎早認得雷拉拉。「是的，陛下我是來帶你們去安全地方的。」雷拉拉目光如冰，來到了牢房門口，從口袋拿出一串沉甸甸的鑰匙，一一打開那些鎖頭，所有親衛隊都被釋放了出來。再晚個幾天，他們可能都要被布克底下的爪牙施以酷刑致死，所以被釋放出來時許多人都顯得感激涕零，也有人已經被精神折磨到表情木然。

他們紛紛都聚集到了國王身邊，因為得救而跪在地上哭泣或是請罪，國王一一安撫了這些酷刑下生還的人們，一邊趕忙拉著大夥逃離，雷拉拉指示了一條避難隧道，於是在黑暗的地下室內許多人影竄動著，紛紛逃向那略帶亮光的隧道出口處。

這是親王事前已經安排好的，國王會出國避難，在皇后的協助下逃至卡爾普暫時棲身。卡爾普也是傾向親王的政權，他們隨時做好支援納庫斯內戰的準備，這個鄰近納庫斯的小國除了姻親關係的理由需要支持親王外，另外就是他們國內也爆發了DB感染。當知道一切都是布克暗置的生化實驗室造成時，也相當怒不可遏，事實上這波感染很多國家都是這種模式下的受害者，所以都已經決定內戰爆發時會施以對布克的報復。

凱斯無從得知為何雷拉拉知道自己的計畫，也知道國王會逃向地下室，但他現在更懷疑的是雷拉拉是否認得他，眼前她似乎就當凱斯是一頭普通的獵豹，當然現在也沒有多餘的時間做這種確認。他們很快逃出了隧道外，在出口處已經有一台直升機在等候，國王還有他最信任的禁衛軍隊長都上了直升機，而其餘的人也上了卡爾普接應的車子。

此時國王也將凱斯揪上了直升機，他想帶著這隻成功保護了自己的動物一同離去，但凱斯忽然將身體用力一甩，國王緊握的手剎那間就鬆開來了。只見凱斯已經躍下了直升機，而機身已經緩緩起飛了，伴隨著攪動的風速，把雷拉拉那一頭美麗秀髮吹得紛亂，國王眼神充滿疑惑與不捨地望向凱斯，只見地上的人影越來越渺小，他們已經在納庫斯的高空上了。

凱斯目送著直升機離去，當他回頭與雷拉拉那冰冷的目光接觸時，忽然感應到她是認得自己的，於是緩緩走上前去，但雷拉拉卻出乎意料地拿出一把手槍對準凱斯。

莫名的愕然湧上心頭，他呆立住無法動彈，甚至也無法思考，但是已經聽見了槍聲，卻沒感覺到任何的疼痛，原來子彈打中旁邊的木箱。這是充滿警告意味的鳴槍，他只好轉身頭也不回地逃離此地，儘管心中有千萬個問號，卻只能不斷往前跑，沿途風景和記憶都顯得模糊了。凱斯不知道雷拉發生了什麼事情，因為從剛剛的眼神，他知道雷拉拉認得他的，但是那冷冽的目光卻判若兩人。

沒日沒夜狂奔，凱斯終於回到了九鏡湖，但是他徘徊在小鎮入口處不敢進去。此時已經是凌晨，很快他會被民眾看到而且當成是闖入民宅的野獸，他開始猶豫地繞著湖畔附近的閘口打轉，這才發現了清晨湖邊出現一個人影，那正是卡勒米公主。

她正在湖邊吹著比蘆笛，清脆的笛聲配上晨間冷冽的颯爽之氣，讓人感覺格外舒暢。凱斯也不管是否會嚇到公主，就逕自朝向她走去，公主看到這隻野生的獵豹卻一點都不害怕，反而鼓起勇氣伸出手撫摸著凱斯身上的絨毛，凱斯於是溫馴地趴在地上，打了一下呵欠，享受在公主身邊的放鬆。今天卡勒米公主顯得特別清麗脫俗，頭上沒有紮上繁複的髮編還有飾品，她坐在凱斯的身邊，看起來相當地自在。凱斯料想可能是納庫斯宮廷長期豢養猛獸，公主從小就經常出入國王的馴獸園，所以才不怕眼前的他。

當公主把凱斯牽進旅館時，全部人都嚇了一跳，但是公主以她靈媒的身分告訴大家，這是她帶來的吉祥獸，居民只好相信了卡勒米的話。回房後她拿來生牛肉給凱斯，他卻一口都不願意吃，所以公主只好再把牛肉拿去烤熟重新放在凱斯面前，這回他總算吃了進去，公主大笑著說：「這是頭一回看到喜歡吃烤熟牛肉的獵豹呢！要是在野外你要怎麼辦呢？還是你也是長期被人馴養的嗎？」

這些話凱斯自然是不會有任何回應的，他只有不停在公主身邊磨蹭，並發出了嗚嗚嗚的聲音。此時街上卻是喧鬧了起來，現在全九鏡湖的居民，應該說是全國的人民都知道了這件事情：國王已經逃離納庫斯了。

現在納庫斯面臨一個領導權真空的尷尬問題，但是反對黨已經透過宣傳戰放話，既然國王之前已經表明要退位了，理所當然接下來王位是由斐洛親王繼承。但是執政黨這邊也已經明確表示，國王並沒有直接傳位給親王，加上他現在本人下落不明，依據納庫斯的法律應當由總理暫代其職務，他們並表示如果直接由親王繼承的話，親王一定會解散內閣造成納庫斯的憲政危機，屆時只會使國內的政治情勢更加動盪。

凱斯聽聞了這些消息感覺坐立不安，他不知道現在自己可以做些什麼，假如真的這樣動亂下去，內戰遲早要開打。特區現在每天都上演著抗議還有鎮壓的戲碼，加上許多國家因為懼怕戰爭開打紛紛要求納庫斯盡快還款，導致納庫斯的通用貨幣幣值大貶且伴隨著嚴重的通膨危機，街上多了許多失去工作的人。更糟的是很多民眾開始發現米糧等物資供應愈來愈少，他們不滿的情緒幾乎一觸即發。

公主此時焦急地想知道凱斯的下落，她知道父王得以安全避走境外一定有他的協助，但不知為何從那天起他就失去了音訊。而凱斯每天看著公主不停和親王聯繫城裡的近況還有打聽自己的下落，就覺得更加不安，他渴望返回人類的身軀，而現在這副身體什麼都做不了。

他們最擔心的事情，九鏡湖一直以來隱藏的危機終於來了。這一天上午，許多怪手還有武裝整備的軍隊出現在鎮上，在他們身後還有許多台卡車及坦克。居民早在反對黨偷偷的資助下，囤積了許多的武器還有彈藥，他們堆起了層層的路障還有封鎖線。準備剷平這一切的帶頭人是一位年輕的納庫斯軍官，他站在隊伍前方準備對居民做最後勸說，但此時卡勒米公主卻走上了前，當軍官看到是公主時嚇了一跳，趕緊將帽子脫了下來對公主行禮。

「你們帶了這一大隊人是做什麼？打仗嗎？在這後面的都是納庫斯的人民，你們居然出動了軍隊，一個開發案值得你們這樣大費周章嗎？」卡勒米公主面露慍色地說。

「公主，我不知道為什麼您會出現在這種鄉野地區，但相信我們是奉命行事，也有不得已的地方，希望您可以高抬貴手，不要插手這件事情，要是上面責怪下來，我也擔當不起。」軍官面露難色，於是卡勒米要求他們出示可以進行工程的公文或是許可文件，但是軍官卻拿不出來。

「你們沒有公文或是許可就要拆除這房子，是不是於法不合，今天既然我代表著納庫斯的王室，就不會允許你們做這種違法的事情。」卡勒米公主擋在路障前面，堅持不肯走。就在這時，有個聲音在背後說：「別理她，國王都已經逃走了，親王也是我們要剷除的對象，我們怎麼會懼怕王室成員，這個腐敗的象徵早該被廢除了」聲音冷靜而且令人不寒而慄，卡勒米定睛一看，是警察署長道恩，在他身邊有一列納庫斯國家特別警察，這群人講白一點就是布克魔鬼私人警察！

道恩舉起了槍，瞄準卡勒米說：「前王室成員，你們知道納庫斯王室即將被推翻了嗎？多少年來，廢除王政，建立共和秩序是歷史洪流，我們國家居然選擇保留古老的政體制度，這真讓人覺得噁心！該是時候改變這一切了！」說罷，轟的一聲槍響了，在旁邊的群眾紛紛轉頭不忍看到這一幕，但他們回頭後卻看到公主安然坐倒在地上，原來道恩的槍被一頭獵豹奪了去，那正是凱斯。

道恩的手被凱斯的爪劃出了一道長長的傷口，他摀住了傷口蹲在地上痛苦不止，但也因此更加憤怒地失去理性，他下令對反抗的群眾開槍，居民早也準備了武器。凱斯將公主拉進了封鎖線以內，也準備前往應戰。

此時他們忽然聽見了磯磯叫的聲音，往回一看，原來是後方森林冒出了大量的田鼠，數量之多讓人懷疑中世紀造成黑死病的鼠疫數量也不過如此。田鼠的出現讓現場的情勢瞬間詭譎多變，要是九鏡湖的居民以為田鼠是代替當地來懲罰這些政府人員的話，那他們大概也錯了，田鼠是見人就咬，而且鑽進了家家戶戶的民宅。

許多人都為了躲避這群田鼠而丟棄了手上的軍械落荒而逃，因為鼠類會傳染致命病毒的消息早已經傳遍納庫斯國境，凱斯趁亂襲擊了準備開鍘的這些軍隊還有怪手人員，但都僅僅咬傷他們致使無法使用武器。這場野生逆襲讓這些人束手無策，道恩也被田鼠咬到，但是他果然展現了爬到這個高位的堅定毅力還有使命必達的精神，他忍著被抓傷的痛舉起槍，準備朝向凱斯開火。

一顆手榴彈忽然在他眼前炸了開來，道恩還有許多軍隊的人都瞬間喪命，原來是有冷靜的居民攀爬到田鼠到不了的高地，將手榴彈投往政府軍的方向。緊接著許多彈藥也紛紛炸了開來，還有居民部署專門對付裝甲車的戰防雷同時引爆，政府軍隊沒有當地居民所處的地利優勢，又面臨鼠群叮咬還有獵豹猛烈的攻擊，終於決定卸甲逃離現場。

凱斯他們的目的在於趕走這群不速之客，因此沒有窮追猛打。就在怪手車還有軍隊的坦克轟轟離去後，地上死去的人屍伴隨著鼠屍，血腥味及惡臭開始蔓延在湖泊邊。所幸的是，鎮上居民僅有少數的人傷亡，唯一令人擔憂的是雖然田鼠隨著彈藥爆炸震波已經竄離了此地，但還是很多人都被田鼠咬到了。

被田鼠咬到的居民相當恐慌，他們趕緊注射了凱斯之前提供的精油溶液，並且集中去衛生所清創傷口。卡勒米公主慶幸沒被咬到，她相當感謝凱斯的救援，就緊緊地抱住他脖子，凱斯覺得全身的毛都黏上了髒血還有汙垢，就掙脫了卡勒米的擁抱，慢慢走去了湖邊洗滌，沿路他經過了那滿是屍臭的泥濘地，大家都驚魂未定，很怕下一波的拆除會再次到來，而且下一次政府絕對會挾帶著加倍報復的意圖捲土重來。

不過至少不必擔心會是同一批人馬，因為接下來幾天的新聞指出，那天去九鏡湖進行拆除任務少數倖存回去的人員，都發現患上了ＤＢ感染，因為這群人都有自覺自己被田鼠咬到所以主動去做檢疫。但是因為許多有研發配方的醫院都已經被反對黨買通，親王早在凱斯提供那些成分後掌握了所有ＤＢ感染的後續計畫，所以這些人都一一在束手無策的情形下死去。

凱斯聽到這些事情時百感交集，因為他知道這些人其實大多數都是無辜的，他們只是被逼著聽命行事。應該要保持中立的醫療人員居然罔顧仁義道德而站在政治選邊的立場上，他因此為介入納庫斯內政感到悔恨。因為無論是哪一個黨，布克所在的執政黨，還有親王背後支持的反對黨，他們都只為了自身的利益考量，只有堅守在意識形態的二分線上，卻罔顧了這個國家人民寶貴的性命還有最基本的人道準則。

回憶起自己介入納庫斯內政的初始，雷拉拉告訴過凱斯，內戰會讓許多國家也牽涉進來，並造成更大的傷害。現在他慢慢相信了這一點，因為納庫斯的債務已經起了連鎖效應，許多鄰近的國家都開始被債權國要求還款，他們彼此也有複雜的借貸關係，導致通膨還有經濟危機慢慢擴大。這些國家不僅相當關心納庫斯政治情勢，也同聲譴責布克政權，現在布克眼前似乎只有開戰一途了。

九鏡湖居民仍舊不清楚那天田鼠來襲的原因，凱斯懷疑生化實驗又開始進行了，導致那天田鼠成群竄出。加上近來九鏡湖開始長出類似那羅米希河的變色藻類，整個水土產生了變化，居民抱怨闊鹿林的樹木很多都已經枯萎或是生病，彷彿土地的養分被什麼給汲取走了。

眼下他至少知道自己可以做什麼了，凱斯回想起親王提過的武器庫及地下糧倉，他決定要利用自己靈敏的嗅覺追尋出來，從前他可以老遠就聞到了湯姆森蹬羚接近的氣味，甚至比起繆加還要敏銳。現在他努力尋著田鼠竄出的來源偵查，因為田鼠身上有股異味，沿路都會留下特殊的液體，凱斯慢慢追尋著那快要消失的痕跡。他發現闊鹿林的水壩方向有另一個河谷，順著濕滑的溪流卵石還有新生草地，凱斯感覺慢慢接近了田鼠竄出的根源，而且沿路也看見不少淹死的田鼠在溪流裡。

當漸漸接近源頭的時候，他才發現這位子和之前跟雷拉拉一起去過的那個廢棄水電站相當接近，後來凱斯幾次試圖再找到那個祕密軍火庫，都發現原本的道路已經被封閉住了。但是他現在看到一條小徑，這條與其說是小徑不如說是一個狹窄的水道，人類幾乎沒辦法過去，現在他善用自己纖細的身軀慢慢穿越過去，緊接著通過了一個吵雜的出風孔，來到一間充滿精密儀器的密室。周圍還有許多廊道通往其他空間，凱斯知道這就是他們之前去過的那個地方，但是他察覺到密室看起來似乎有點不同。

「久違了，我的好友。」一個曾經很熟悉的聲音傳來，凱斯回頭一看，正是那個他找了很久的人，曾經是朋友，曾經是夥伴，現在卻未知是敵是友的人——艾瑞斯醫生。

凱斯激動不已，想到醫生承諾要回亞特蘭大繼續疫苗的研究，卻開發了疑似生化的實驗武器，而且將納庫斯人民、凱斯還有許多人都捲了進去，他回想起來怒不可遏。將背脊拱成倒三角形，利齒磨得茲茲作響，既然醫生已經知道了他是誰，那就不必再留任何情面，看來眼前引發種種不幸開端的就是艾瑞斯，他決定要讓這一切終止！

「你捨得殺了好友？凱斯我知道是你，如果你真的是嘉布塔斯，那我就是你在這個時代必須面對的茹菌，你知道嗎？就算你將我殺了，茹菌還是會變幻型態再生的。」醫生輕蔑地笑起來，凱斯覺得和過去他溫暖的形象相去太遠，至今仍不敢相信。

他奮力往前一撲，卻發現那並不是醫生本人，此時影子幻滅了，凱斯聽到機器聲喳喳作響，往旁邊一看只見到投影儀器的滾輪不停地運作，才清楚自己剛看到的只是投射出的影像。他嗅到空氣中濃濃的一股酸味，慢慢走向那氣味的來源，看到比上次更大型的化學實驗室。

凱斯不畏暴露在病毒環境下的風險走進去，許多特殊的液體在各種玻璃管線內流竄，設計比上次所見的更為複雜精密，某些管線還疑似從他們先前發現的地帶連接過來。所有管路在這裡交會後，就往實驗室的外部延伸，他直覺到這是更大範圍的感染。

目前凱斯猜想，布克遠遠沒想到這些生化實驗造成的後果，因為在這裡他看見了培養神經病毒的菌種，估計這是布克打算用在戰場上的工具。使用這種工具必須確認它的傳播途徑還有可以控制的範圍，但是看來這些管線跟布克投入這間實驗室最初的設計是沒有關係的，導致ＤＢ的感染應該遠超出他們想像，而且當權再怎麼無知，也不至於破壞有經濟價值的林木及農地，最重要的是讓他們的軍事機密提前曝光。ＤＢ可說是一項失控的試驗，無論是布克還是親王當初都企圖駕馭這場生化戰，但看來都造成了無法預期的後果。

這場戰爭唯一可以得利的就是茹菌，凱斯不知道茹菌帶來災難的目的究竟是什麼，它利用人性的弱點，駕馭了歷史的演變，他甚至懷疑，艾瑞斯本身是否真實存在過，從他的出入境紀錄都一片空白顯示，這個人的身分似乎是變幻莫測，或許雷拉拉也是。

他認真研究這些複雜的管線，它們都相當得精密，也相當脆弱，上次凱斯沒有破壞那些害人的設備是因為當時雷拉拉也在場，但現在周圍只有自己，他已經沒有需要顧慮的事物了。他們都曾經猜測關鍵在於艾瑞斯身上，如今既然艾瑞斯現身於此，所有失落的拼圖此刻都連接了起來。

凱斯揮動鋒利的爪子，將那些管線和機器全數破壞掉，啪達一聲那玻璃器具以及設備都摔落在地上，管子裡半透明液體流洩了出來。此時外面卻傳來了人的腳步聲，他慌忙地想躲起來，但無法制止自己長長的尾巴為了平衡身體而一掃，瞬間又一個玻璃器皿應聲落地，啪一聲碎裂聲隨之而來，守衛的人趕緊進來了。

是一個年輕的軍官，臉上帶著防毒面罩，凱斯認為自己大意了，這種重要的實驗要塞絕對會有重兵看守，上次和雷拉拉得以順利進入的可能只是次要的衛星基地。軍官看到是一隻獵豹也嚇了一跳，將手上的步槍瞄準凱斯，凱斯趕緊逃跑，但是發現內部的空間太過狹小讓他很難靈活跳躍。此時槍口的子彈已經噴射而來，凱斯感覺到大腿側邊如火燒般的灼熱感，疼痛地倒在地上掙扎。

這個軍官看到凱斯似乎無法動彈，禁不住好奇的心靠近這美麗的生物，那流線的優美身形還有鮮豔斑紋，讓他內心嘖嘖稱奇，正想伸手撫摸凱斯時，卻瞬間感到身體為之顫動，接著伴隨強烈的呼吸困難而倒地，原來是他胸口中了一槍，而那無聲的狙擊手已經在背後埋伏多時。

此時一男一女來到了凱斯身邊，正是親王還有雷拉拉，他們都配戴著防毒面罩。「妳那時候在這頭豹的身上裝了追蹤器可真管用，可是妳怎麼知道他會帶我們來到祕密武器庫？」親王好奇地詢問。

「這是祕密。但是我們還必須找到實體武器庫還有糧倉，只要找到切確地點，我們就可以威脅布克避免內戰開打。」她早在凱斯帶著國王到地下室時，就偷偷在他身上裝上了信號追蹤器，在發現他遠離小鎮走進麋鹿林時，雷拉拉直覺他已經找到武器庫的所在。因為他們先前就發現原來的路徑被封閉住了，現在凱斯重新發現，而且這次位置和上次略有不同，雷拉拉相信這才是真正關鍵的所在。但是凱斯沿路走的路徑都是人類無法行走的，至少只有布克的人馬掌握著秘境的道路，於是雷拉拉他們從河谷另一端繞了進來，沿途發現了一些駐軍，他們一一將這些駐軍制伏後，撥下他們的配備穿上，終於來到了密室，也目睹了剛剛的情形。

雷拉拉走近凱斯蹲了下來，撫摸著他柔順的皮毛低頭不語，親王於是說：「這隻獵豹究竟跟妳有什麼淵源？還有他怎麼會知道要帶我們來這裡呢？」

她沉默了半晌回答：「我說過沒辦法跟您解釋的，總之我確定這裡應該會有整個武器庫的位置分布圖，我們來找一下，除此之外這隻獵豹對我們還有用處，我要先救活他。」

說罷雷拉拉拿出身上的刀還有繃帶，將凱斯大腿的槍傷子彈挖出並做簡單的清創。凱斯雖然昏迷但呼吸穩定，看似無大礙，親王開始尋找周邊的文件，終於如他們所猜測的，這間密室藏了一份武器庫整體的分布圖，還有相關人員配置、每日物料清單，以及簡單的工作日誌等。

他們發現這個地方原本是有重軍防守的，其中還有許多科學家進駐，但是當親王他們來到此地時，卻只有遇到幾個駐軍人員，而且他們大多不堪一擊。可以解釋的原因只有一個，大多數的人都因為無預警爆發的感染而死去了，而且這張分布圖並沒有密室裡那些管線的設計，這些管線都是事後安裝的，並不在當初布克設置實驗室的工作範圍內。凱斯所想的並無誤，ＤＢ是一場生化戰的失控局面，政府不僅無法繼續進行他們原先的計畫，而且因為爆發感染暴露了實驗的機密性，現在還造成了農地土壤大幅酸化，收成銳減，相信對於一個貪汙的政權來說並不樂見此情況發生。

親王打算繼續尋找文件上其他地點，這時一隻田鼠竄到了雷拉拉腳邊，他立刻朝田鼠開了一槍，鼠隻瞬間內臟迸裂而死，嚇了雷拉拉一跳。「抱歉，嚇到妳了！但是我不能冒險，現在隨時一隻田鼠都有可能夾帶病毒，我們要小心。」親王略為歉意地說。

雷拉拉點點頭，其實一路來他們遇到了不少田鼠，數量的確有比以前還要多，她在想是否因為環境出現了變異。闊鹿林濫伐的情形愈來愈嚴重，目前布克正在緊急囤積資源，開始賤價出售珍貴的稀有木材，運往國外以求舒緩債務還有換取戰爭資金，要是ＤＢ感染促成了這場環境反撲，那加速開發的結果又助長了這一切，失去了棲地的帶菌田鼠大幅往人類居住的城鎮逃竄，她現在幾乎不確定ＤＢ感染是否還是那最初始的途徑了。

當雷拉拉回神時，親王已經離開了，她留下來照顧凱斯，她知道這是他，多少夜晚夢裡出現的那個人，但是卻做了一件讓自己無法原諒的事情。此時凱斯也依稀做了個夢，夢到那隻母獅來到眼前，他被那金黃色的灼灼目光盯住無法動彈，他感覺愧疚，因為小獅子的確是無辜的，但卻也感到憤怒，因為母獅毀了他的家庭。此時他聽到了那熟悉的聲音還有親王的交談聲，凱斯慢慢恢復了意識，醒來看到的是那朝思暮想的面容，他無法止住內心的激動，但雷拉拉依舊沉浸在思緒裡，當她注意到凱斯開始動了之後，就恢復了那冰冷的目光站了起來。

凱斯無法理解雷拉拉的冷漠，她向外走去，準備去找親王，凱斯只能跟了去，他依稀在夢裡聽到他們的談話，知道親王正在尋找另一個暗藏實體的武器庫。忽然雷拉拉聽見了親王的喊聲就奔了過去，順著狹窄的密道出來，他們看到的是比上次那武器庫更加壯觀的畫面。這是一個像地窖的地方，擺放了許多台裝甲戰車，還有反戰車新式武器、防空飛彈等，這些破壞性武器比上次他們所看到的更加密集，雖然說不上最先進，但是足以造成恫嚇政局安定的力量。

親王在找到了這個武器庫後，就馬上和農加取得聯繫，他們已經達成共識，要用這個武器庫和布克談判，要是布克仍然執迷不悟，他們就會將武器庫的所在公諸於世。到時候所有他們聯署及支持親王政權的國家會派出軍隊撤除這個武器庫，國際上也會以布克藏有大量破壞性武器的名義給予制裁。但是當他們步出這個地窖時，聽見外面重重的腳步聲，就在他們走出密室後，才發現已經被政府軍包圍了，他們脫下了面罩還有厚重裝備，拿出身上的配槍，準備面對接下來可能的衝突場面。

帶頭的人正是國防部長安曼，他看起來身材魁梧，目光如炬，瞪視著親王說：「尊敬的親王，我們沒想到您會來此大駕光臨，但是布克總理早已經有所準備，你們真的認為這麼一塊重要的地方我們會任人來去嗎？」

親王和雷拉拉都驚訝不已，凱斯則在一旁匍匐準備伺機行動，此時斐洛親王眼神逼視著安曼的軍隊，大夥畢竟懼怕他的身分，不敢輕舉妄動，親王於是開口說：「安曼，我知道你掌握著軍隊大權，所以你並不怕我這個落日皇族，我想你們也已經不將納庫斯皇室放在眼裡了，但是要知道如果你們敢動手，國外的制裁會緊接著來，你們認為我那麼多盟國會放任你們胡作非為嗎？現在我們早就已經部署聯絡好了，只要內戰一開打，他們也會跨越納庫斯的國境前來支援，布克真的這麼有把握嗎？」

安曼顯然胸有成竹，輕鬆地回應親王：「尊敬的王子，斐洛，您目前僅僅有一個選擇，就是跟我走，只要您跟我走，布克早已經準備要跟您商討未來攝政大事，直到國王歸國，甚至可能讓您直接繼位，您覺得這個主意如何？」

親王暗自苦笑，這個體制慣例根本就是理所當然，如今卻彷彿要由布克來賦權整件事情，他直覺荒謬。但眼前他看得出來不能不答應，因為大隊人馬在眼前威逼，要是他決定不允，也會將雷拉拉置入險境。親王只好答應跟安曼走，但條件是要將雷拉拉安全放走，至少她可以回去跟反對黨商量對策。

雷拉拉卻不這麼認為，她有預感親王要是此次一去，將會危機重重，但是已經由不得他們決定了，安曼已經囑咐幾個軍人將雷拉拉架離了現場，凱斯也只好跟著她。他們都一同回頭看了親王，親王卻是頭也不回地跟著軍隊離去了，他自己也知道，未來命運掌握權現在落入了自己最恨的敵人手中，此一去將是凶多吉少。

第十六章　孔雀落谷

農加上午接到了通知，親王已經隨著安曼的軍隊回來特區，他緊急和親王聯絡但電話都無法接通。雷拉拉告訴了農加這一切，現在他們設法要聯繫到親王，但是可靠的消息得知，親王現在已經落入了布克手中。

理所當然現在所有人都找不到親王，他現在正在一個自己都不清楚是什麼地方的密室裡面，全身都上了手銬還有腳鐐。他不清楚現在外面是白晝還是黑夜，因為這間密室幾乎密不透風，只有一個小小的洞孔微微透進外頭的亮光，而且很難分辨是太陽光還是夜間的探照燈。

此時外頭傳來沉重的腳步聲，門一開親王就看到了那張獰笑面容，一直以來最憎惡的布克魔鬼。他看到親王就張開了雙臂說：「親愛的王子，沒想到我們在這種情形下再度聚首，不知道您有沒有好好思考我們給的選擇，除非您決定上台後，馬上跟原來執政黨合作，並且維持既有的內閣及政府組織，否則……」布克停頓了兩秒後繼續說：「我們可以直接再來一次政變，屆時會將王室全部推翻掉，反正現在還維持這個傳統已經算世界異數了，我想他們應該不會反對納庫斯繼續朝民主方向前進的。」

「我是不會承認你的政權的，父王對你來說也只是一個名存實亡的象徵，實權都掌握在你手裡，可看看納庫斯這幾年，人民過得如何水深火熱，還有你們是如何毒害我的兄長，讓我流放海外，這些我都一一記在心頭，只要我有機會掌權，絕對會讓你們這些人不得善終！」親王憤恨說完後，淬了一口口沫在地上，表示他的輕蔑及不屑。但布克是那種絕對不會將自己情緒表現出的類型，他默默聽完親王的回應，細長的眼睛半瞇到幾乎看不見轉動的眼球，在那如猴頭般的腦勺中盤算著。接著他對旁邊的人說：「執行孔雀落谷！」就轉頭離去。

接下來親王面對的，是一片無盡的黑暗，除了那一絲絲透進來的微光外，屋內幾乎漆黑一片，定時會有人送三餐。除此之外，他聽不到任何人的聲音，如果他有任何的需求大喊出來，外面會有人進來詢問，但僅僅如此。在這漫長的靜寂和黑暗中，排山倒海的思緒接踵而來，而且時間觀念也漸漸模糊了，他已經忘了自己進來幾天了，也不知道外面發生了什麼事情，還慢慢產生幻覺。模糊中，他看見了父親、愛尼亞親王、母后等許多以前的人事物，偶爾也看見雷拉拉走進門來迎向他，卻發現那是根本不存在的幻影。

當親王開始正視自己的情形時，他才發現幻覺出現的狀況越來越嚴重，而且經常伴隨著四肢無力，頭昏，時而亢奮、時而失落。這才注意到每天的飲食，於是他開始絕食，但就在絕食後他覺得情形更加嚴重了，而且很渴望某些東西。親王自己知道絕對不能再吃那些食物，這些食物裡都摻了毒品，會讓人上癮的毒品。

斐洛相當清楚毒品會造成的反應，現在自己卻日漸陷入了布克的控制中，他拒絕妥協因此絕食，他相信布克他們不可能坐視著他在此死去，否則他們將失去跟反對黨談判的籌碼。

就在親王選擇絕食的第三天，他已經形同枯槁，雙頰深陷，眼球突出，原本俊秀的面容漸漸失去光彩，他盼望再次見到布克前來商談。不過這次他卻沒等到布克，門一打開，是一張相當稚嫩的臉孔，原本他以為是青年軍，仔細一瞧才知道是個孩子，尚未發育完全，但是他的眼睛卻早已經失去了純真神采，從他枯瘦的四肢也可以看出來長期營養不良且引發腹水腫。

孩子忽然眼睛圓睜面露凶光，拿出了一根插滿尖銳銹釘的木棒，就往親王的胸口一槌，他瞬間感覺頭昏眼花，有如萬千針扎般疼痛不止，而且傷口還附著了幾根遺留的鐵釘。此時孩童將殘留在皮肉上的鐵釘猛力拔出，第一根……第二根……第三根，隨著每次的拔釘，親王都感覺到皮開肉綻的痛楚，意識漸漸昏厥而去。而且孩童在做這些事情的狠勁，都與他纖細的四肢感覺違和，他強烈懷疑這孩子受到毒品控制已深，但此時已經無法再思考下去，隨著眼前慢慢呈現昏暗，他不再感到任何的痛楚……。

親王已經失去了意識，那沉重的木門重新打開來，正是布克。他摸了摸孩子的頭，將一個類似糖果包裝的東西賞賜給他，孩子開心地衝出了門外，但是糖果紙撒下了細細的粉末，那正是連日來加在親王食物裡的東西。

布克笑著對已經聽不見任何言語的親王說：「尊敬的親王，噢應該是斐洛歐茲塔閣下，因為納庫斯的王室很快將成為往日榮光了，我們希望你在毫無察覺的情形下舒舒服服地過日子，但是你偏偏不想走這條最簡單的路，我們只好將你試圖窄化的道路封死了。呵呵…孩子究竟是孩子，還是有著相當不細心的地方。」說罷他奮力拔出親王身上遺留的最後一根鐵釘，親王被這瞬間的一抽痛到重新清醒過來，傷口被撕扯得血肉模糊。他用盡最後一絲力氣惡狠狠瞪了布克，就又昏厥了過去。布克感覺到親王已經氣若游絲，就吩咐人將他的手銬腳鐐全部解開，將親王帶往另一間醫療室做緊急施救，他們知道活著的親王比死去的更有價值。

就在此同時反對黨以及雷拉拉他們都焦急著尋找親王的下落，他們甚至出動了媒體，廣泛報導此事以及政府陰謀論，試圖逼出布克針對此事說明。但是政府持續用他們慣用的冷處理態度，後來有國外媒體去採訪此事時，他們索性說根本不清楚親王的去向，將此事賴得一乾二淨。

凱斯和雷拉拉自從那次與親王分開以後，兩人就陷入了尷尬的模式，凱斯知道他們急著找親王，也很想幫助雷拉拉，但她冰冷的態度讓他不知所措。就在他們回到鎮上後，雷拉拉在當晚趁著大夥熟睡時不告而別，但凱斯知道她是刻意離開的，他痛苦的是此時無法開口，也無法追究原因，只能看著水中的自己感覺使不上力。

最近唯一令人欣慰的事情，就是他們發現感染的情況已經漸漸消失了，就在凱斯記憶所及最後一個病人服了他先前提供的精油後，納庫斯國境幾乎都沒再聽聞疑似的病例。他不知道是不是上次將些管線破壞掉的結果，而且九鏡湖區也沒再出現像那羅米希河那樣分布密集的菌藻類異象，居民發現酸化的土壤逐漸獲得了改善，田鼠也慢慢消失了。而那些因為布克生化實驗室而受害的國家，在反對黨的幫助下也找到那些汙染的根源，加上已經開發出新的疫苗，ＤＢ帶來的威脅已經漸趨緩和了下來。

清晨湖畔傳來的是卡勒米悠揚的比盧笛聲，但今天笛聲透露著隱隱的憂傷，凱斯也非常清楚原因，公主自從知道哥哥失蹤後，就相當難過。她每天都和農加聯繫，希望盡早找到哥哥。凱斯私下立誓為了雷拉拉還有卡勒米，他一定會努力找到親王，現在他每天都祈禱自己可以恢復人類的模樣，因為這副身體沒辦法進行很多事情，卡勒米看似也很擔心失去消息的自己。

公主每天都堅持要親手餵凱斯，還有給他梳理，她總是望著那閃耀的毛色讚嘆，用手摩擦著他比較粗糙的背頸硬毛。凱斯總是溫順地陪伴在公主身邊，儘管他常常半夜前往先前親王被帶走的基地勘查氣味，但總是小心不讓卡勒米發現。她另外給這頭獵豹取名塔塔，這是當地人對於獵豹的暱稱，她卻不知道這頭獵豹已經擁有一個自己朝思暮想的名字。

每當公主叫塔塔時，凱斯總是飛也似的衝到她身邊，卻無法控制自己的尾巴總是掃掉家具，卡勒米看到時總會咯咯的笑，凱斯也會被她的笑聲感染。雖然他知道自己內心總是繫著那日漸冷漠的面容，但是公主對於凱斯的溫情，讓凱斯感到有股想要保護她的衝動。有時他也很難確定，這是什麼樣的情感，但是不可否認的是卡勒米在他心中佔據的位子愈來愈重要。

眼前卻有著更重要的事情，隨著親王消失愈久，每個人幾乎都心急如焚，現在皇后透過自己在卡爾普皇室的關係，還有聯合鄰近的幾個國家，共同連署請布克將親王交出，否則他們將組成聯合軍隊將戰車開進納庫斯國境，布克仍是堅稱不清楚親王的行蹤。但是幾天後一件大家都沒想到的事情發生了，有關祕密軍火庫的位置透過某家小道報紙曝了光，報紙上詳盡地記載著軍火庫所在的地方，還有可能在進行的各種生化實驗。

正位在特區宅邸內的雷拉拉看到報紙震驚不已，她不知道是誰將相關的消息透露出去，因為他們尚未決定要公布軍火庫的事情。雖然遲早會逼出布克表態，但眼前時機似乎還沒成熟，而祕密軍火庫的事情已經傳遍了整個國內也震驚海外，現在國際社會已經聲明希望納庫斯政府將毀滅性的武器繳出，或是交由相關委員會處理。布克卻依然故我，現在他們強烈地懷疑，親王是否仍然平安地活在這世界上。

這天卡勒米就像以往一樣捧著烤熟的牛肉盤，輕輕呼喚著塔塔，但是卻沒再盼到凱斯的出現。公主找遍了旅館上下才問到一個侍者，侍者告訴焦急的卡勒米公主，在傍晚時看到那隻獵豹迅速溜出了旅館門外，他們以為他就像往常一樣到森林去了，殊不知到了深夜仍未回來。卡勒米公主並不知道，凱斯已經去了特區，他決定要找到親王。

這幾天凱斯已經搜尋到了許多訊息，他身為嘉布塔斯的特殊天賦，就是利用人留下來的氣味去搜尋人心思的軌跡，而且他發現這是當他重回原本身軀時才會發掘的能力。這些留下來的線索構成了過去的片段，包含安曼和親王的談話餘音，親王和周圍環境的互動，他們留下的足跡，那些士兵們擦身而過留在灌木叢邊的氣味。他每天晚上趁卡勒米公主熟睡後，來到闊鹿林搜尋這些留下的珍貴信息，透過這些片段，凱斯拼湊出了在特區有一間位在國防醫院下方的密室，地點隱蔽只有軍方才知道。他們拷問完犯人後，如果有必要施行急救的話，可以就近從醫院進行。

凱斯用如疾風般的速度到達了特區，但是眼前有個棘手的狀況，納庫斯現在的政局比上次所見更加混亂，除了抗議政府野蠻的不滿群眾外，現在還多了一個族群衝突性的問題，那就是沙目族群眾的抗爭。

之前提及的沙目族屬於納庫斯的原住民，他們多從事本地人不願意的底層工作，而農加可說是少數的特例。但現在逐漸惡化的經濟情勢，已經讓很多人無法生存下去，這群沙目族的人要求政府改善他們的處境，而且多數沙目族的人都沒有投票權，所以他們要求可以參政的權力。布克沒有下令對這群人暴力鎮壓的原因，部分是因為他們打算操縱沙目族人和本地群眾的一些衝突，所以他不想失去這可利用的資源。現在這群人已經包圍了特區裡多數政府機關所在的藍法瑪街，而凱斯要去的地方正是這條街的中間點——軍方經營的庫柏立醫院。

庫柏立醫院外圍已經擠滿了對峙的警方還有沙目族群眾，這些沙目族人就像農加一樣魁梧高大，所以當他們群聚起來時格外逼人。凱斯藏在草地的樹叢中，深怕被人發現，但此時不巧有個路人望見了凱斯，因為樹叢縫隙間透出那鮮豔的斑紋。凱斯驚慌一跳，這下不論是抗議的沙目族人還是警方，都被這頭野生動物嚇得驚慌失措，但是有一個勇敢的沙目族人將手上的棍棒握緊，就在凱斯被逼得亂竄時掄起手上棒子朝他用力一槌，剛好正中腦勺。凱斯瞬間頭昏眼花，但卻知道自己不能倒在這裡，只好硬撐著往旁邊建築的庭園圍牆一躍，就消失在對峙的群眾面前。

凱斯記得自己吃了許多冰水，原來他從圍牆躍下後就落入了庭園內的游泳池中，就在他覺得意識漸漸恍惚之際，突然發現手腳可以靈活地動起來，將手使勁地滑動後，他終於趴在了岸邊。看著那可以游動的四肢，凱斯意識到自己恢復了人的身軀，頭髮身體浸濕，他卻感到鬆了一口氣。這時一個書記模樣的女人聽到了聲音跑出來，看到一個全身濕透的陌生男子驚慌不已，差點尖叫，凱斯摀住她的口在耳邊說：「帶我到醫院裡去！快！」

女子無法言語只能嗚嗚叫，凱斯此時看到她腰際插了一把軍刀，就將刀抽出抵住她的背，順勢把摀住她嘴巴的手放開，女子回答：「庫柏立醫院需要許可證才能進去，一般民眾是進不去的，那不是給尋常人治病的地方。」

凱斯已經沒有時間了，他冷冷地回答：「帶我去！否則待會這把刀的頭就會塞進妳身子裡！」說罷他又示意地用刀尖微微頂了女子的腰。凱斯的直覺沒錯，這女子擁有可以進去的權限，她所在的單位就是隸屬於國防部的文官辦事處，在她的口袋裡有一個識別證，可以隨意進入庫柏立醫院。她的工作是可以調閱所有隸屬國防部的二級機密文件，雖然無法進入最高權限的檔案室，但對於凱斯來說可以跨進醫院大門足矣。

女子走進了這間建築物的地下室，他們通過了長長的廊道，又黑又窄，走在地上的回音相當清晰，夾雜著兩人的沉悶呼吸聲。終於他們到了一個窄門前，女子稍微遲疑了一會兒，凱斯怕她想別的打算，就警覺地將手上的刀頂她後背更緊，女子於是將拇指按在暗門一個小小的感應器上，瞬間一個機器轉輪扭動的聲音，門打了開來。

「這就是通往庫柏立醫院的走道，繼續走就會到達醫院地下室了，這裡是國防部的六角形地下通道，將隸屬本部的六個建築物地下室都打通，包含這棟文官辦事處還有醫院、本部等，只要有指紋就可以依照機密級別打開不同的廊道入口。」女子說完，忽然趁凱斯不注意從腰間抽出另一把軍刀準備轉頭揮向他，凱斯反應快立刻將女子制服並用手背敲暈她，女子昏倒後凱斯將她扛在背上，繼續往前走。此時他想，這女子的動作很標準受過軍事訓練，要是剛剛反應不夠快的話，很可能直接就送命了。

他從女子的口袋找出一張地圖，這是六角地下通道的圖，上面標示相當詳盡，他依照圖面上指示慢慢前往醫院，途中經過了三道門，他將女子的手指按在指紋感應處，都一一順利通過了。接著通過第三道門以後，他聽到了醫療儀器的運作聲，來到了其中一間實驗室，裡面有些人正在進行研究，全部都穿上了生化防護衣。那些人的專注力是如此集中，以至於他們沒有發現窗外有個不速之客。

凱斯往裡面仔細瞧，沒發現親王的蹤跡，他繼續扛著女子向前走，一邊慶幸在走廊上沒遇到什麼人。就在這時一道門又出現在眼前，凱斯將女子的手指按向指紋機，但是卻沒任何的反應。看來，這門後世界的機密性已經超出她的權限了。

他將女子安置在旁邊一個小儲藏室，就躲在一旁，這時出現一個人走向這道門，手上拿著類似注射器的東西，他於是趕緊跟了上去，說時遲那樣快用刀抵住了那人的背，示意他繼續往前帶路。那醫療人員緊張地點點頭，凱斯可以看出來他是個軍醫，卻沒有受過軍人訓練，因為他已經嚇得冷汗直流。

「告訴我，你是要為誰注射，是不是親王？還有這是什麼藥？你們這裡進行的是什麼實驗？」

凱斯連珠炮式的提問，說明他已經失去了耐心。那人趕緊回答：「我的確是要為親王注射，因為他現在情形十分不穩定，我們需要給他緊急處置，這是幫助他維生的藥物，不會致死的。」那人說完幾乎已經腿軟了，凱斯於是不再多問，只是恐嚇他趕緊帶自己去親王那裡。

「你這樣的裝扮會被懷疑，待會我們去衣物室換件衣服，我會說你是新來助理，我們這裡人員來來去去，很多人新來報到也不會令人覺得奇怪。」醫護人員說完，就轉進了另一個迴廊，凱斯忽然將刀架在那人脖子上質問：「我憑什麼相信你？」

醫護人員先是一陣驚愕，然後無奈地嘆口氣：「其實，我們這裡有一批人，是暗地裡想幫忙親王的，只是我們受到政府的逼迫，要是沒有照他們說的做，我們的前途甚至性命都堪憂。這幾天我見證了親王的苦難，心裡也是備感憤慨。你看，這是我私底下要給親王服下的解毒劑。」醫護人員從口袋拿出另一包藥劑，凱斯讀了一下上面的說明，這大概是某種特殊的成分可以化解神經性毒素。

「親王在這裡被長期灌以會上癮的藥物，這是布克的陰謀，他希望親王的神智開始錯亂，但是這種毒品在還沒有完全上癮前，是可以施打解毒劑的。當初這原本是要控制軍隊裡私編的一批少年兵，讓他們做一些非法的、布克正規軍不能做的事情，但當初研發時就因為害怕發生無法控制的情形，所以有研製解毒配方。不過因為親王的監控非常嚴密，我們是在他受傷以後推出密閉室接受治療時，才有機會給他偷偷施打解毒針，所以成效有限，但至少可以避免他完全陷入精神毀滅。」

凱斯聽完一絲不安湧上心頭，要是親王的精神狀態堪慮的話，納庫斯的未來可說是一片黑暗，但是眼前他至少相信了這個醫護人員。他們一起換了衣服，走出衣物間邁向另一條長廊，終於來到了一個密閉的玻璃室。他看到了親王，但幾乎認不出來，親王骨瘦如柴，雙頰凹陷，但凱斯瞄了一眼維生系統，至少他各項數據還算穩定，胸前似乎受了重傷，包上厚厚的繃帶。

醫護人員帶著凱斯進去，裡面還有兩個工作人員，他對那兩個人說：「現在換我們值班了，目前情況如何？」因為大家都戴著口罩，他也只有簡單介紹凱斯是新來報到的，工作人員也沒多問，大概交代了親王情形後，就換班出去了，只剩凱斯和那個醫護人員。

「斐洛！歐茲塔閣下！您聽見我聲音了嗎？」凱斯使勁地呼喊，親王慢慢地睜開了眼睛，可以慶幸的是，從瞳孔變化來看，親王神智還算是清楚。他看到凱斯激動不已，幾近嘶吼地說：「我們要立刻離開這裡！這魔鬼會騙他們說我執政後會建立聯合政府，但是鬼才相信，總之我們要快點回去，不然農加他們沒有我的音訊，根本無法進行任何的事情！」

凱斯看著親王，忽然相當欽佩他那強韌的精神力，雖然一直以來親王本身的一些作為他不是完全認同和欣賞，但在這種時候，親王用自己的意志力克服了一切。一般而言這種藥物會在短短時間內摧毀一個人的思想，他也在發現不對勁後絕食，但還是已經中了一部分的藥癮。不過從捏得滿手都是發腫瘀青的手臂來看，親王在一次次忍受藥癮的痛苦中經歷了多艱辛的自我掙扎。

外面出現了一些嘈雜聲，醫護人員催促著他們快點行動，凱斯趕緊將親王手上的束縛物解開，一邊扶著虛弱的親王站起來。他們緩緩地走到了門口，發現走道另一端已經有人過來了，醫護人員於是打開一個類似出風口的小門，裡面有許多管線，他示意凱斯僅能從這裡出去，這個出口會連到醫院外邊的庭院，那邊不會有國防部的人在現場盯哨。凱斯想說他一個人沒問題，但是拖著氣若游絲的親王，他很擔心撐不住，但眼前已經沒有時間可以考慮了。於是他將親王扛在肩上，奮力地往狹窄的小門鑽了進去。

這個地方越走越狹窄，而且有些積水和爛泥，凱斯帶著親王走得相當辛苦，好幾次裡面的積水淹了上來，他只好把親王抬得更高避免他吃水，自己倒是嗆了好幾口。終於隨著出口漸漸接近，水也慢慢退了，只剩一堆及胸的爛泥拖滯著腳步難以前進，腦海千頭萬緒湧現。他想到親王和雷拉拉在舞會共舞的畫面，還有雷拉拉去城裡總總發生的事情，她近來的冷漠態度，狂亂的思緒無法阻止地在腦海流竄，或許是黑暗封閉的空間裡，會讓人開始胡思亂想。但此時一絲亮光出現在眼前，凱斯鬆了口氣，他們終於得救了！

他拖著親王慢慢地爬了出來，這正是醫院外面的小庭院，庭院裡有個游泳池，看起來游泳池似乎是這裡很多建築的必要配備。他將自己和親王身上的爛泥洗淨，然後扶著親王離開這裡，這個庭院的確是人員駐守相對鬆懈的地方。凱斯想，那位好心的醫護人員是真心地在幫忙。

出來以後，凱斯找到了特區裡為數不多的電話亭，緊急撥了通電話給安德魯閣下，安德魯自從上次離開九鏡湖以後，就幾乎沒再跟凱斯聯繫。但在他離開九鏡湖前，有給過凱斯一個電話，可以隨時連絡他。

「喂？安德魯嗎？我是凱斯……」凱斯將眼前緊急的狀況告知，約略過了十分鐘後，一輛舊式的福斯就來到他們約好的地方，打開車窗後正是安德魯。凱斯將親王推上了車，此時親王幾乎已經昏睡了過去，安德魯對凱斯說：「之所以用這台車是為了避免引人注目，現在我也被科契亞通報給當局，說我疑似加入反對黨活動，所以只好請你們委屈點了，待會我們先把親王送到我家，小老弟你也一起來吧！我已經通知農加了。」

安德魯說罷示意司機加快速度，但是他們剛好遇到包圍街頭的沙目族群眾，為了表示他們非政府人員，安德魯還出示了他工會的證明，總算順利通過。凱斯看到那些沙目族人，打趣地說：「這些人不會是農加動員來的吧？」

「自然不是，基本上這些人他們都不太喜歡農加呢！他們反對當權執政黨，但也不聽從反對黨擺布。他們覺得不管哪個黨派上來，對於沙目族的歧視還有排擠都是一樣的，就算農加已經算是反對黨要角，他們只覺得他是個披著沙目族外衣的政客而已，對他不是很信任就是了。」安德魯說完，就示意凱斯終止這個話題，因為境內少數族群的禁忌話題始終不宜在親王面前談論，就算現在親王似乎已經昏迷不醒，他還是覺得有不妥之處。凱斯點點頭，於是他們開始寒暄，道盡這陣子彼此的辛酸，不久前剛到九鏡湖還一起加入當地的篝火晚宴恍如隔世。

「對了！我聽說祕密軍火庫的消息已經公布了出去，你知道這是怎麼回事嗎？我們曾經希望利用軍火庫的事情當籌碼跟布克談判，可惜似乎不可行了呢！」凱斯無奈地嘆口氣，安德魯看了看他，緊接著笑著說：「你們當然無法拿這個軍火庫跟他談判，因為這並不是他最重要的底牌，你們應該要找到地下糧倉，我有聽說這件事不是已經在進行了嗎？」

凱斯聽聞後才想起這重要的事情，他居然忘了地下糧倉，而安德魯繼續說：「我在科契亞可沒有徒勞無功，在戰爭時期，物資的需求可能比想像中還要重要。我知道布克也打算利用戰時抬高糧價，他們進行庫存的地區找到後才能真正握住當權的把柄。」說罷，安德魯拿出一張地圖，上面畫的跟上次雷拉拉展示給他的差不多，就是軍火庫的位置分布，但是中間畫了一些鉛筆的座標，這些位子似乎都離軍火庫有段距離，可能也是布克希望糧食遠離生化實驗所在地的關係。

「那是我們預期糧倉的位置，但僅僅是猜測。」安德魯解釋著。凱斯也想到，他們找到軍火庫兩次，但就是沒發現糧倉，而且這些他們畫的地點，有些分布在納庫斯國境外，但是根據安德魯的說法，這些糧倉可能都是之前科契亞經營的據點或是倉儲位址。其中有一個地點他特別的熟悉，安哥拉喀拉喀村的塔里塔庫廠區，在那裡，他和艾瑞斯醫生一同遇到了夏曲，也就是後來出現在他面前的雷拉拉。回想起那時種種畫面，如今卻感覺內心有一絲絲刺痛。

他告訴安德魯他去過那個廠區，回想起那時夏曲帶他們去的作物儲藏室，看起來不像所謂的地下糧倉，而且那裡應該只是個中繼站，貨物來來去去，不太像是有大量庫存的地點。但不知道為何凱斯覺得應該再去那裡一次，只是眼前有這麼多事情，動亂又隨時可能發生，要大老遠再跑去喀拉喀村似乎不太實際。

當晚，凱斯隱約在睡夢中看到一片美麗的湖泊，還有一隻獵豹正在凝視著湖面，他知道那是自己，也是嘉布塔斯。現在嘉布塔斯已經慢慢可以掌控自己命運了，他知道這件事情，也清楚將再次回到過去的場景。模糊中醒來果然又現身在那奇異的仙女圈中，但這次的地點不是熟悉的家鄉，而是曾經和醫生去過的喀拉喀村。

他再次踏進那個塔里塔庫的廠區，現在廠區沒有人，一點人煙都沒有，工廠似乎早已經廢棄，留下的機器都生鏽蒙上灰塵，零星幾隻老鼠不斷地竄逃。他走向那個之前充滿菌種的作物儲藏室，迎面而來是一種穀物酸化的氣味，令人作嘔。當他用身體推開那生鏽的鎖門時，裡面的作物都已經壞死了，並且爬滿許多老鼠。

這些老鼠都被這隻無預警進來的大貓嚇跑了，凱斯踩住了一隻老鼠，力道太大導致那隻老鼠立刻內臟破裂而死。他嗅了嗅那老鼠身上的氣味，發現已經沒有再帶有ＤＢ的菌種了，看起來ＤＢ菌種也會選擇可以寄生吸取營養的物質，這裡對它們而言已經失去了生存的作用。

他聽到了外面有人的聲音，趕緊躲到一旁，進來的是之前凱斯在工廠時看過的工人，他正納悶那人怎麼會回來這裡，因為看起來廠區早已經荒廢。就在這時，另一個人也進來了，凱斯嚇了一跳，正是夏曲，那是否就是雷拉拉呢，她的變裝簡直是天衣無縫，眼前凱斯還是很難看出她的破綻。

「現在事情進行得怎麼樣？」夏曲問那個工人。「我們現在已經將所有可以收成的糧食都搬去了塔里塔庫的互助銀行了，可是接下來怎麼辦，這些已經腐敗的要處理嗎？」工人問道。互助銀行？那是什麼，凱斯心頭冒出一堆問號。

「互助銀行可是要收集這個地區尚未被菌種感染的作物，所以我們要加緊努力一點，現在許多國家糧食作物都被這種奇怪的菌種覆蓋。互助銀行是要收集生長正常而且採收後仍然可以安全食用的穀類，這些穀類到時候會被塔里塔庫做重新的分配，讓這些受害的地區可以均分到食物。」夏曲講得似乎有點鉅細靡遺。照理說，他應該可以不用跟這個工人講這些，凱斯總覺得夏曲是有意講給他聽的，難道他知道自己在場嗎？他也馬上就猜到這是科契亞的陰謀，關鍵就在互助銀行，現在他找到了下一階段的目標。

夏曲後來請那個工人將最後一些麻袋裝上卡車運走，之後他將眼神望向凱斯所躲藏的方向。「出來吧！我知道你在。」夏曲果然早猜到他在場，凱斯只好走出來，他面對著夏曲，感覺心頭莫名緊張還有疑惑，他很想知道這到底是不是雷拉拉，是她嗎？究竟是不是她？

這個平行時空發生的事情果然很難讓人理解，眼前這個夏曲彷彿不是自那之後和他發生許多事情的雷拉拉，凱斯仔細觀察他的眼神，漸漸覺得不是同一個人。此時夏曲再度開口：「你心裡一定充滿很多疑問，但我並不是你想的那個人，我只是屬於這個時空的存在，是你鏡中的影像讓你來找我的。現在我告訴你，跟隨著那部卡車去互助銀行吧！那就是布克的陰謀，雖然感染並非他們的本意，但是很久以前塔里塔庫，應該說科契亞，就建立了一個互助銀行。」

「這個銀行放的不是金錢，而是許多糧食，而且是跨國界的，他們透過和很多國家簽約，將這些糧食統一儲存在一個隱密地點。這可不像一般的期貨交易，而是需要實體的糧倉，通常都是國內政治動亂，或是內戰不息需要物資的國家，作為統一分配需要，這個互助銀行已經暫停運作一段時間了。但是最近他們被納庫斯的布克當權買通，布克因為在許多境外地方進行生化實驗導致感染發生，作物也受到牽連，他們透過科契亞說服這些受害的地方，將尚未汙染到的作物搶收後儲存在互助銀行。因為還沒有立即性的需求，所以暫時囤積起來，等到之後再依據不同配額領出來。但是布克已經私下掌控了互助銀行，很多地區不太可能有機會領出這些物資了，這些資源會全數支應納庫斯可能的內戰需求。」

夏曲說完以後，從口袋拿出了一個小瓶子說：「通常大部分糧食很難儲存太久，但是科契亞有其專門的配方可以保存，此外他們也製作大量的罐頭，但我覺得你還是去現場看看吧。」說罷他轉身離去，凱斯追出門外時，那人卻已經消失了。

外面車子已經轟隆隆地發動且準備駛離，凱斯狂奔追上卡車，縱身一跳就跳入了車子後方的車廂，雖然引起了一陣聲響，但因為路面本身就很顛簸，所以沒有引起開車的人注意。車子在月夜籠罩下緩緩於鄉村道路間行駛，夜晚的草原仍然相當不平靜，許多黑影在蘆葦叢間竄動著。

在那群流動的影子中，凱斯瞥見樹下的獅群，小獅子愉快地嬉鬧著，他回想起那兩隻被他殺死的獅崽，母獅仇恨的眼神至今仍在他內心種下了深層的陰霾，久久無法散去。他不怕母獅的報復，甚至不介意與她一搏，但在內心總有個奇怪的感覺，他甚至想，那是否就是闊鹿林中曾經引起騷動的母獅。

就在這時車子已經停了，工作人員走了下來，手拿著探照燈照了一下，前方有一棟白色的建築，看起來很像博物館，可是卻沒有在營運的樣子。工作人員按了門上幾組數字鍵門就開了，他走了進去，凱斯也敏捷地跟了進去，他輕巧的腳步幾乎沒有讓工作人員發現後面跟蹤的影子。

乍看之下這是一個美麗的博物館，裡頭擺滿了各式的古物還有珍藏的藝品，被厚厚的玻璃隔開，工作人員卻沒有停步的打算，繼續匆匆往前走。本來獵豹的腳爪沒辦法像一般貓科動物縮在肉墊內，所以可能會發出爪子的抓地聲，但是因為這個廊道地板特殊的材質還有鋪上的毯子，所以凱斯走在上面的沉沉腳步聲被隱沒其中。終於工作人員停在一處門板前，他抽出一把鑰匙轉了幾下，門打了開來，是一個往下的樓梯，看起來又黑又暗。

工作人員走下樓梯，凱斯繼續跟在後面，但是因為樓梯是大理石的材質，踩在上面的腳爪聲因此瞬間清晰了起來，那人警覺地回頭就看到了凱斯。他嚇了一跳，站在原地無法動彈，凱斯根本不可能傷害他，但是他擋在樓梯口也讓凱斯進退不得，現在他知道要繼續下樓梯才會找到答案，也不介意繼續跟著這人了。

凱斯猛然一躍，將那人輕輕撲倒且越過了他頭頂，那工作人員幾乎嚇昏了過去倒在原地，凱斯鬆了口氣，他也不想傷害那人，於是繼續順著樓梯走了下去。在黑暗中發揮了擅長的夜視能力，終於到了地平面，他掃視了現場只看到一個空曠的地下室，裡面有幾盞微亮的燈泡，空氣中飄來了一種奇異的藥水味，凱斯順著那氣味追尋而去。

循著氣味他走向了地下室更深處，看到很多玻璃隔間，仔細一瞧裡面擺滿了許多的麻布袋，裝的都是穀類還有脫水玉米，數量相當多。這些採收下來的脫水作物似乎都保存良好，而且這裡雖然是地下室，卻保持在一個相當乾燥的程度，牆壁上都有著恆溫裝置還有一些濕度控制，也有非常低音頻的機器運作聲音。

如果說這棟建築物正是做為博物館使用，裡面許多文物還有繪畫都需要濕度控制，凱斯聯想到這些技術也被科契亞改良運用的話，同時保存地下糧倉也不是件難事，而且有誰會想到原來布克把糧倉藏在這裡。這正好是安哥拉境內納庫斯的使館大樓，而美麗的小型博物館正是位於納庫斯大使館內其中一棟建築，展出許多珍貴的文物還有紀念畫作。

現在他終於知道了布克地下糧倉的所在，這些糧食都是因為科契亞和許多國家簽訂合約，為了避免農地感染的傷害進一步擴大，將可能受害區域的作物都緊急採收。事實上感染可能是意外，但是他們卻有心地浮報了許多根本沒有感染的區域，因此這裡存放了許多國家採收來的糧食，甚至還有一些珍貴的木材。凱斯擔心的是，這裡是納庫斯的治外法區，而且他們還在博物館裡購藏了許多名畫家的作品，所以要是到時候需要採取強硬手段時，毀損珍貴文物又是另一個棘手的問題。

凱斯知道如果內戰有需求，屆時有和科契亞簽約的國家都會蒙受其害，但是現在他卻無能為力，因為這是另個平行時空發生的事情，他要回去才能夠改變這一切。凱斯現在已經離開了這棟建築物，來到水田邊，祈禱自己快點回到那個時空。但此時在草地上竄出了一隻蛇，牠對著凱斯滋滋地吐信，看起來極度不友善。

不知道為何凱斯對於蛇總是特別厭惡，他想到很久以前做的那個夢，那個舞蛇的少女妖媚可佈的形象，現在他感覺這隻蛇似乎有備而來，凱斯心裡想著：「來吧！」

瞬間那隻蛇就跳到了凱斯跟前，將尾巴緊緊地勒住他脖子，凱斯感覺喘不過氣來，將身體用力甩動，試圖擺脫那條蛇，但蛇卻勒地更緊了。他在萬死一生中抓到一個空檔，將利齒用力戳進了蛇身，那條蛇痛苦地抽動，也促使牠進行更進一步的反擊，猛一回頭咬了凱斯的胸口，他感覺到一陣頭暈目眩，就失去了意識。

當凱斯再度醒來時，他知道自己已經回到了這個時空。此時正在安德魯宅邸舒適的客房，躺在柔軟的床上，回想剛剛的一切很不真實，但是當他坐起來時，卻發現了一個真實的感受：他的胸口隱隱作痛，正是剛剛被蛇咬的地方。

安德魯來到房間探望凱斯，凱斯正想把糧倉的事告訴大家，於是跟安德魯一起去看親王的狀況，親王正虛弱地躺在另一間客房，看來仍未清醒。但他卻撇見雷拉拉也在一旁，而且正緊緊握住親王的手，凱斯無法克制地衝上前去將那緊握的手扯開，她本來驚訝的神情瞬間滿溢著憤怒。

「請你注意自己的行為，我正在照顧親王，他現在狀況非常危險！難道你不知道事情的嚴重性還有輕重嗎？」

那聲音就像嚴寒的冰椎，刺進了凱斯的心底，他苦笑著對雷拉拉說：「我知道！現在國王已經離開納庫斯，親王眼看就要攝政或是即位，妳知道他會信守承諾，妳將成為納庫斯的王后，恭喜妳！而我，只是個來歷不明的傢伙，終究不知道未來在哪裡？妳的確該遠離我！」

凱斯說完頭也不回地離去，雷拉拉愕然看著他消失的門廊邊，突然失控般的掩面哭泣，彷彿釋放了長久壓抑的心。此時，親王慢慢地張開雙眼，他聽到了剛剛那些話，本想安慰旁邊哭泣的她，但終究還是將猶豫的手縮了回去。

第十七章　穀倉的祕密

凱斯一早醒來相當疲憊，想到昨晚衝動的行為，他感到懊悔不已，此時摸著那被蛇咬過的左胸，仍然覺得隱隱作痛。

「你已經通知農加他們了嗎？我有事情要讓你們知道。」凱斯嚴肅地和安德魯說，安德魯點點頭，農加此刻已經趕了過來，如果親王晚點清醒過來，他們馬上就可以進行下一步計畫。但是安德魯也和凱斯說了這幾天九鏡湖發生的事情，布克已經將九鏡湖外圍都封鎖了起來，所有人不得自由進入，凱斯聽到以後，擔心那裡許多居民的安危，還有卡勒米也在那裡。

「放心，反對黨也有安排武裝的人員在現場，隨時監視政府軍的動向，現在雙方都怕戰火一觸即發，所以都不敢有任何的動靜。卡勒米公主也相當安全，我已經告訴她你現在在這裡，她很擔心你，你要不要打個電話給她。」安德魯說完，凱斯也欣然同意，他知道公主已經擔心自己很久了，於是他拿起話筒撥給了九鏡湖的旅館，電話接通後，是一個服務員的聲音。

「我是原本二一六號房的凱斯，我找隔壁房間二一四的房客，卡勒米娜列小姐，請問她現在還在旅館裡面嗎？」凱斯問道。「二一四房的客人已經搬出去了，她說有事情要回到市中心。」服務生說完，凱斯感到不對勁，九鏡湖不是已經封鎖了嗎？卡勒米怎麼能夠出去？他心頭充滿無限的問號。

「當時公主還在旅館裡面，一切也都安好，我也不知道她怎麼會忽然離開那裡，不過公主要來到特區不是件難事，她本來就是王室成員，回到宮廷也是理所當然，軍隊是不會為難她的。」安德魯安慰凱斯，他只好暗自祈禱公主已經平安來到城裡。

稍晚過後安德魯的宅邸相當熱鬧，幾乎反對黨重要成員都來了，農加自然也在場。凱斯只有在幾次新聞上看過農加，雖然他們目前為止都為同個目標努力，但都是透過雷拉拉及親王這邊的人聯繫，所以這是他第一次看到這位沙目族的反對黨優秀人物，農加看起來個性堅毅，言談間自信十足，且有著魁偉的身材。

「你就是凱斯吧？我們是第一次見面，但我總覺得似乎已經認識你很久了，我們也算是戰友，感謝你這陣子為九鏡湖的付出，接下來還有著漫漫長路，我們一定要堅持到底。」農加握手的力道十足，凱斯感到手指骨被扭到有點疼，他想起曾聽雷拉拉提過這位人物名不符實的傳聞，眼前倒是完全看不出來。某方面來說，他甚至比親王還要有領導者氣勢。

這時候雷拉拉走進了大廳，她和眾人說：「親王已經醒了，他想和大家見面，但是他現在還是不太能下床走路，我們一起進去他房間吧。」

當他們進房後，凱斯感覺親王的氣色好了很多，親王首先看著凱斯緩緩地說：「朋友，我知道是你千辛萬苦把我從那個地牢拯救出來的！我斐洛歐茲塔這輩子絕對會記得你這個人情，你放心！等我上位以後，我絕對會讓各位都可以入閣。」凱斯聽到親王的保證，卻沒什麼特別的感覺。他對納庫斯的政治一點興趣都沒有，反而相當厭惡捲入這一切，但是眼前推翻布克卻是大家共同的目標。

「我已經知道祕密糧倉在哪裡，但是卻有點棘手，因為那裡不在國內，而且科契亞負責掌控了一切。糧倉除了政府這段時間從民間搜刮來的作物，還有許多國家在不知情的狀況下，和科契亞簽約後收割來的大批糧食，他們藉由這次ＤＢ造成的土地感染，聲稱此舉是為了保護農產品。其實很多農地沒有感染，但他們也強制採收統一存放，這些人管那裡叫做互助銀行，也就是簽約的國家可以隨時和科契亞兌現所需物資。地點就在安哥拉境內納庫斯的領事館，其中一棟博物館的地下室，樓上都是文物還有畫作，所以如何進行應該是有點麻煩的事情。」

凱斯說完，大夥都默不作聲，因為他們沒想到布克和科契亞有這樣的祕密協定，還有將糧倉藏在境外的事情。

「我們可以請安哥拉幫忙，這國家跟我們王室頗有交情，我知道他們也相當支持我上位，只是麻煩的是那裡是領事館，也就是那不算他們國土內的範圍，這件事情看起來要跟當局交涉一下，你們覺得需要先保密嗎？」親王說完，眼神示意地看著農加，農加像是在思考著什麼沒有答話。安德魯想了片刻回答親王：「我現在還算是科契亞內部的顧問，要是我們想辦法找出各國有儲存糧食進去的證據，或是合約書，就可以和那些國家合作，逼迫科契亞讓各國領出他們的物資，使布克企圖私吞糧倉的野心瓦解。」

「我想恐怕沒有那麼簡單，這件事情需要從長計議，而且我們也必須搞懂，為什麼科契亞和非洲這麼多國家都有商業合作，他們卻要獨厚納庫斯，噢不！我應該改變我的說法，應該是獨厚布克政府，他們有什麼把柄在布克手上嗎？對於一個跨國企業來講，他們如此涉入一國的內政，是件有點不合常理的事情。」

農加說出了他的看法，大夥也深思這個問題，而先前科契亞已經將安德魯拔除國際事務經理職務，很多時候他對於公司內部事情都不得其門而入，但他卻擁有一些人脈關係，安德魯打定主意會利用這些關係探查到底。

他們決定先找出合約書，還有負責涉入此事的科契亞高層名單，九鏡湖已經封鎖了好幾日，凱斯也相當關心那裡的情勢，他們決定先去九鏡湖探查，而雷拉拉會協助安德魯處理特區裡的事情，包含設法找出科契亞的合約，於是說好了會保持密切聯絡。凱斯坐上農加的車子，一起出發前往了九鏡湖。沿路上，他腦海浮現了雷拉拉冰冷的態度及面容，剛才他們雖然在同一個房間裡，彼此的眼神卻完全沒有交會，所有人都沒注意到這細微的事情，但親王卻發現了。

正當雷拉拉準備離開安德魯的宅邸，駕著她那部跑車離去時，親王虛弱地拖著身軀勉強走到門口。雷拉拉看到親王出來，就停止了準備轉動的鑰匙，開了車門走回門口。「歐茲塔閣下，發生了什麼事情嗎？您知道您需要休息的。」雷拉拉的神情滿是擔憂。

親王身體相當孱弱，但仍勉強打起精神說：「雷，妳跟凱斯之間發生了什麼事情嗎？我記得你們倆之前是好搭檔，默契十足，可你們剛剛都沒說到一句話，甚至連眼神都沒對到，妳不會是要告訴我說，你們的默契已經好到連話都不用多說了吧！」

親王停了下來喘口氣，繼續說：「還有我希望妳以後可以不要這樣尊稱我，我們兩個應該沒有這麼的見外吧！容我說句內心話，妳之前回絕我的原因，是因為他嗎？」親王此時完全沒有昔日的神采還有傲氣，眼神也透露著害怕失去的憂傷，雷拉拉被他這副模樣打動了！一個未來國家的主人，卻在自己面前表現如此脆弱的一面。她沉默了半晌就回答親王：「跟您說的這件事情一點關係都沒有，我只是很單純專注眼前事務，現在的心思沒空裝下任何人，但是……」雷拉拉溫柔看著親王說：「如果您需要，我會一直陪在您身邊。」

親王聽到雷拉拉這句承諾歡欣不已，激動地握住雷拉拉的手，並輕輕吻了她的臉頰，她卻沒有拒絕這一切。此時凱斯正在農加的車上，他看著車窗，摸一下臉上的疤痕，現在幾乎感覺不出來了！凱斯想著要是那時他沒幫雷拉拉擋住那個飛濺的碎片，如今那痕跡可能就印在她美麗的臉龐上。他一點都不後悔，心頭卻始終無法將她近來冰冷的面容拂去，凱斯決定將這些記憶慢慢封存於內心深處。

「朋友，你的俊臉上居然有道淺淺的疤痕，真是可惜，我剛剛看到你在摸著它想些什麼，是不是有著背後傷心的事情呢？」農加看著凱斯，關心地詢問。「沒什麼事情，一切都過去了！現在再去提也沒什麼意義。」凱斯將注意力放回車內，把視線從老遠的百里外拉回，農加正用力搓著手，似乎在躊躇著什麼事情。

「發生了什麼事嗎？現在既然我們是朋友了，你不妨告訴我吧！」凱斯問道，剛剛他看著窗外時，農加正在講電話，只是因為開了車窗風聲很大，他幾乎聽不太清楚。

「凱斯，你應該知道巴卡洛先生吧，就是那位納庫斯的國寶級畫家，最近聽說有個藝品拍賣會，將會拍賣他先前被政府沒收的畫作，數量頗為驚人。我剛剛打聽到，這些畫作都是從科契亞內部離職員工流出的，而科契亞高層將參加這場拍賣，要把那些作品全數買回來，你不覺得這件事情聽起來事有蹊蹺嗎？」農加說完，將手機的訊息給凱斯看，而這訊息正是安德魯剛從科契亞內部探聽到的。

「你們覺得這些員工可能把祕密藏在畫作裡？也就是名單或合約內容嗎？」凱斯問道。「我們不排除有這個可能，其實實話跟你說，科契亞內部有我們安排的反對黨成員。過去我們就知道，科契亞的高層很多喜歡收集巴卡洛的作品，很多畫作都透過他們跟政府的私人關係流入個人收藏。還有我聽說過，其中一個跨國事業的高層人物就喜歡將他們內部互通的協議書藏在畫作夾層中，透過彼此的交換藝品或是借展，來交流這些重要文件。這次的事情我原本沒往這些方向想，但是剛剛聽說到畫作流出還有拍賣的消息，我才想起這些事。」農加眉頭深鎖地說。

如果以巴卡洛在國際的知名度還有作品流通率，這關係到好幾個國家的事情，的確有可能會以這種形式傳布，他們現在需要參加拍賣會，把作品給買回來。

「你們覺得誰去好呢？」凱斯問道，農加沉默片刻後回答：「我們是要代表巴卡洛先生買回來的，因為這些都是先生非本意被強制收購的作品，所以我們需要徵詢他的意願。」

傍晚安德魯出現在那個祕密藝廊的小房間，房內另一個人坐在沙發上，正是巴卡洛。他盯著那報紙的小行標題，滿是不悅的說：「這些作品幾乎都是政府強迫從我手中奪走的，我已經很久沒看過他們了，沒想到都落入了科契亞的手中，而我居然要花錢才能買回原本屬於我的東西。」

巴卡洛說完，稍微注意到安德魯尷尬的表情，於是略為收斂了一下。他沉默半晌後開口，希望可以由他的姪女出馬，代表他競標，而且他們打算先提出告訴，如果順利的話，不用競標就可以贏回這些畫作。但是他們都知道希望渺茫，因為這些作品當初就被政府沒收，政府等於已經擁有這些畫作，對他們而言要請人製作合法的讓渡文件根本不是難事，幾經易手巴卡洛先生也很難聲稱對於作品的擁有權了。

「巴卡洛先生，我知道由您的姪女出面競標，會具有代表性。但是我僅僅是在想，如果由我們這邊的人參加，比較可以在現場應變情況。我有一個人選，就是您見過的雷拉拉小姐，當時您對她的美麗還有風範都讚嘆不已！您可能還不知道她還是喬裝高手，我想她可以喬裝成您的姪女，是拉芙蒂小姐嗎？」

安德魯小心地詢問這位畫家的意見，因為巴卡洛先生就像很多藝術家一樣，雖有著一顆溫暖的心，但卻更有著易怒還有極不穩定的古怪脾氣，他很擔心這件事會觸到巴卡洛的神經。令人意外的是巴卡洛倒是絲毫不介意，他對於雷拉拉印象極好，也願意提供姪女拉芙蒂的照片，讓雷拉拉喬裝成她的模樣參加拍賣會。

預定參加拍賣會的這天，距離他們得知消息時僅有短短幾日，拍賣會緊急舉行是希望不要引起太多關注，科契亞高層也預定要一口氣買回這些畫作。當時畫作的流出，讓他們開了好幾天晝夜不分的檢討會，而且開除了許多人員，基本上科契亞也長年參與藝術品的投資，所以拍賣會對他們來說並不陌生。

凱斯和農加也在短時間回到九鏡湖後，趕往這場拍賣會。基本上凱斯回到九鏡湖後，因為封鎖的情勢讓他們無法順利進入，但他們還是透過了秘道偷偷運送物資給了當地居民，而反對黨的人馬和政府軍也始終處於對峙的狀態，誰也沒有真的開火，情況暫時穩住。凱斯有打聽了卡勒米公主的下落，但是居民說她都沒有回來過，所以他也只好跟著農加盡快趕回特區，處理眼前重要的事務。

拍賣會開始的當天，就出現了有關這批作品非法持有的新聞，這當然是反對黨放出來的消息，但是一點都沒有起作用，一切仍然如常舉行。但是反對黨覺得也無所謂，他們只是想將科契亞還有政府希望低調進行的事情在媒體前放大，這樣科契亞日後收購這些作品也會感覺棘手。何況，他們也有一定的勝算，希望可以贏回關鍵作品。

凱斯來到了拍賣會現場，這個拍賣會是有限制資格的，和一般比較開放的現場不同，但是因為安德魯事前已經幫他們都弄到了資格，所以凱斯得以順利進入。此時一個穿著艷麗的女子從他身邊經過，凱斯聞到了熟悉的香味，女子對他投以熟悉的冰冷目光，凱斯心頭一驚，後來才知道她就是喬裝成的拉芙蒂小姐，那自然就是雷拉拉。

當發現那女子是雷拉拉時，凱斯幾乎慌了手腳，卻也只能趕緊恢復鎮定，因為他收到了指示要現場協助雷拉拉。要是拍賣過程不順利，他們很有可能要硬來，也就是說用搶的或用偷的，或是瞞天過海戰術都要將那些畫作拿到手，因為資金不夠，他們能籌到的金額可能遠遠低於科契亞擁有的籌碼。

現在拍賣會已經開始，首先展示的都是一些巴卡洛早期較小尺寸的畫作，這些畫雷拉拉收到了指示，科契亞很有可能會放掉，也就是他們不會買回所有流出的畫作，這是後來安德魯最新打聽到的風聲。要是科契亞沒有意願競標的話，他們就會依照巴卡洛的期望標下特定畫作，也可以避免官方的懷疑。但是如果遇到科契亞很積極地出價，就代表是有問題的畫作，就算真的資金不足他們放掉也沒關係，至少事後就可以朝這些畫下手了。

這些小幅畫作基本上科契亞都放掉了，但是有幾幅畫總是被同一個先生買走，因為現場都講英語，凱斯聽得出來他的英語混有荷蘭語的口音，也猜出他源自南非，很可能是南非荷蘭人。這位先生幾乎標走了一開始每一幅巴卡洛的小幅畫作，只有零星幾幅沒引起他興趣。凱斯忽然警覺，因為他坐在雷拉拉旁邊，就推著雷拉拉說：「那位先生似乎有點問題，我覺得妳不應該放過這些畫作。」

雷拉拉不悅地看著凱斯，低聲回應：「我們沒有多餘的錢，只能朝科契亞有興趣的畫作下手，何況那些也不是巴卡洛先生指示我要標下的作品。」說完，雷拉拉繼續專心地盯著現場拍賣桌。

現在正在展示巴卡洛生涯第一幅代表作——南角。這幅以非洲南端的厄加勒斯角風光為背景，雖然是恬靜的海上風光還有艷陽下的燈塔，卻有著滿目瘡痍的海難後景象還有船隻，呈現的是一種停滯卻帶拉距的畫面，畫作氛圍極具有張力及延伸想像力，可算是巴卡洛馳名畫壇的起點。

這時一位先生喊出了一個高價，這個價格已經讓人到抽了一口氣，雷拉拉知道那就是科契亞的代表，因為他們已經事前拿到了參加人員名單，可以掌控現場參與的人員，只是這個代表很明顯只是被授權的內部員工。雷拉拉也競相喊了一個價格，但此時拍賣官忽然開口：「不好意思，拉芙蒂小姐，經過我們事前的銀行查核對帳還有您的登記資料，您的戶頭金額遠遠不足支應您目前的喊價，我們恐怕無法受理您這個出價。」說完，拍賣官逕自宣布剛剛的出價無效，請其他現場人員繼續出價。

雷拉拉震驚不已，這個過程明顯不合一般規定，以國際的拍賣會標準來看，也是要事後請得標者兌現買賣金額，她這才發現科契亞的魔手已經買通了相關單位，看來布克聯合科契亞的網絡在國內幾乎無所不在。

但就在此時，另外一個以電話競標的喊價卻高於這個價格，此時科契亞的代表明顯不知所措，因為這個喊價高於他們原本的預算。本來他們是應該不計代價帶走這些作品的，但凱斯注意到這個員工根本授權不足，他焦急地撥通了手機看起來在連絡請示，而拍賣官也很明顯在等他們的出價。

這時一個熟悉的宏亮聲音大聲地喊：「已經過了等待時間了吧！」，這個拍賣會場有個規定，除了拍賣官連續複誦價格三次以外，要是現場喊價後超過一分鐘沒人跟進，也算是得標，可說是一種防弊措施。眾人一回頭，出聲的人正是農加，但只有凱斯知道，因為他喬裝成一個富商的模樣。他和凱斯彼此相視後交換了一下眼神，此時拍賣官只好擊槌，宣布由電話這頭出價競標的女士得標以及那令人乍舌的成交金額。

後來科契亞的代表都沒再參與後面的競標，凱斯他們也知道之後這些作品幾乎都不是他們的目標了，但是基於跟巴卡洛先生的承諾，雷拉拉還是繼續出價。因為科契亞已經不再以高價競標，所以過程還算順利，他們幾乎標到了後面五成的作品，包含巴卡洛很珍視的早期一批草稿，都全數被雷拉拉扮演的拉芙蒂帶走。

「我們要去追查那批一開始得標作品的流向，另外剛剛被標走的『南角』，可能都是線索。」

凱斯焦急地和農加討論，雷拉拉已經去處理畫作運送的事情，他們要趕緊將作品全部運到巴卡洛的祕密畫廊。

「我跟你想的一樣，那位來自開普敦的人是有點可疑，我也不相信科契亞只有對一幅畫作有興趣，但是『南角』這幅畫你不用擔心，剛剛那匿名電話得標者正是卡勒米公主，是親王請她來出價的。」農加說完，似乎胸有成竹將雙手交叉於胸前，凱斯聽聞到是卡勒米公主相當吃驚，但又頓時覺得放下一顆心頭大石。

「她現在在哪裡呢？我能跟她聯繫上嗎？」凱斯急切地詢問。

「待會我們會帶著畫作在巴卡洛的藝廊會面，卡勒米公主也會來，我之前有聽說你在打聽她的消息，但是你放心，她這幾天就是為了出價做準備。至於我們怎麼會有這樣的資金，這得感謝皇后的幫忙，我們臨時獲得了一些外援。現在科契亞失去了線索，他們一定會焦急地打探作品的流向，我們不能讓他們知道是我們這方的人得標，一定要保密，所以卡勒米公主是以一個國外人士的祕密身分參與競標的。」

說完，兩人都沉默了下來，現在他們心中唯一的隱憂，就是那位一開始標走許多作品的南非人士，凱斯也知道雷拉拉當場不應該放棄那批畫作，但是事到如今也無法再去追究這些責任。他們只好循著拿到的名單去追查，根據這份安德魯提供的名單，這位男士名叫布魯克斯，是荷裔南非人，來自於開普敦。凱斯不知道他是否已經回國，不過幸好機場今天飛往開普敦的班機已經錯過了，接下來的班次也是半夜，但或許他有別的旅遊打算，他們就很難掌握了。

「或許我們還有機會，因為拍賣會要先確認付款後，才會將貨品打包運送，我們應該先去追查物流的公司。」農加說完，不等凱斯回應就直接撥了通電話，原來他們也透過安德魯這邊掌握了拍賣會合作的物流公司，現在正在追查那批作品的流向。

經過了一番長途車程，他們到達了祕密畫廊，凱斯終於看到了巴卡洛，對於這位國寶畫家的第一印象沒有像他的畫作這般震撼，但那溫暖的笑容也融化了彼此初相見的距離。雷拉拉此時也在現場，她已經卸下了喬裝，穿上白色的絲質連身裙，露出美麗修長的腿，但凱斯卻沒有心思再像以往為此動心。他稍微瞧了一下四周，沒有見到卡勒米公主。

畫作全部都密封在箱子內，他們一一拆開，小心地拿出來放在長桌上，巴卡洛仔細看過後卻眼神一變，他低下了頭，失望的情緒溢滿了臉上。

「發生了什麼事情嗎？先生，我們雖然沒將所有的畫作都拿回來，但我想這些已經是大部分重要的作品了。」雷拉拉關切地詢問。此外，巴卡洛的表情讓大家都很不安，後來他的回答也證實了眾人最不想猜到的那個答案。

「幾乎有一半都是贗品，包含那幅『南角』，只有部分的作品還有草稿是真品，為什麼這樣的畫作可以出現在拍賣會上呢？他們沒有鑑別人員嗎？我們都被騙了。」巴卡洛就像洩了氣般癱在沙發上。眾人都不知所措，一般而言要是有人說這是贗品，可能大家都不會相信，但既然是作者本身的答案，就確定無誤了。

經過巴卡洛一一指出後，他們將贗品還有真品分出，後來雷拉拉標到的大部分都是真品，但最主要的那幅南角卻是贗品。當眾人仔細一瞧後，都覺得作品幾可亂真，就連角落仿巴卡洛早期的簽名都如出一轍，要不是作者自己指證出，還真的很難鑑別。

「如果科契亞真的是藏了什麼在裡面，可能就算是贗品也只是要掩人耳目，因為一般而言沒人會想要破壞畫作，我們還是仔細來看看當中是否有什麼夾層。」雷拉拉提出了她的建議，眾人都覺得可行，但這畢竟需要一點技巧。於是農加就允諾會將畫作送去給他信任的技師協助各種檢驗，因為要找出夾層還是需要相當小心，他們希望儘量不要破壞到畫作，儘管部分是贗品。

凱斯覺得既然是贗品，就沒有特別小心的必要。「我們畢竟不知道是否真的有夾層，而且也可以以此為證據，控告拍賣公司賣假貨，所以當然還是不能破壞作品，你可知道這價格標來不斐嗎？」雷拉拉語調冷淡但聽得出來針鋒相對，凱斯不想多做回應，只好同意眾人的作法。

這時農加的手機響了起來，他走到一旁去接聽電話，約略幾分鐘後他激動地將電話掩上說：「我們已經追查到那批要送去開普敦的作品流向了，現在貨車已經去了機場，我們要快點出發！」

「我去吧！一個人去比較好，或許科契亞也在追查那批貨，也或者那就是他們的人馬，但我們都不知情。所以我想不要暴露我們這邊的行蹤比較好，對他們來說我算生面孔，由我出面最合適。」

凱斯自告奮勇地說，農加也同意他的做法，雷拉拉則詢問：「是否要跟你一起去比較好？你一個人可以嗎？」說完她露出了擔心的神情，就像之前她那冷若冰霜的態度從沒有過一樣，凱斯思考後回應：「不用了！我一個人去就可以了。」

在此事過很久以後，他懊悔自己當時的回應，但是兩人之間的鴻溝，似乎已經朝著逐漸擴大的方向發展下去。更令凱斯不解的是，在當時他一點都不清楚真正的原因，直到很久以後，才知道命運帶來的殘酷玩笑，也清楚嘉布塔斯這個角色對他而言是多麼殘忍。

第十八章　失落的畫作

斐洛歐茲塔親王，未來的王位繼承人，現在卻陷入了深沉的煩惱中，他原以為上天為他安排的天造地設配對，眼前看起來卻不是那麼回事。不久前在客房眾人的互動中，凱斯和雷拉拉表現相當不自然，雖然他不知道實際上發生了什麼事情，但幾乎可以確定雷拉拉之前猶豫的原因。親王發現到自己的無力感，他知道雷拉拉幾日前的承諾僅是為了讓自己舒坦。

雷拉拉這幾日為了巴卡洛的畫作奔忙，但是她不時地會來探望親王，儘管她的關心讓親王十分欣慰，卻隱隱有一絲同情的成分存在，這傷了他自尊心。斐洛以為自己應該是個王者般的存在，但如今他不僅離不開病榻，還需要心愛的女人同情，這讓他痛苦萬分，加上藥癮的遺毒，親王開始覺得自己經常產生一些偏激的想法。當他試圖壓抑這些想法時，卻反而在最脆弱時如排山倒海般湧現出來。

就在陷入思緒時，雷拉拉出現在臥房門口，這幾天她經常來往於安德魯這間宅邸，這裡藏匿著全納庫斯目前最需要保護的人物，其隱密性自然可見一斑。安德魯本身就是個低調貴族，他將自己的生活隱藏地相當好，至少布克目前積極搜尋親王也沒找到這裡。

「歐茲塔閣下，我剛從藥房拿了一些寧神碇來，我想您應該需要這些。」說完，雷拉拉就將一袋塑膠包裝放在親王床前的小矮几上，親王氣色已經好了很多，他溫柔地看著雷拉拉說：「雷，我想我不需要任何藥物，只有妳的陪伴，對我而言才是最有效的。」

雷拉拉露出了微笑，親王在她面前本來就不吝表達自己的感情，這在王室成員來講相當難得，一般而言他們總是習慣隱藏真正的思緒。如果她願意的話，親王當然是個理想情人，他高挑英俊，和凱斯比起來，他的臉龐有著更為細緻以及寧靜的特殊氣質。但是凱斯的外型也同樣吸引人，雖然不如親王那般有著貴氣的外表，但是他清俊的臉龐下多了質樸還有一絲野性的粗獷。凱斯並不像斐洛親王那般總是多了一分較深沉的心思，在很多事情上有著直線式的衝動模式，雷拉拉過去總為他多操一份心，但是如今又奈何呢？她對於凱斯，已經多了不可原諒的鴻溝，只能將這些埋入內心深處。面對親王的殷殷示好，她也不禁感覺動搖了。

此時凱斯已經在那部運送畫作的貨車上了，因為這間拍賣公司需要先兌現得標者的本票還有金額，這中間花了一些時間。凱斯趁著送貨人員將貨品全部打包上車後，偷偷潛入後車廂，雖然後座極窄小不舒服，但他也只能忍受，而且看不清楚外面的世界。這時感覺正行駛在鄉野小路上，凹凸不平的路面讓凱斯吃足了苦頭，他感到奇怪，因為來往機場的路不會經過像這樣的野外道路，但就在此時貨車忽然停了下來。

他隱約感覺到有人要將後車廂打開，也預備好了身上的武器，但是忽然有股奇怪的氣味傳出，就在毫無預警下，那人打開了後車箱，凱斯此時已經一陣暈眩倒了下去，在他昏倒時只聽到那人說著：「果然我們就猜到會有人要偷走這批畫，但是怎麼會是一隻獵豹出現在這裡呢？」

就在凱斯醒來後，他意識到自己被關在一個籠子裡，而且又恢復了原本的軀體，胸口隱隱作痛的感覺更明顯了，那個被毒蛇咬入的胸口，儘管是另個時空發生的，但如今卻感覺如此真實！他焦慮地在籠子裡來回走動，並且咧開滿是尖牙的嘴憤怒低吼，儘管他知道這樣毫無意義，因為在場一個人都沒有。旁邊有幾只木箱子，看起來就是那批裝了畫作的箱子，這裡應該是個中繼站，只是凱斯不明白為何他們不直接將畫作帶離。

此時那位叫做布魯克斯的人走進了這間倉庫，他慢慢靠近凱斯的籠子，凱斯來回走動地更加頻繁，而且不停地發出挑釁的吼聲，但是這位布魯克斯一點都不在意，他拿出了一塊牛肉丟入籠子裡說：「想不到得到了一批畫，還賺到了這隻獵豹，我會將你好好訓練的。」說完，他試圖將一根繩索套向凱斯脖子，凱斯奮力掙脫，並且用爪子將眼前的肉塊掃出，看起來絲毫不給馴獸人面子。

布魯克斯也失去了耐心，將手上的皮鞭朝凱斯揮過去。凱斯無預警地中了這一鞭，連哀號的時間都沒有，只有撲向前，不停地用利齒將鐵籠柱子磨得滋滋作響。

那人看到凱斯這副模樣，也不敢再有所行動，於是只好站在一旁，這時另一個人進來了，凱斯看到幾乎是無法置信，那是他熟悉的、也是曾經的夥伴——艾瑞斯醫生。

「放心，這些酬勞我們會付給你的，很多時候我們不方便直接出面。」艾瑞斯醫生對著那男子說，原來這的確是科契亞安排的，看來這個叫做布魯克斯的男人只是個幌子。

「那麼就照當初約定的匯入那個帳戶吧！還有，我可以帶走這隻獵豹嗎？」男子詢問艾瑞斯醫師。

「可能沒有辦法吧！這隻獵豹我另有用途，再說你也不可能把牠帶出境，這可是非法走私。」艾瑞斯醫生笑著說，當然他知道後面這句話純屬多餘，會問這句就代表這男子已經是這方面的能手，走私這件事情對他而言自然不構成什麼問題。

男子笑著攤了攤手，將一些文件丟給了艾瑞斯，就離開了這間倉庫。艾瑞斯走近凱斯的籠子說：「凱斯，你也無能為力吧！我們讓給你們的那批畫作幾乎都是騙局，只是沒想到你們真的都上當了！當然我們還是大發慈悲的讓你們帶回一些比較微不足道的真品讓巴卡洛先生高興一下，否則要是毫無斬獲，這位老先生可能會抓狂吧！」說完艾瑞斯就拍拍那些木箱，凱斯知道那木箱裡的才是他們真正的目標，只可惜自己現在這個狀態根本自顧不暇。

他內心無數疑問，為何艾瑞斯醫生是站在布克這邊，雖然自先前那篇報紙的新聞稿後，親王他們都知道上了艾瑞斯的當，但是凱斯是真的到現在才相信，原來艾瑞斯自始至終都在為布克做事情，當初他說服親王使用生化戰還有散播ＤＢ，也都是一場計畫好的陰謀。

但艾瑞斯彷彿猜透了他心思，他對著凱斯說：「你錯了！我不是單純站在布克這邊反對親王，我不屬於任何陣營。凱斯你到現在還不明白嗎？那隻蛇，茹菌，還有ＤＢ，環境的種種反擊，凱斯你想清楚了嗎？不然你怎麼解釋我幾乎沒有任何出入境紀錄？」

就在艾瑞斯講完後，凱斯渾身顫抖，隱約感覺到一種熟悉的恐懼。當他回神時醫生已經離開了，現場好幾個人進來，將凱斯所在的牢籠抬出，凱斯還不明白怎麼回事就發現到籠子被凌空架走，這群人通過了一個長廊，將籠子重新放在地面上。這時候，凱斯幾乎嚇呆了，滿滿都是蛇，這個房間是一個蛇窩！

那些人將凱斯所在的牢籠放下後就迅速撤離，一條條毒蛇吐著信游向凱斯，凱斯現在看到蛇就感覺暈頭轉向，更何況是同時這麼多條，他猜想自己的命運還有任務即將在此刻結束了，就將背拱了起來準備一搏。在赴死前腦海閃過這生短暫的畫面，如今愛他的，還有所愛都離去了，母親、繆加、娜坦利，而雷拉拉冰冷的面容也閃過腦海，他最後想到的畫面，只有卡勒米公主那甜美的笑容，那或許是還存在於這世間，唯一會因為他死去而難過的人了。

就在此時，凱斯聽到了在九鏡湖畔熟悉的比盧笛聲，那清幽的笛音令在場所有的蛇都停止了動作，隨著曲子的起承流轉，蛇群慢慢散去，凱斯往笛聲所傳出的方向一看，正是卡勒米公主。她這段期間幾乎消失了音訊，如今卻無預警出現在眼前，凱斯幾乎無法形容自己此時的激動心情。

卡勒米將吹奏的比盧笛收進了她那小巧的皮製軟呢包，就用一根鐵鍬將凱斯的牢籠鎖頭破壞掉，牢籠門口一開，凱斯緩緩地走出，他不知道此時該怎麼面對卡勒米，或許公主會認為他是之前那頭獵豹吧！他猶豫地走近公主，才聽到卡勒米說：「凱斯，你騙了我這麼久，我該拿你怎麼辦是好呢？」說完，她將雙臂緊緊繞住凱斯脖子，因為長久的擔憂痛哭失聲，凱斯心頭一驚，難道說公主全部都知道了嗎？

「這些日子，其實我都在你們附近，包含支援你們競標那些畫作，我沒辦法公開露面，因為我已經是布克監視的目標了。這陣子曾經偷偷去探望哥哥，哥哥也希望我小心，但是我知道你要單獨去搶回那些畫作，所以決定跟你一起去，但是就在我跟蹤到一半時，看到了不可思議的事情。」

「原來，當初我那麼擔心你失蹤，但你卻一直默默待在我身邊。那時我就覺得這隻獵豹頗有靈性，也和你有點相似，這事情說來也離奇，但我親眼目睹了。凱斯，還好我來了！還好卡勒米做了重要的事，我保護了最重要的人。」說完，公主將頭輕輕靠在凱斯身上，凱斯也緊緊依偎著公主，這一刻對照剛剛那生死瞬間，格外令人溫暖。而且今後他不再守著這個孤獨的祕密，覺得內心釋去了許多重擔。

經歷了一番生離死別的掙扎和重逢，凱斯知道他們有著重要的事情要做，他緩緩站起身，走向門口並回頭示意卡勒米公主，公主點點頭。雖然凱斯現在無法說話，但是他們默契十足，一起走向了剛剛凱斯被關的小倉庫，門口是鎖上的，但是公主卻拿出了一把鑰匙，她向凱斯吐吐舌頭，凱斯雖然不知道她從哪弄來的，但也不重要，反正他們能進去就好了。

進去後那些箱子都安然無恙，他們打開來確認，的確都是那些畫作，也有一幅南角，這幅畫是單獨置放而且材質有別於其他櫃子，重要程度可見一斑。因為凱斯曾經見過贗品，所以當他重新看到真品時，才感覺得出來原來贗品仍有瑕疵和粗糙的地方。正猶豫他們要怎麼帶走這些畫作時，公主已經將箱子全部都綁在一起，慢慢地往外拖行，凱斯於是走向一邊角落，那有著繩索。他望向公主示意，她會意後卻猛搖頭。

「不行！那樣你會相當難受的。」卡勒米公主抗議，但是凱斯馬上擺出了不屈服的姿態，他不停地在原地轉動、打滾、發了瘋似狂咬自己，卡勒米才同意。於是她將那些繩索套在凱斯身上，就像雪橇犬一樣，並將這些箱子巧妙地綁在一起，放在一個可以拖行的平板上，這套有點簡陋的移動行李車就緩緩地滑動。

凱斯用盡了身體每一寸肌肉努力往前滑行，卡勒米一邊幫忙推，一邊注意是否有人經過，他們慢慢地將畫作推出了屋外，已經有台車子在外頭接應，原來公主早就安排好了。他們將箱子全數送上了車子後行李箱，那司機還被凱斯嚇了一跳，為了避免引起騷動，凱斯只好窩在後座跟著行李一起被車子載著走。卡勒米公主不時關心凱斯的情形，卻看到他已經疲憊地捲成一團，窩在箱子旁睡沉了，箱子上面寫了幾個有趣的字，或許也是巧合——「我來自遠方，請將我帶走。」

第十九章　封鎖的湖畔

當車子終於到了定點時，凱斯隱約聽到箱子卸下的聲音，他馬上跳下車箱，眼前看起來是一棟荒廢的別墅，他緩緩跟在卡勒米身後一起進去。通過長長的旋轉樓梯後，他們就上了二樓，打開門後凱斯看到的都是熟悉的人，雷拉拉、安德魯、農加，還有巴卡洛先生。

這些人當然都不知道眼前這隻獵豹就是凱斯，但雷拉拉除外，她若有所思地盯著凱斯，其他人理所當然嚇了一跳，但是卡勒米公主立刻解釋這是她養在宮廷的寵物，絕對不會傷害人，大夥也就接受了。

此時打包好的畫作已經送來了大夥的眼前，巴卡洛立刻激動地檢視每一幅畫，感覺那就像是失散已久的孩子般，他一一將畫作擺好仔細端詳，但是農加最關心的當然是這些畫是否都是真品，而祕密究竟是藏在哪裡。而過沒多久後巴卡洛就和大家宣布，這些畫作全部都是他親手畫的無誤。

在取得巴卡洛的同意下，農加他們開始認真地檢視畫作、畫框以及任何地方是否有夾層或是可疑之處，但是卻都沒有特別的發現，此時似乎除了巴卡洛本人外，其他人都感覺相當地沮喪。

看起來這裡面並沒有像他們當初所想的，藏有合約或是相關名單，或許是當初思考方向欠缺周詳，如果仔細推斷，布克的確不太可能用這種拙裂手法讓自己祕密曝光。如果沒有相關證據，就不能證明那個地下糧倉是各國交由科契亞保管的互助銀行，自然也沒辦法訴請相關國家共同制裁還有協助，而且他們也斷定那批贗品應該是科契亞魚目混珠的傑作。雖然不知道這麼做的目的是什麼，但可以初步斷定目前沒有什麼線索在這些畫作中，巴卡洛對於那批贋品相當在意，他希望可以將那些贋品全數銷毀。

「我們目前是不可能訴諸法律告拍賣公司賣這批贋品的，因為這樣只會讓事件擴大還有曝光我們行蹤，我們只好認賠，但是這批畫作我認為還是有必要保留，說不定會有其他用途。」農加表示，大夥也都同意。但是巴卡洛對於這個做法可是相當不以為然，不過既然他已經尋回了自己失散的早期作品，歡喜之情自然掩蓋了這一切，也就勉強同意了這些做法。他也將所有作品暫時交由安德魯他們處理，直到事情真正的結束。

這時候門忽然敲了幾聲，卡勒米公主去應門，門一開居然是斐洛親王，大夥都很吃驚。親王拖著蹣跚的步伐走進來，身體仍然顯得相當憔悴，但是似乎已經勉強能行走，剛剛帶他來的正是他皇宮內私人的護衛。

「我們不能夠只依靠穀倉還有武器庫的下落來賭布克會軟化態度，從我對他的了解，他不可能因此而妥協，我們需要先發制人。我目前知道九鏡湖那邊的情勢已經日益緊張了，或許我們可以引誘他們先開火，這樣就有堂而皇之的理由反擊，也可以求助於其他國家的支援。」親王雖然拖著孱弱的軀體，聲音卻是無比的堅定，在場所有人都被他這樣的決心動搖。

「可是我們目前還是要小心內戰開打，再說要是真的開戰，我們是敵不過他們的。」雷拉拉表示了她的反對，親王此時看著她認真回答：「我們當然不能正面迎戰，但是可以採用游擊的戰術，將正規軍隱藏著平常訓練的民兵，到時候全民皆兵，以這些民眾對於布克長久以來的不滿，我想這個方法可以行得通。」

凱斯聽完親王的言論，感覺相當洩氣。一直以來，至少是嘉布塔斯到達這塊土地開始，就是要阻止納庫斯的內戰爆發，要是真的到時候像親王說的全民皆兵，他的使命幾乎一點意義都沒有。他阻止了好幾個地區的疫情擴散，也避免九鏡湖陷入開發危險，但是到頭來是一場空嗎，因為戰亂帶走的人，會馬上將這些成果都掩蓋過去。

他心裡想著不能讓內戰發生，但是現場的人似乎都已經達成了共識，至少是大部分的人，除了雷拉拉、卡勒米公主都對此存有疑慮，卡勒米公主也知道凱斯的顧慮，她轉頭和凱斯示意：我會想辦法！別擔心！

戰線延到了九鏡湖邊，現在農加已經先行前往，凱斯知道他們會採取行動，為此相當地煩躁，但是親王已經命他妹妹不准插手此事，他知道公主站在反戰這一邊，還有考慮到她和凱斯的關係，親王很擔心他們會誤事。他吩咐雷拉拉將公主帶回安德魯的宅邸，希望她們倆人都可以在那裡好好靜候消息。

公主和凱斯都上了雷拉拉的車，卡勒米公主顯得心不在焉，但此時雷拉拉從前座回頭和公主說：「咱們別理妳那位哥哥的話，去幹些真正該做的事情吧！」說完她笑了笑，用力踩動油門直衝向前。卡勒米公主聽了相當訝異，但也很興奮，她完全知道雷拉拉說這句話的意思，於是趕緊追問：「妳有什麼計畫嗎？」

「這是我的想法，公主您快去跟皇后取得聯絡，我們需要卡爾普的軍隊，以及任何一個站在納庫斯王室這邊的國家支持，如果可以，也要媒體將此事訴諸國際輿論，但這些都需要時間。我們可以分頭進行，還有那批贗品不要放棄，我已經請專家再繼續研究那批贗品的材質還有隱藏的地方。另外，我會去九鏡湖避免我們都擔心的事情發生，但這頭獵豹需要借給我，我另外有用途。」

雷拉拉像是早已經計畫好了一切，只是後面的請求讓卡勒米公主摸不著頭緒，但也沒什麼理由不照她計畫的做，於是卡勒米公主應允全力配合。如今親王不在時，依照皇室順位也正好由公主來主持大局，她可以代表納庫斯皇室行使外交職權，這也正好是親王這陣子希望她幫忙的事情。

九鏡湖這邊已經封鎖多日，居民都相當地疲憊，他們依靠反對黨先前接濟的物資，已經漸漸撐不下去，外頭都是政府軍隊，湖畔已經從一個美麗的觀光勝地，演變成一個對峙的角力戰場，回想數個月前的榮景，如今看起來不勝唏噓。

反對黨是透過一條小徑越過封鎖到達九鏡湖居民所在的區域，現在他們築起了堡壘，外頭就是重重的政府軍隊，氣氛相當緊繃，似乎到達了一觸即發的地步。而反對黨大部分的人都已經來到了堡壘這一邊，依照農加指示的計畫準備就緒。

此時凱斯和雷拉拉已經到達了現場，他們正好位在政府軍還有居民建起的堡壘中間地帶。凱斯聽到了來自居民陣營中，一位叫做拉姆貝的男孩的聲音，就是那位一直照顧凱斯的老婦，旅館老闆家的孫子，他正在和反對黨的人對話，凱斯隱約聽到了他們的計畫，知道不妙，拉姆貝是個勇敢的男孩，在前幾次開發衝突中，他總是那個衝在最前線的人。

果然就如凱斯預料，拉姆貝拿出一顆手榴彈，準備作勢突破封鎖線，前線人員見狀趕緊準備開火，凱斯知道他們是想要引誘政府軍先發制人而已，但他懷疑反對黨想要讓拉姆貝全身而退的想法過於天真。凱斯一躍而出準備制止眼前的男孩，但瞬間一聲獅吼響徹林梢，跳出了一隻母獅，牠的出現震驚了現場的人員，就在雙方都停止進一步動作的當下，凱斯以迅雷不及耳的速度奔向拉姆貝，奪下他手中的手榴彈，並且狂奔進森林。這種引信通常幾秒內會立即爆炸，而男孩剛在無意間已經拔掉那保險插銷，眾人驚訝地看著凱斯消失在森林，然而過了近十秒仍無動靜。

瞬間爆裂聲響，森林一陣濃濃的煙硝味傳出，而那母獅很快地也衝入森林，當下所有人都忘記了武力對峙一事，而男孩也嚇倒在原地，其中一位居民趕緊將男孩拉回堡壘內。農加此時站了出來，對在場的政府軍喊話：「剛才一場血腥殺戮眼看就要鋪天蓋地而來，但是幸好沒發生大家都不想見到的事情，我知道你們都是被逼迫在這個腐敗政權底下做事，為什麼大家不能商量一下，難道你們希望看到納庫斯終究血流成河嗎？」農加說完，在場的政府軍都面面相覷。

他成功推敲了在場人的心理，這陣子以來的對峙，所有的人都感覺相當疲憊，何況這些政府軍私底下也是普通的納庫斯人民，也有著家人在等他們，而且近來軍隊糧餉也受到糧食供源不穩定的影響，大夥都不是相當好過。他們也完全在心理上支持農加，但是迫於布克政權背後許多殘酷的事實，大家都擔心自身的安危，比較起來，眼前的正義就不再那麼重要。

一位軍官出面回答農加：「如果為了大家好，我想居民才該放下武力對峙，面對開發的事實，而不是一味這樣頑劣地抵抗，時間拖久了對大家都沒好處。你們要想想看，現在糧食如此缺乏，你們的庫存還能撐多久，還有，農加，難道你沒有其他該做的事情嗎？你願意放下所有一切，進行這些抵抗嗎？」

農加聽完，知道剛剛的精神喊話只是造成對方軍心稍微動搖，但實際影響有限，既然雙方一言不合，就沒有繼續商談的必要。現在重新回到了之前的對峙狀態，只是因為雙方都有探視底線，所以情形似乎不再那麼緊繃，剛剛如果戰火一觸即發，後果根本不堪設想，何況是那個衝鋒陷陣的男孩拉姆貝。

拉姆貝此時想到那頭獵豹，剛剛救了自己的命，不禁哭了起來，他是個勇敢的男孩，也是個善良的男孩。他抓著蜷曲的黑髮，懊惱自己害死了那無辜的生命，在他小小的心靈中，決定要完成一件對得起良心的事情。

他趁著一早晨曦甫升偷偷潛入了森林，也就是之前凱斯消失的地方，手上拿著一株千日草，心想如果可以從爆炸餘燼中找到凱斯的殘骸，他要將牠好好安葬並用這株花陪伴著。隨著晨光愈來愈明晰，拉姆貝找到了那爆炸的地點，但卻沒發現疑似的殘骸，他仔細一瞧泥巴地上有著動物的爪印，隨著小徑漸漸往森林深處消失。雖然拉姆貝心中升起了一絲疑惑，但是同時也很高興，因為他知道凱斯終究是逃離了，還有另一件令拉姆貝印象深刻的事情，在爆炸的餘燼處，上面用黑灰以普魯語寫了一段話，意思是：永遠別挑起戰端。

凱斯的確是從爆炸現場成功脫逃，但還是受到了些微的輕傷，幸好並不嚴重，現在他準備回到城裡，希望可以找到卡勒米公主。但在他心中同樣升起一堆疑問，那就是雷拉拉，雷拉拉就在當時忽然無法解釋地失蹤了，而那頭母獅出現後也不知去向，這種種的發生太過於突然，眼前他卻沒有時間去思考這些，只能以狂風般的速度奔回特區，飢渴等生理需求似乎都在他身上消失了。

近來特區一間報社開始了一連串的刊載，主題是揭露布克這陣子以來的種種陰謀論，包含武器庫、生化戰、病毒的散播、還有藏匿糧食等。刊載的內容每日都僅有一小篇，但披露的事情皆讓人震撼，雖然這都是反對黨內核心早知道的事情，但是透過報紙宣傳到人盡皆知，仍舊讓社會譁然。而這些新聞的出處自然不難想像，但仍保留了部分的訊息，例如糧倉的祕密，主要是擔心如果將布克逼入絕境，在還沒有找到具體證據前計畫就會泡湯。

現在卡勒米公主希望爭取國際支持的努力卻碰到了阻礙，原因是，除了鄰近卡爾普還有少數國家保持王室慣例外，許多他們的盟國都已經是個共和的國家，所以他們雖然表達了對於納庫斯王室的同情，但是卻對於出兵支援王室有一定的顧慮。因為這釋放了另一個訊息，就是實際的行動等於是在幫助維繫王室的正統性，他們當然知道布克的獨裁政權更為可恨，納庫斯王室漸漸等同虛設，但還是對於出兵保持觀望的態度。

布克無法阻饒對於自己不利的報導，因為王室掌握了部分的媒體還有發言權，但是他可以反擊，於是布克也用王室等於腐敗古老政體的觀點回應，親王和卡勒米公主持續和許多國家代表交涉，情形卻陷入了膠著。那些先前因為爆發感染而答應支援的國家，如今又舉棋不定，親王對於他們反覆的態度感到相當不滿。

「我覺得眼前還是要把祕密糧倉的事情揭露才能逼各國表態，另外九鏡湖這邊現在最好不要有任何的動靜，居民都傾向於不開火，目前只能暫時維持這樣。」農加在電話那頭告訴親王，他已經準備要回來特區，因為九鏡湖似乎暫時不會有情勢的變化，而他身為反對黨的首腦，自然有必要回來和親王討論目前膠著的局勢。就在親王和農加電話這頭談完以後，又一通電話響起，親王此時正在安德魯宅邸內，而電話那頭正是安德魯，他請親王緊急叫所有相關的人都前往巴卡洛的那間祕密畫廊，而自己也正在那裡等候大家。

凱斯已經回到了特區裡，他恢復了人類模樣，隨著特區日漸動盪的氣氛讓整個城市都陷入了緊張，除了街上失業的抗議群眾外，糧食的短缺也造成一定的影響，整個城市似乎都在搶著囤積稻米還有小麥等。凱斯感覺走在街上不再是件輕鬆的事，他避開了許多封阻壅塞的道路，尋找卡勒米給他留訊息的地方，特克爾街十二號。但是卡勒米公主已經接到親王緊急電話所以前往畫廊了，還沒來得及通知凱斯，所以凱斯來到這棟建築物前按了好幾次門鈴都沒人應門。

他終於放棄了，看來卡勒米不在這裡，凱斯茫然地沿路走著，途中經過了一棟熟悉的建築物，門口標示這裡是國際貿易事務委員會，種種回憶無法克制地湧現心頭，那是自己一直塵封不去想起的事情。此刻終於忍不住內心的渴望，走向大門，將門用力推了開來。

出乎意料地門並沒有鎖上，凱斯打開門後就默默走了進去，隨著走廊愈來愈接近盡頭，尾處的房間似乎映照出濛濛亮的燈光，凱斯不記得那邊有個這樣的房間，他慢慢地走近並將門推開，看到裡面的情景後嚇了一跳。

這個房間無疑是個私人的空間，應該是雷拉拉個人的書房，裡面擺滿了各式書籍，還有桃心實木的全套書櫃以及桌子，但令他驚訝的不是這個，而是房間裡擺了許多的動物標本，他目光被窗邊一對小獅子的標本吸引住。

很少人會用幼獅的標本，而且這兩頭小獅子看起來是如此熟悉，甚至被咬中咽喉的位置都很眼熟，凱斯幾乎確定了！那就是他在另個時空殺死的兩頭小獅，只是他們怎麼會出現在這裡，這兩個可憐的小傢伙應該是埋葬在另個時空的土壤內，而且是他親手將他們掩埋的，凱斯此刻全身不禁顫抖起來！

就在此時他感到背後一陣涼意，警覺地閃了開來，躲過了那致命的襲擊，而一轉身正是雷拉拉，她臉上不再是先前那冰霜冷漠的面容，而是充滿仇恨的怒火，手上拿的正是撲空的手槍刀。看到凱斯成功閃過攻擊，她於是將握住的手槍刀對準凱斯，裡面已經裝填了四發點二二口徑的子彈，看起來早已經準備就緒。

凱斯感到錯愕，他知道最近跟雷拉拉之間一直存有誤會，儘管不清楚其中的原因，但想都沒想到她居然會想殺了自己，他閉上眼睛對著雷拉拉說：「我不知道最近到底發生了什麼事情？也不知道其中有什麼誤會？但假如我已經完成了該完成的事情，這條命繼續存在也沒什麼意義，反正我早就該死了不是嗎？如果這是那個給予我們使命的人最終派給妳的任務，那就將我殺了吧！」凱斯內心相當平靜，一直以來捉摸不定的命運早已經讓他精疲力盡。他甚至無法確定人類的身分、獵豹的身分，到底那個才是真實的自己，經歷了這種種，凱斯只期望在死前可以和雷拉拉解開誤會，那麼他就可以不帶著任何遺憾面對一切。

雷拉拉握槍的手始終沒能扣下扳機，她微微顫抖著聲音說：「凱斯，你應該覺得那兩隻幼獅很眼熟吧！」此時凱斯睜開了眼睛，疑惑地看著她。

「那兩隻幼獅，是我的孩子。你懂了嗎？」雷拉拉說完，凱斯幾乎是不敢置信地看著她，彷彿無法想像從她口中說出的每一個字，無論就現實還是想像來說，雷拉拉說出的話都讓人覺得很突兀，他完全無法思考這是什麼樣的情況。

「你看到的那隻母獅始終都是我，凱斯我跟你一樣，也有著我的宿命，你也確實該恨我，那天在草原我為了填飽兩個孩子的胃，攻擊了你們一家人，試圖掠奪那隻戰利品，但是我沒能得逞，後來我跟你一樣收到那個倒影的指示。那時我在洞穴裡，因為被三隻獵豹圍攻，傷口至深也命在旦夕，是那個倒影救了我，我成了雷拉拉，我是要協助嘉布塔斯的角色。」她說完無力地將槍緩緩放下。

凱斯簡直不敢相信，原來那隻母獅就是雷拉拉，的確很多時候，他都感覺到情形的古怪，例如森林裡母獅出現的巧合時機點，那次可說是幫助凱斯得以繼續留在九鏡湖。另外就是上次擦槍走火事件，雷拉拉莫名地消失，還有母獅的現身等等，但當時他怎麼都沒想到這個方向。

「那麼，那個平行時空發生的事情也是真的？」凱斯會這樣問，是因為在他心底，始終還是很難相信雷拉拉口中說的話。

「那是命運可笑的安排，凱斯！那兩隻小獅，象徵的是納庫斯的王室，你殺了我的孩子，也絕了納庫斯未來王室的血統。我知道這一切都是命運，不過我殺了你母親，或許也算扯平了！但是，我原本什麼都不知道的！什麼都不知道！我真想回到那個時候……」雷拉拉說完，彷彿失去了所有力氣癱軟在地，手上的槍也滑落了，凱斯趕緊去扶住，卻被她甩開。

「你知道嗎？我跟你一樣經歷了那個平行時空，我原本不知道那隻母豹是你母親，但是那個該死的命運重現了一切，他們提醒了我，那個家庭正是凱斯你的家族，我才知道那日其中一隻獵豹是你。我想到此為止就夠了，但是他們繼續上演殘酷的命運，他們讓你因為仇恨之火殺了我的孩子，一切都來不及了，你還記得我告訴你的嗎？那時你經歷了娜坦利還有繆加之死的痛，我告訴你平行時空發生的都是切確的，無法改變？」

凱斯痛苦地點頭，於是她繼續說：「這一切都是造化弄人，我一開始以為我們是因為彼此而相遇，但卻並不是如此，而是要藉由你的手終結了王室。你說的沒錯，我本來就註定要跟親王一起，成為納庫斯的王后，但是我們不會再有繼承人了！」

他從剛剛雷拉拉講的每一字一句開始，都覺得世界天旋地轉，該恨她嗎？還是不該恨她？但已經發生的事情又奈何呢？另個時空所有的一切，都遠不及自己真正隱藏在心中的感情，平行時空既是早已分道揚鑣，終究不是應該走向不同終點嗎？他瞬間像被掏空了所有心思，回想起最早在小村落看到的巫女，那簿火前躍動的身影，永遠無法自腦海深處抹去。

「凱斯，我該恨你嗎？還是不該恨你，但我更恨的是，我是為此才遇見你，為什麼那個渺遠的時空要左右我們的命運呢…」她看著凱斯想起之前種種，賭場時他摟住自己的腰，心中初生甜滋滋的情愫。後來飛濺的碎片刮傷他臉頰，第一次感到心疼的滋味，而於湖畔彼此相擁後，她再也無法將心思從他身上抽離，但是兩顆貼近的心，卻因為那時空發生的事情永遠改變了。

凱斯看著眼前的雷拉拉，無法將草原上那夢魘般的影子和這心中最美的影像重疊，但母親死去的畫面浮現眼前，那隻母獅拜西亞是一直以來的她，這層印象自此揮之不去。原本想擁抱她的雙臂又抽了回來，雷拉拉也撿起了那把滑落的槍收進包包，勉強站了起來，她背對著凱斯說：「走吧！親王在不久前希望我們都前往藝廊，我們該過去了，眼前還有共同的任務要完成。」

凱斯趕緊喊住了她說：「那麼，要是親王真的繼位之後呢？我們的共同使命是不是就會開始分歧了？」

雷拉拉停住了腳步，沉默半晌後回答凱斯：「納庫斯會邁向共和，這是你真正的使命，但是我的命運，是要維繫住末日的王室。」此時廣場的午鐘敲響了，傳遍了整個特區街道。凱斯原本以為世界已經停止了運轉，但是外頭依舊喧嚷、鐘擺也滴答不止，終止的，似乎只有他存在於心中那麼點僅餘的火花。

第二十章　拼湊的碎片

現在一群人聚集在畫廊的密室中，親王、農加、安德魯、卡勒米公主，還有遲來的雷拉拉和凱斯等人，都看著木桌上那幾幅原本的贗品，而旁邊有一疊紙，親王看著安德魯說：「聽說你們已經檢驗出這幾幅畫背後隱藏的內容了，現在可以告訴我們嗎？」

安德魯於是將那些紙展示給大家看：「我們已經用X光以及各種螢光射線檢視過，一開始都沒發現什麼。後來我們送去一間修復室用一種最新的特殊奈米光檢驗，才發現這幅畫有三層結構，第一層自然是贗品，而第二層正是關鍵，我們發現許多疑似的名單還有合約，散落在不同的畫作內。但是這種射線只能照出大概，就像你們現在看到這些文件顯示的模糊內容，實際上我們必須將表面刮除進行特殊處理後才能將所有片段拼湊出來。」安德魯說完後，面露難色。

「那麼為什麼不馬上進行表面刮除的步驟，是怕破壞到第二層內容嗎？還有你剛沒提到第三層，那又是什麼？」農加的詢問像是切中核心，安德魯只好繼續說：「基本上我們交由專業的工作室處理，不是什麼難事。但是因為第一層跟第二層的內容都有經過特殊的材質處理，要清除掉表面的顏料，必須要用一種特殊的藥水，然而這種藥水滲透過去後，是不會影響到第二層文字的內容，但是會影響到第三層的畫作，會將表面的油料色澤破壞掉。」

巴卡洛此時看著安德魯，似乎猜到了什麼說：「第三層是不是真正的畫作內容？」說完他苦惱地抓著頭，安德魯猶豫地點頭說：「第三層看起來是最初始的畫作，沒有經過第一層和第二層那種化學處理，我們也無法解釋當初他們怎麼能將這三層結構疊在一起，可能是等油彩乾了後直接以特殊的材質在表面覆蓋住。因為第二層只是單純的透明顏料還有文字內容，不會有影響，但是藥水會破壞掉油彩原本的色澤，其實我們也不確定第三層是否就是您原本的畫作，但是推斷極有可能。所以在我們進行這個工作以前，必須徵得您的同意。」

此時眾人不發一語，而巴卡洛也靜默無聲，在思考良久後他看著安德魯回答：「我沒有意見，怎麼處理都好吧！雖然知道這些贗品覆蓋住的可能就是我先前遺失的一些早期習作，那就像我初生的孩子。但我現在覺得，假如這些畫作可以換來納庫斯的和平，那這才是我創造它們的目的。何況那些可恨的傢伙當初想到將畫作用贗品覆蓋住，就已經算是將我的心血破壞掉了，我想就算怎麼修復，也早已經失去原貌了。」巴卡洛說完，眾人都油然從內心升起一股敬意，也相當惋惜。安德魯決定馬上開始進行這艱難的工作，接著就等全部的片段拼湊完成，那將是他們挽回局勢的籌碼。

「我們已經盡力請那些國家協助，但就像我之前和哥哥您說的，他們對於直接以行動支持王室有所顧慮，除了卡爾普和少數國家外，很多國家還覺得我們目前王位懸置，哥哥您也沒有成為攝政王，所以他們出兵名義也不足。」

卡勒米注意到親王慍怒的神情，於是硬著頭皮繼續說：「哥哥！他們要我們放棄王室走向共和，進行全面選舉。那些國家一致說，只要我們願意促成此事，他們會全力支持您當選納庫斯的新任總統，而且那些國家都覺得，以哥哥您在國內外的名聲和支持度來講，當選絕對不是問題。」

親王此時笑了起來，聲音令人不寒而慄：「進行選舉？走向共和？要我終結納庫斯王室嗎？在我父王如此腐敗的治理時期，他們不這樣要求，現在我的聲望遠遠高於父親，他們卻要我放棄王室。這些國家表面說的漂亮，會支持我當選，天知道解散布克的議會勢力是何等難的事情？我絕對不妥協，我身上流的是王室血統，我會讓納庫斯重新挺正，立足於國際！」

親王說完硬挺著孱弱的身軀站了起來，雷拉拉於是趕緊說：「歐茲塔閣下，您別如此生氣，那是因為這些國家目前沒有要和我們合作和出兵的必要性，等到我們將那些合約還有名單拼湊出來，證明了布克的陰謀，我想他們一定會改變立場和態度。」

親王雖然身心已逐漸復原，但畢竟受過創傷，撐著臨時的手杖，站起來這個簡單的動作已經顯得疲憊不堪，差點重心不穩摔倒，一旁的農加趕緊將他扶住。親王甩開農加的手說：「我絕對不妥協！絕對！我是納庫斯未來的王位繼承人，現在也應該是攝政王，這是當初法律賦予我的責任，那些不要臉的傢伙忽視了這個國家的正統，我絕對不在他面前認輸！」說完，他忽然感到眼前一陣昏花暈了過去。

他們趕緊將親王攙扶去邊角的沙發坐下，親王此時似乎相當脆弱，之前在那祕密地牢囚禁的日子帶來不少影響。安德魯已經請醫生給他診治過，身體傷害只是表面上的，但是那段監禁時間服用毒品的後遺症才是令人擔憂的事情，雖然親王在服用沒多久後就斷食，但還是造成了很大的傷害。卡勒米公主也發現，哥哥變得暴躁易怒，過去的溫柔神情愈來愈不復見，她開始擔心起這個唯一的兄長還有未來納庫斯的希望。

凱斯方才感到一陣痛楚，源自於胸口那個隱隱作痛的傷，但其實並沒有實際的傷痕，那是另個平行時空發生的事情，卻是如此的真實。他默默地離開房內，此時大家都熱烈在商討對策，自然沒引起太大的注意，但還是有兩個人發現了，雷拉拉選擇專注照顧親王走不開，卡勒米公主看到哥哥的情形已經穩定，就追出去找凱斯，她奔出去大街四處尋覓卻已不見人影。

凱斯離開畫廊，並不全然是因為胸口的痛楚，而是他走出去透氣時看到一個熟悉的身影。他追了出去，那個人似乎也放慢腳步在等著他，凱斯追上後將手放在他肩上，一回頭正是艾瑞斯醫生。

「凱斯，好久不見！我很想念我們那段奮鬥的時光呢！」艾瑞斯醫生笑著說，接著他示意一起去旁邊的酒吧，本來凱斯一點都沒有這種興致，但自從於醫院兩人分別後，他再也沒機會跟醫生好好說話，之後每次的見面都不是很理想的狀況。他於是點點頭，打算將所有內心的疑問一次說個清楚。

「你是不是有很多的問題想要問我？」艾瑞斯說完，就跟侍者點了一杯淡啤酒，而凱斯則是點了一杯咖啡，那段在醫院一起研究病毒的日子，他倆經常一起喝著酸掉豆子磨成的咖啡，於迴盪著哭號聲的長廊並肩作戰。曾經的夥伴現在站在眼前，卻已經不是自己最初認識的那個人，這中間種種發生的事情，三言兩語難以道盡。更諷刺的是，他無法確定眼前站的艾瑞斯，究竟是真實存在？還是一個幻象？

「我的確有很多疑問，但是隨著時間過去，我覺得某些事情不再那麼重要了！包含你將我丟入蛇窩想殺了我，你是不是在一開始見到我時，就知道了一切？還有，那批畫的確是有問題，你們用贗品的手法只是想要轉移我們的注意力，那天你講的話也不全然是事實，你只是希望我們不要再去追查那批贗品背後的真相，是吧？」凱斯說話的語氣平靜，對於眼前的人，似乎所有恨意都消失了，也或許是，他感覺那些事情不再那麼重要。

「凱斯，你真的很聰明，猜得一點都沒有錯！但是你問我是否一開始就猜到一切，是指你的身分嗎？你問這個話就讓我覺得匪夷所思了，你覺得那個平行時空的蛇是從哪裡來的？」艾瑞斯放下手中的酒杯，凱斯聽到這裡，卻沒有感受到應有的憤怒。他似乎已經認命了一切，只是淡淡地問：「原來都跟你有關，那我會怎麼樣呢？你是否可以試著告訴我。」

艾瑞斯此時忽然認真地說：「凱斯，我並沒有要真的害死你，要是我真的想這麼做，在那羅米溪河還有布瓦鎮時多的是機會。這一路來，我看著你解決了DB感染爆發的種種危機，數不清的人免於被病毒掠奪生命，還有你們漸漸挖出了布克的陰謀，讓這個國家得以見到一絲曙光。我欽佩你一路走來面對的挑戰還有不屈的意志。但是，個國家真正的敵人，並不是布克。」

艾瑞斯停住，看著疑惑的凱斯繼續說：「這個國家最終的敵人，是親王所象徵的王室，布克的確是可惡，但他只是個軍閥。斐洛象徵的是納庫斯古老的體制，這個國家要繼續往前走，只能邁向真正的共和。」

說畢，艾瑞斯起身走去結帳台，他回頭對凱斯說：「忘了跟你說，那位未來的皇后，她的確不太可能再懷上這個國家的皇室血脈。凱斯，那個平行時空的蛇傷會跟著你，端看你的選擇，如果選擇回到大自然的懷抱，那你會漸漸被蛇傷所噬，除非選擇嘉布塔斯的道路，改變這個國家的命運。你現在一定不知道我在說什麼，到時候你就明白了！」艾瑞斯走出了酒吧門口，凱斯看著他遠去的背影，沒有跟上去，只是盯著角落的昏黃燈光沉思。

就在凱斯步出酒吧後，已經是深夜時分，而一個人影在門口似乎已經等了很久，那是卡勒米公主。凱斯驚訝地上前，公主身上只有穿著一層薄紗般的連身裙，納庫斯這一帶入夜後溫差很大，今天晚上又吹著微涼的風，凱斯於是趕緊將身上的外套披在公主身上。

「我們都發現你不見了，一直在找你，你一聲不響地是跑哪去了呢？」公主責備地詢問。

「抱歉讓你們擔心了，後來你們談得怎麼樣了呢？我只記得妳哥哥似乎對於那些盟國後來的建議相當不滿……」凱斯說到一半，卻注意到卡勒米公主似乎並不在意他現在講的事情，眼神迷濛地看著凱斯。她輕輕將頭靠在凱斯胸前，用溫柔的聲音說：「我們不要談這些了，從以前到現在，我們都在進行這麼嚴肅的事情，我覺得好累！現在這裡的氣氛多好！凱斯，一直以來，你應該都知道我的想法吧！」

深夜渺無人煙的街道，酒吧所在的石頭道路上只有亮起零星幾盞昏黃的路燈，將周圍暈染成靜謐柔美的景象，而公主緊緊偎在自己胸前，這一刻凱斯感覺很溫暖。他努力不去想那個拂過腦海中漸行漸遠、曾經最美麗的身影，將對卡勒米公主的情感恣意溢滿於心中，決定從今後要好好守護這個天真爛漫的女孩。

天才濛濛亮，安德魯就被門口一陣急切的敲門聲吵醒，像這樣偌大的建築，卻沒有雇幾個傭人，是件不尋常的事情，他通常總是親力為之，也因此訓練了絕佳的聽力還有淺眠功夫。打開門一看，是他們委託檢驗畫作的工作室負責人——古德諾教授。

「有什麼急切的事情需要這樣在凌晨發狂敲門嗎？」安德魯是個素養良好的紳士，但此時也不禁因為這突然的打擾感到不悅，而古德諾教授也不是很高興地回答：「朋友！你還記得是你再三叮囑我，一有結果要火速通知你嗎？」

這下安德魯也感到自己理虧之處，趕緊請教授進屋，在陽光射穿微霧晨曦前，外頭還是略帶一絲涼意的。他沖泡了上等的紅茶，緩緩倒進瓷杯，在一陣吹散的蒸氣中，古德諾啜飲了一口紅茶後說：「朋友，很高興你還記得我喜歡喝這種紅茶，雖然我們已經很久沒有好好坐下來聊天，但我待會還有畫室的工作，沒辦法打擾太久，何況這批報告我想有一定的急迫性。現在我要告訴你，我的檢驗結果。」

他將許多側拍後高畫質輸出的照片影像，鋪在桌子前並且拼湊在一起，先前只是像許多名單的零散堆砌畫面，現在就像拼好的拼圖一般完整地呈現出來。那像是個商業文件，上面有許多簽約的內容還有署名，安德魯知道那是很多科契亞的高階主管，還有政府高官的名字。

「我沒辦法把這些畫作都帶來，所以先將清除表面後的影像都翻拍起來，將大致的結果先給你看，而相關的畫作我都已經打包好，看你接下來有什麼打算？不過很遺憾的是，第三層的畫作內容應該都無法挽回了。透過了剝除後進一步的掃描，我們更加確認那都是巴卡洛先生早期的畫作，只是如果需要，我們還是可以進行分離還有修復的工作，只是成效有限，還是看你們打算怎麼處理再和我聯繫。」古德諾教授語氣帶著遺憾，對於作品無法挽回也感覺痛心，只能說當初布克連同科契亞選擇這種方式藏匿名單，也有他們對於反政府人士報復的私心。

凱斯和公主已經接獲了通知，一早也趕往了安德魯的宅邸和親王、農加等人碰面，而雷拉拉也聯繫了許多國外的媒體代表，實際上就是這合約所牽涉的國家。親王因為目前仍不便出面，所以卡勒米公主將代表皇室在宮廷開一場國際記者會，他們準備當場揭穿布克的陰謀。儘管這種作法非常有風險，但是既然已經掌握了關鍵的證據，自然需要賭上一把，屆時才能獲得這些國家的支持，共同來制裁布克。

但是就在大夥制定了這個計畫後，卡勒米公主準備回去宮廷並召開記者會，凱斯卻略感不安地和公主說：「我覺得似乎不會那麼順利，難道布克就會這樣挨著打嗎？要是他走極端，突然發動政變怎麼辦？而且這些國家干涉納庫斯內政或將軍隊開進來，國際會支持嗎？你們確認這樣做可行？」凱斯這樣的疑慮並不是沒有道理，因為他們聯合的這些國家都是非洲許多小國，但是如果先行訴諸武力，到時候國際社會可能會有不一樣的反彈。儘管大部分的國家都這麼憎惡布克，但是皇室這邊先開戰似乎不太恰當。

「我們並沒有先動武，這些國家到時候武裝進來的名義是以保護納庫斯和平為由，在邊境駐軍給予布克施壓，而且他聯合財閥私下囤積及占用這麼多國家的糧食資源，我相信大家都會逼他下台還有交出手上政權。」卡勒米公主解釋。

凱斯卻沒如此樂觀，他印入腦海第一個想法，就是怕布克會將那個穀倉移位或是動手腳，屆時就沒有證據，於是他告訴卡勒米，至少通知那個國家將部分兵力移往穀倉所在地。雖然那裡是納庫斯的大使館，但是他們還是可以在外圍盯哨，如有相關動靜可以緊急應變。卡勒米公主同意了，不過她認為這些事還是要和親王商量一番再做決定。

「這些事情都可以做，但是我還有一點建議，就是將納庫斯駐該國的大使召回。我們可以用情勢動亂為由召回大使，還有撤去大使館相關人員，僅留幾個沒實質作用的行政人員即可。」親王如此建議，卡勒米公主提出疑問：「那些大使都是布克的人，他們會聽皇室的指揮嗎？」

親王笑著說：「妹妹，我們擁有法律上賦予的皇室權利，至少召回大使是沒問題的，我也會提前聯絡好那些親近皇室的官員，這件事情只要妳照我說的去做就好。我們要將那個大使館架空，至少除去布克對於那裡的掌控，這樣他就少了機會可以對糧倉動手腳。」說完，親王疲憊地坐在一旁沙發上，看來還沒完全恢復，醫生已經交代他現在儘量不要久站。所以卡勒米公主吩咐了一旁照顧親王的看雇工，就趕緊準備聯絡的工作了。

第二十一章　燃燒著戰火的湖畔

卡勒米公主這幾天忙著接見許多官員，這些都是較為親近皇室這邊的人，當然都是祕密進行，除了已經撤回納庫斯駐該國大使，也請該國將重軍布局在使館所在的糧倉附近。而一方面，他們也將所有相關的資料送交給各大媒體。

先前某報社刊載一連串有關布克的陰謀論，在短暫的停止報導後，最近又重新開始連載。而這次最新的標題，就是關於納庫斯總理布克偕同科契亞私藏的地下糧倉，和先前的軍火庫一起，勾畫成一幅分布圖。而部分軍火庫已經獲得那些國家的證實，大多都是會造成環境危害的生化實驗室，現在布克儼然已經成為非洲許多國家的公敵。

這次刊載的內容相當詳細，甚至也將合約登上了報紙，除了引起國際的震驚外，不少國家對此表達譴責還有憤怒。因為當時互助銀行的體系原來是為了支援可能的國內糧食危機，還有預防當時引起作物災害的感染病毒，現在卻全部進入了納庫斯的……應該是說布克政府的口袋。

科契亞此段期間也起了推波助瀾的作用，而他們先前祕密在許多地方進行的生化實驗，造成農地感染還有林地大幅的消失等結果也仍餘波盪漾，總總事件加在一起，許多國家對於布克政府的不滿早已瀕臨臨界點，所有顧慮幾乎都在此時拋去。

凱斯總抱著一絲疑慮，雖然布克已經很難對地下糧倉動手腳，但是把一頭野獸逼到牆角也同樣沒有好處，他很擔心布克接下來的計畫。此時外面的門敲響了，凱斯很訝異有人知道他住在這裡，因為他不願意再回去安德魯的偏宅，懼怕見到部分的人，勾起不好的回憶，所以現在只有卡勒米公主知道他在這裡而已，這是一間破舊的旅館，位在特區邊陲較為廉價的地段。

門一開，他發現奇怪的事情，因為沒有任何人站在門口，他想假如是惡作劇的話，這麼三更半夜似乎也太不合理。凱斯走出門外張望良久，忽然聽到了腳步聲向外走的聲音，當他奔出旅館大門時，一個黑影已經消失在巷弄的盡頭，凱斯感到一股莫名的不安，於是趕緊追了過去。

就在他跟隨著黑影走的時候，地上出現一塊金屬模樣的吊牌，在月色照映下反射出銀白的亮光。他撿起來一看，這個吊牌相當眼熟，凱斯認得它，那是九鏡湖他一直居住的旅店鑰匙掛牌，只是怎麼會在這裡呢？他疑惑地將吊牌握緊在手心上，但是忽然飄出一股煙硝味。

凱斯警覺了起來：「來不及了！」心底閃出這個念頭，隨即馬上狂奔了起來，沿途攔下一台夜間載貨的車，塞給司機小費，請他從原本的方向繞道去九鏡湖。司機看到了白花花的鈔票馬上應允，就在凱斯的催促中朝目的地疾駛而去。

「兄弟，我沒辦法再繼續往前了，這裡是封鎖區，只要跨越這道線就隨時可能被軍隊擊斃，只能送你到這裡！祝你好運！」司機終於抵達了九鏡湖邊界，但是前方就像他所說是軍隊封鎖區，無法再前進。所以凱斯只得在離線約好幾碼的距離下車，貨車馬上噗通發動引擎離去了。

他沿著先前反對黨挖出的那條秘道繞過封鎖區，只是這條路與其說是給人走的，不如說是當初他們自己開掘出來的，充滿著雜草還有泥巴。凱斯撥開了擋住去路的高大芒草，一邊小心自己的鞋子陷入泥地無法抽出，看來這裡幾天前下了陣豪雨，許多泥土都被沖刷進旁邊的小溪流。

走到一半時他忽然感覺踩到了什麼，赫然發現原來是具屍體，撥開屍體一看已經血肉模糊，像是被炸傷整個已經不成形，再往前看就更吃驚了，前面已經累積了好幾具屍體，有的甚至還堆在一起，鮮血混著水流淌入旁邊的小溪。他繼續焦急地往前一一檢視，就在翻開最後一具屍體時，凱斯眼角浸濕了，正是那個年輕的男孩——拉姆貝，雖然面孔已難分辨，回想當時他奪下那男孩手上的彈藥阻止了一場腥風血雨的開端，還有細心留給他的線索，那也是凱斯給他的真心建言。沒想到如今，還是未能阻止這一切災難發生。

眼前卻沒時間多作停留，他知道應該將這些可憐的屍體掩埋，但有著更重要的事迫在眉睫。這全部都是發生在前個夜晚的事情，外界還不得而知，大概是官方封鎖了消息，但是他猜到反對黨應該已經陷入了苦戰，也將情形回報給了農加。

這時他終於越過了封鎖區，看到滿目瘡痍，前方的堡壘和房子都被炸得一團亂，而政府軍這邊也沒好到哪去，看來前晚這裡陷入了激戰。凱斯終於深入到了鎮內，發現民宅內都已經沒有人煙，所有人似乎不是死於剛才的泥沼地，就是撤離了！他沿著地上留下來的印記追蹤，找到了一個隱密的石窟，外頭有一道門，他有預感另一邊就是那些僅存的夥伴，於是使勁地敲捶鐵門吶喊，忽然之間門就應聲打開了。

凱斯進門後，看到後頭全部都是反對軍，而在更後面就是那些九鏡湖倖存的居民，那些反對黨的幹部都認識凱斯，一群人加上村民就這樣圍在凱斯周圍相擁而泣，大夥似乎都歷經生死交關，為了彼此能再聚首感到激動不已！其中一位年輕的反對軍顫抖地對凱斯說：「你們之前找到的軍火庫，還有一個沒有被發現的所在，就是在九鏡湖靠近南面湖邊那帶，地下藏了大量的炸藥、地雷還有破壞性武器，其中還有一個我們以為早已經在納庫斯絕跡的特殊戰甲車——鬼螃蟹！」

鬼螃蟹！這是什麼陌生的詞，凱斯露出不解的表情，那反對軍繼續回答：「鬼螃蟹是以前布克進行游擊戰術的祕密武器，是一種特殊的戰車，我們只能勉強這樣分類。因為它外表也不像戰車，就像是怪手還有裝甲車的結合體，有著兩隻特殊的鉗子，所以才叫鬼螃蟹。這種戰車特殊的輪帶能夠爬越坡地，還有從地底竄出，可以攜帶火力，也可以破壞堡壘還有石造建築，具有相當的機動性，這才是之前布克藏在祕密軍火庫裡最可怕的東西。」

「昨天晚上，許多人聽到天雷地響的崩塌聲，趕緊從睡夢中爬起來，鬼螃蟹就這樣忽然從我們堡壘附近竄出，被它輾過的茅草屋根本不堪一擊，而堅固點的建築也毀去許多牆垣。而且就在那同時，它從車體內吐出許多的炸彈還有火藥，所經之地幾乎無人倖免。本來我們堡壘幾乎無懈可擊，但是卻被這玩意兒從地下挖出一條路，更可怕的是這東西還有載人，他們將許多的火力都投向村內，我們一路退到這裡，還好之前就有利用這個地下石窟建立一個防空洞，大夥全躲了進去。」

年輕反對軍說完，有如回憶夢魘一般聲音仍不住顫抖，凱斯想到了那些遇難的居民，於是說：「拉姆貝，還有許多人，都死了吧！我剛剛是越過他們的屍體來的。」說完，他禁不住難過的情緒哽咽了，所有人都在那一刻，靜靜地為自己失去性命的親友哀悼。

「現在大家待在這裡安全嗎？我的意思是，如果那個叫鬼螃蟹的東西，可以鑽到這個地底下的話，是不是有可能呢？」凱斯說完，另一個較為年長穩健的反對軍幹部則回答：「不會，這裡有許多高密度的鐵礦層，他們的鬼螃蟹無法突破這裡。再說，在這個狹窄的防空洞開火，等於同歸於盡，對那些傢伙而言也絕對沒好處。」說罷，還在周圍的牆壁示意地敲了敲，反射出了堅硬清脆的聲音。包含凱斯在內，大夥都鬆了口氣。但是所有人都知道不可能在這個地洞待上一輩子，他們總得想方法突圍出去。

現在這個防空洞堆了很多必要的物資，除了一些先前儲存的口糧、衣物等，還有軍用品和武器，看來足以再撐一段時日。凱斯預料一早這件事情應該就會傳到特區裡了，他們只能趕緊求得外援，除了農加在號召反對軍還有訓練好的民兵團外，最大的希望就是國外的援軍了。

但是眼下躲在這個防空洞內，也無人得知他們在此處，仔細思考過後，眾人覺得由凱斯循著原來的路徑突圍尋求援助，是最可行的辦法，因為這裡只有少數單兵式武器，要硬拚突圍根本就是不可能的事情。

凱斯才剛剛和大夥聚首，現在又要道別了！大家都不知道此行是否會順利，方才凱斯一路過來碰巧都沒有遇到政府軍，但是也難說循原本路徑回去是否仍安全，只是現在也沒有退路了。他重新步出防空洞，觀察了一下外圍都還沒發現敵軍，但卻決定不走原來路徑了。凱斯有預感那裡已經陷入了包圍，另外他也不想再看到那片血流成河的畫面，那種情景見到一次已經夠令人難受了。

他悄悄登上了高處一望，果然所有道路都被政府軍佔住了，包含他原來走的路徑，正不知如何是好時，忽然感到胸口的傷再度隱隱作痛，這似乎是個徵兆，凱斯於是在內心吶喊：「讓我回到那野性的軀殼內吧！在那群無知的人眼中我將化成一道黯影，疾風飛馳，而他們僅能追逐我的影子，讓我用嘉布塔斯的力量拯救九鏡湖的所有人們！」

接下來他陷入一陣痛苦的胸悶，但是卻不再感覺暈眩，而是慢慢察覺身體的變化，看來這不再是件難以駕馭的事情。

政府軍的人現在已經稍微鬆懈了戒備，他們料想居民撐不了多久就會出來投降，所以先前高漲的對峙狀態已經消失。一旁的營地上，幾個年紀僅約十幾出頭的少年兵正在玩牌拚酒，這群少年兵基於貧窮或是各種理由被迫加入政府軍，正值青春愛玩的年紀，也沾染了軍中不少惡習。現在卸下了緊繃的壓力，賭博還有豪飲就是他們對自己最好的犒賞。

此時其中一個少年兵看到一個掠過的身影，驚訝地站起來，並且和同樣沉浸在賭局的同伴說了一連串的孔絮語，那是納庫斯一個邊陲村落的方言。凱斯聽得出來那句話的意思：我看到了一隻疑似是什麼動物飛奔過去，那肯定是豹沒錯，我們趕快追過去！

本來凱斯是不用擔心他們追上自己的，但不巧的是前方正是一片泥沼地還有荊棘滿布的灌木叢，他的腳掌抓地力很難在這裡飛躍自如。後面那些少年兵的聲音追上來了，他們穿的是一種防滑軍靴，可以走在這種濕滑地面上而且進行野外戰術。現在他們是被好奇心還有一種狩獵的本能驅使了，凱斯能想像他們已經在打賭誰能夠獵到這隻豹子，當作乏味軍旅生活的娛樂調劑。

他望向另一邊是一個斜坡，坡度不大而且下方就是溪流區，後方草叢嗦嗦聲響已經逼近，凱斯下定決心賭一把。他縱身一躍就滾下了斜坡，坡上的樹枝還有枯木不斷減輕了向下衝的力道，但還是撞擊到多處地方還有被尖銳的樹枝刮出好幾道傷，等他終於滾落到了溪流處時幾乎已經奄奄一息。

冰涼的溪水沖刷著那皮開肉綻的傷口處，他勉強將四肢撐起，沿著溪流的鵝卵石步道一跛一跛向前走，此時上方傳出了喧鬧的聲音，有個少年兵發現了凱斯所在的溪流邊，他朝著凱斯方向射了一槍，但是因為射程太遠了沒有中，他們懊惱地發洩叫罵，隨後就放棄獵捕轉身回去軍營。凱斯只能慶幸自己逃過一劫，他現在奮力地向前爬行，沿途淌下的鮮血染紅了所經的鵝卵石道。

而宮廷裡已經收到了許多好消息，他們尋求支援的那些國家都已經同意協助此次軍事行動，儘管這些行動尚未獲得國際社會支持。另外九鏡湖的流血事件也傳了出來，因為周圍都已被政府軍封鎖住，所以媒體只能透過遠方監測還有衛星照片來播報，但是那些懾人的流血畫面都已經傳遍各大新聞頭條。親王覺得此時是他可以出面的時候了，於是他偷偷避開了布克的耳目回到了宮廷，並且正式請那些盟國出兵協助──他們現在已經有了宣戰的理由。

當親王出現在新聞畫面時，布克一邊看著銀幕，一邊露出冷笑：「斐洛歐茲塔，你不過也是個投機份子，懂得看風向行事，說起來某些地方我們應該是相似的吧！你也不是個聖人君子，所謂時勢造英雄，我們就看這次幸運之神會倒向誰這邊吧。喏，你說是吧？」說完，布克將手上的菸蒂，朝著印製親王照片的晚報捻熄，燙出了個大窟窿，隨後就將菸蒂往桶裡一扔，攤在舒適的軟墊椅上望向落地窗外特區的夜晚景致。

如果說布克打算針對宮廷展開軍事包圍的話，他們首先就得面對來自卡爾普的軍隊，卡爾普以維繫皇室安全還有保護皇后為理由，堂而皇之將軍隊開了進來。本來會引起國防部還有軍事單位的戒備，特別是這些單位都幾乎導向布克，但是因為畢竟他們表面還是效忠皇室，而且雙方都有相當的武力，卡爾普軍隊透過皇家的特別通道來到宮廷。另外還有一部分的軍隊則開向了九鏡湖，準備解救那些居民。

凱斯拖著傷痕累累的軀體，幾乎是以追星奔月的速度到達了特區，他看到皇宮外圍都是卡爾普軍隊，於是偷偷從宮廷偏門旁的樹枝頂稍越了過去，對於此時身體狀態極不好的他來說，這幾乎已經到達了極限。皇宮內的戒備倒是相對鬆散，可能是外圍都已經有重軍守護的緣故，凱斯輕易地潛入了卡勒米公主的寢宮，而公主看到凱斯也嚇一跳，馬上奔向了那看起來狼狽不堪的獵豹。

當凱斯也迎向公主瞬間，他恢復了人類的軀體，但是鮮紅色的血從傷口處開始汩汩地流個不停，他支撐不住倒向卡勒米身上，將公主的紫紗也染成鮮紅。

好在凱斯所受的都是些外傷，在卡勒米公主緊急叫醫生來診治後，他逐漸恢復了意識。醒來後凱斯趕緊請公主拿紙筆還有納庫斯的地圖來，卡勒米雖然感到不解但仍然照辦，只見凱斯在九鏡湖後面的山谷畫了一個圈圈，外加許多註解。他拿給公主說：「快轉告給妳兄長或是農加這張圖，他們全躲在這裡，我們的同僚還有許多的居民，糧食可能無法撐很久，加上政府軍遲早會逼出他們，要快一點！拿給他們！」

他再度感覺到胸口的傷犯疼而痛苦地摀住心窩，卡勒米公主告訴凱斯卡爾普還有農加帶領的增援部隊已經前往，他們會派人盡快將消息傳過去。

這幾日報紙全是九鏡湖的對峙情形，而宮廷外圍的卡爾普軍隊則是繼續駐紮，另外分支的軍隊到了九鏡湖後，並沒有和政府軍發生衝突。他們只是包圍在政府軍外圍，因為大家都很怕真的開戰帶來的負面影響還有國際輿論譴責，但是卻有好幾個炮口對準政府軍營地，充滿了警示意味。

過了幾天，陸續許多國家都將軍隊開往了九鏡湖邊界、還有特區裡布克所在的宅邸以及國會大街，另一個振奮人心的消息是，防空洞的居民還有反對黨同僚已經悉數都被農加帶去的援軍救出。他們在聯合軍隊炮口對向政府軍的威脅之下，平安地逃出封鎖區，現在已經陸續前往親王臨時請宮廷安排的外圍皇家狩獵園區避難。

聯軍對於納庫斯政府提出幾項訴求，首先請九鏡湖的政府軍隊卸下武力投降，還有放棄湖區好幾處的軍火庫，由聯軍暫時接管。另外就是特區的軍隊需全部解除武裝，布克本人宣布下台，由親王擔任攝政王。此外還要繳出位於國外領事館內私藏的糧倉，各國將解除和科契亞的合約，將糧食另外交由信譽良好的公司託管或是按照原數發還給原來的持有國家，並且成立期貨的合約，以保障那些原本立約國的權益。要是布克堅持不妥協，他們會將戰車直接開進他官邸，夷平那棟美麗的花園洋房。

眼看納庫斯壟罩的獨裁陰影逐漸明朗，聯軍卻遲遲等不到布克的回應，於是不斷對軍方施壓。事實上如此多的軍隊開進納庫斯，形勢已經相當明顯了！他們也不再期待布克的官方回應，那訴求僅僅是宣示的作用。因此就在反對軍的率領下，衝進了布克的宅邸，但大家卻發現布克早已經逃離了，他們翻遍桌上的文件，卻都只有無關緊要的例行文書，納庫斯幾乎可以宣布政權重新更迭了。

就在親王總算可以指望登上權力高峰的日子，另一件錦上添花的事情發生了。原來的老國王出現在媒體上，他現在正在卡爾普召開一場記者會，看起來已經恢復了精神。

「長期以來，支配著納庫斯的恐怖政治氛圍，已經在遲來的正義下煙消雲散。我身為國王，這段期間卻沒有對國家做出任何實質的貢獻！也使納庫斯盡失皇室尊嚴！而我的兒子歐茲塔，卻在歷經種種政治迫害及生命考驗後，蛻變成一個成熟的王者。納庫斯現在的空氣煥然一新，我的階段性任務已經結束了，現在我要把榮耀的冠冕正式傳承，斐洛歐茲塔，我正式宣布他已經是納庫斯的國王。」

親王也同時在收看父親舉行的記者會，他內心暗忖著：「你先前不傳位給我，也不正式宣布我攝政！現在你已經遠遠離開國土，卻仍想要展現最後的權力還有寬容大度嗎？一切都風平浪靜後，你卻想做順水人情？老傢伙，我不領你的情，但是既然法律仍然賦予你傳位的合法性，我當然沒有拒絕的理由！當上納庫斯正式的國王！從今以後咱們互不相干，你也別想回國！永遠別回來納庫斯！」親王對於父親的情感糾葛自年少即開始，這對皇室父子的心結可不會有消失的一天。

第二十二章　新的希望

凱斯正在九鏡湖居民暫時棲身的皇家園區臨時宿舍裡，和居民一起努力恢復家園，現在湖區幾乎成了一個風華褪盡的廢墟，除了依舊美麗的水畔外，映照出的都是敗破的斷垣殘壁，但是沒有人放棄自己的家園。親王以暫理攝政王的名義，安排這群居民安置處並且協助遷移，但是沒有人願意搬遷，因此還有一部分的聯軍留下來幫助居民恢復家園。

此時凱斯也克服心中的傷痛，來到那塊曾經滿布殘骸的泥沼地，現在這些犧牲者都已經被安葬了，本來當地習俗是將親人遺體埋於家宅院內，但是大部分的家園都已經毀於一旦，將所有因這場戰亂死去的居民同葬在這裡也具有了特別的意義。在這集體墓園旁邊佇立了一個簡單的碑，上面寫著：致我們的親人與摯友，請原諒將你們葬於此地，但九鏡湖就是這裡每個人的原鄉，願逝去的靈魂永遠與我們一起保護這美麗的家園。

凱斯拿了一束白色的花放在一塊小小土墩上，那是他親手安葬的——拉姆貝最後安息的所在，他用普魯語寫下對這位小兄弟的悼念文字，將卡片放在墓碑前方就起身準備離去。突然一個聲音在後面叫住了他，凱斯回頭一看，正是安德魯。

「我也來悼念這群同胞，回想他們也曾經用熱烈的儀式歡迎著我們，請我喝醇美的甜酒還有邀我共舞，那畫面我永遠忘不了！聽到這樣不幸的消息時，我只恨自己無法馬上前來做些什麼！」

安德魯說著，也將一束花放在墳前致意，凱斯遠遠眺望天空，他不知怎麼的，總覺得事情還沒完全結束。

「你們後來有找到布克嗎？那些基地後來都怎麼安置？有再發現疑似生化實驗的所在嗎？還有，親王打算怎麼處置科契亞呢？」凱斯說完，回想著日前他們已經將那些找到的軍火庫分布圖都交給了聯軍，這是聯軍答應要出兵的交換協定之一。他們會暫時接管這些區域，確定那些可能帶來毀滅的武器都完全銷毀為止。

「就像你後來所知的，聯軍負責接管了一切，其實攝政王是有點不甘心的，畢竟那是納庫斯的國土。但這就是請人家幫忙，門戶洞開的代價，這些聯軍要過一段時間才會慢慢撤去，這段時間他們要監督我們的新政權完全上任為止，所以我們也無法掌控那些軍火庫的後續狀況。但是我想應該沒問題的，因為會有我國的代表在那裡監管，相信他們會好好牽制彼此。」

安德魯猶豫了一會，緊接著說：「說到科契亞，我已經完全失去那裡的職務了，就連掛名的顧問也一樣被卸職，因為我的立場已經相當鮮明了！不過據說科契亞雖然不會有什麼法律上的責任，他們這些跨國企業總是留了好幾條退路給自己，但是以後不能再用這個名字繼續經營了，他們應該會撤出這塊土地一段時間，去新興的其他國家發展。」此時凱斯拍了拍安德魯的肩膀，微笑地說：「尊敬的閣下，我覺得被這種公司繼續雇用，才有損您的名聲，在此我要恭賀您榮譽卸任！」說完，彼此相視而笑。

凱斯回到了臨時宿舍，他把握可以休憩的時間臥倒在床上，卻聽見碰碰碰有人敲門的聲音，只好緩慢走向門邊，打開門一看卻是卡勒米公主。

「公主！您怎麼來了？現在宮裡應該有很多事情要忙不是？」凱斯似乎有點詫異。公主聽了以後有點生氣噘嘴說：「看起來，有人沒因為我的出現而高興！甚至感覺很唐突，那我還是回去好了，本來也有一部分是想見你……算了！其實，我來主要是想告訴你一些正經事的。」

凱斯聽完於是嚴肅地坐了下來，心中略為猜到卡勒米公主來的目的。「我的皇兄準備要進行加冕儀式了，但是最近納庫斯不太平靜，那些聯軍對我們有很多的要求，不會輕易地撤離，還有這段期間他要確認自己未來的內閣人員，哥哥希望你可以加入。」

卡勒米公主說完後暫停了片刻等待凱斯的反應，凱斯沉思後回答：「老實說，我不太想要涉入納庫斯的內政，公主，我當初來這裡的經過都已經告訴妳了！其實我對於自己的未來也沒什麼確定的方向，加上我現在體質極度不穩定……所以對於任何事情都沒什麼把握。」

這的確是凱斯一直以來的心聲，在他看來，擺在親王還有許多人面前都是一片光明坦途，只有自己晦暗不明的未來，不敢去懷抱任何希望。公主像是看出凱斯的擔憂，於是握著他的手說：「我不管怎樣都會接受你的身分，就算你忽然變回去原來的樣子無法恢復，我也會把你帶在身邊，我就跟人家說那是我的寵物就好囉！」

卡勒米說完吐吐舌頭，看到凱斯有點不悅的神情，只好恢復正經地說：「凱斯，哥哥真的需要你的幫忙，老實說他不太信任農加，所以需要多一點人才。而且他最近一直在跟各國代表開會，疲於應付他們種種施加的壓力，還有國內許多混亂的情況都需要整頓，可以請你看在我面子上答應嗎？」

凱斯感覺相當為難，也很清楚自從布克失蹤以及原來屬於他的軍隊瓦解後，現在納庫斯陷入了更混亂的情況。每天都會看到許多聯軍在境內出現，皇宮外也都是他們的影子，就算皇后出面協調自己祖國的軍隊撤離，也無濟於事。他們對納庫斯有幾個訴求，首先就是等聯軍將布克所有遺留下來的軍事基地搜索結束並確定沒進一步威脅後，才可能慢慢將軍隊撤去，這段期間納庫斯必須完全配合並且提供相關地圖以及訊息。

另外就是，他們已經不想要兌現那個地下糧倉的配額了，這些國家想要仿照期貨約定的方式，讓納庫斯以現金或黃金兌換這些國家原本合約上的儲備數量，至於這些穀糧可換的價金將依照國際期貨近一周的平均值兌換。納庫斯年度的外債已經是節節高升，這將造成貨幣貶值的情形更加嚴重，而且那個糧倉已經因為科契亞公司從中撤手，沒再進行相關的管理，大多數的穀物早已經腐敗發霉。納庫斯只能用珍貴的現金或是黃金儲備來換回這些已經無法食用的作物。

那時候卡勒米公主的話透露了另一個訊息，當下凱斯卻沒有注意到那句話，等到幾天過後，凱斯才知道為什麼親王會有這樣的想法，還有就是當時艾瑞斯告訴他的，納庫斯的王室存續命運。卡勒米接下來的話也重現了當時那段對話所承襲的含意，她和凱斯提到，聯軍最終的訴求，是希望納庫斯可以終結王室，建立一個共和的制度，所以眼前親王遲遲沒有辦法加冕。

這些國家提議，如果親王執意要維繫皇室，他們要監督內閣的全面改組。而且假如親王上任後，沒有誕下繼承人的話，納庫斯接下來就要進行大選，成為一個共和的國家。

斐洛親王，現在則是納庫斯的攝政王，在和各個協助出兵的約定國間，展開了一場艱困的談判，幾乎一面倒地被迫接受許多不合理的協定。這些國家要求兌現糧倉的貨幣，可不是納庫斯本國已經跌到一落千丈的幣紙，他們現在要求以黃金兌現，也可以接受鑽石或是一些強勢貨幣。

親王相當為難，因為連年來的舉債結果，黃金儲備幾乎不夠支應這些國家的要求，至於境內的鑽石礦雖然屬於國營開採，但這幾年幾乎被布克政府和科契亞攜手發掘殆盡，除了飽足貪汙官員的口袋還有流去國外銀行戶頭外，沒有剩給納庫斯國庫多少儲量了。

親王只能苦笑，這也是他自己選擇的結果，讓他國援助本來就是一個兩面刃，現在接手布克的政權也是兩面刃，他任內許多遺毒被迫擺在親王眼前。斐洛想如果布克現在知道這些事情，恐怕正在嘲笑著他，他不甘心這一切，納庫斯要導向一個全新的國家，這只是陣痛期，他相信一切都會照著他想要的軌道進行。

這些國家要求攝政王慎重考慮未來轉換成共和的政體形式，當前是因為納庫斯政局仍然混亂，斐洛在民間又頗得人心，所以暫時維持現況。他們希望攝政王簽署協議，要是納庫斯未來沒有傳承自王室血脈的合法繼承人，就要變革成為共和政體，因為怕再來一次布克這樣的獨裁政權，他們對於納庫斯搖搖欲墜的君主立憲模式毫無信心。

雖說非洲大部分國家已採行民主制度，卻仍有許多地方存在著獨裁政府，有鑑於這次布克造成的境外荼害太深，納庫斯邁向共和的進程變成他們關切的事情。此次欲促成者除了許多有協助出兵的盟國外，國際社會也表示支持，這也成為納庫斯未來想要吸引更多海外投資的重要課題。

攝政王只好被迫接受這些協議，以總體來說自然是往大方向發展的，但是對斐洛來說卻是感到忿忿不平，自認為遠比父王擁有雄才大略的他，沒有理由背負前政府留下的歷史包袱。但當下他只能同意，並且看著這些佔領軍隊持續在這塊土地緊迫盯人，直到他們確定出任的內閣為止。在雙方的協議都陸續完成後，這些國家才會允許攝政王正式加冕登基。

這幾日攝政王陸續和很多人會晤，這些人都被預期是內閣人選，而大多數都是反對黨原本的議員還有同袍，納庫斯的議會如今已近癱瘓，一切百廢待舉。凱斯也因為拗不過卡勒米的勸說，來到了特區內，這是他第一次大大方方地走入宮廷大門，他回想起前幾次總是驚險地闖入，不禁為之一笑。當他推開了攝政王的議事大殿門時，看到許多昔日常出現的臉孔，還有雷拉拉也在，但是他意外地沒有見到農加。

本來攝政王是應該一一和每個人商討細節的，但是他決定先讓所有可能入閣的人選彼此孰悉，反正大多數都已經是昔日同袍，乾脆大家共同來討論納庫斯未來的大方向。攝政王坐在圓桌的主席座位前，對著大夥說：「今天有幸邀請在場的優秀人士一起出席，這段艱困的日子以來，你們都對納庫斯做出不少付出，甚至奉獻出鮮血，現在這個國家的未來仍值得你們持續投入，我希望大家抱著當初貢獻革命的熱忱，加入納庫斯未來的新政府。」

凱斯仍努力搜尋著農加的身影，感覺不可置信，此時他眼光又無意間對上了雷拉拉，雷拉拉將眼神一撇，轉向親王那邊仔細聆聽。他感到一股無法呼吸的莫名壓力，剛好有個女侍進門來為大家斟茶，凱斯立刻站了起來，帶著難看的面色離開席間，留下了不解的眾人，還有臉色狐疑的攝政王。

當他走到庭院時，卡勒米公主緊張地追出來。「我在隔壁做準備，聽到聲響，他們說你衝出會議室！我們回去好嗎？哥哥真的有很重要的事情想和你商量，他說要是你現在不方便，請你先去偏殿稍等，他待會會喚人請你過去單獨談，好嘛？要是你現在不舒服，我會陪在你身邊。」說完，她輕輕地靠向凱斯，凱斯也禁不住將公主摟進了懷裡。此時庭院柱子後豎立了一個孤單的身影，輕輕地嘆息，那曾經是凱斯心湖裡最美的倒影，現在卻逐漸隨著風動的漣漪而幻滅。

幾天以後，九鏡湖居民仍如往常為自己的家園裝修，聯軍可能對於納庫斯王室開出了嚴苛的條件，但在人道救援方面，他們投入也是不遺餘力。儘管這也有益於他們從居民口中更加了解周遭的地形還有資訊，畢竟王室仍有許多保留。

王室保留的可能遠不止這些，凱斯回想起那天後來和攝政王單獨的會晤，當時攝政王的確誠意十足請他入閣，斐洛想起自己多次見證到凱斯的協調能力，還有展現出精通多國語言的天賦，有意請他出任外交事務。眼前納庫斯的確也遇到外交難題，但是當凱斯詢問到農加時，斐洛首先是支吾其詞，後來乾脆說農加已經離開納庫斯了。凱斯怎麼想也不太可能，他看的出來農加是位極有抱負的雄才，在反對黨遇到困難時衝鋒陷陣，現在面臨收割成果時卻隱遁了起來，是不太尋常的事情。

這個問題的真正答案，卻也很快揭曉了！今早報紙登出一則消息，震驚了各界，頭版刊載了一篇布克本人的聲明稿，由於他是透過輾轉的管道傳播這則訊息的，所以很難知道他現在人究竟在哪裡。這篇聲明稿裡寫滿了對於納庫斯王室的誹謗，還有他貢獻心力後所獲得無情的對待，但是其中一句話卻是最令人出乎意料的，道出了他另一層不為人知的血親關係，農加——代表著反對黨的領頭，竟然是布克親姪子。

當凱斯看到這則新聞才恍然大悟攝政王先前的態度，還有農加近來隱匿失蹤的原因。如果根據這報導的內容，布克原來也是沙目族的人，但是他長期以來似乎將自己的身分隱藏得很好，如果他想要將自己對於王室的憎惡歸納於當初他們對沙目族迫害的話，事實上布克在自己任內除了繼續剝削同胞外，倒是沒有什麼實質的建樹。

凱斯趕緊來到了宮廷，他和一批未來可能擔任閣員的原反對黨成員已經獲得攝政王的許可，可以隨時晉見。凱斯請宮廷侍從通報以後，就在一間掛滿了紫色布幔的小型會晤室等候，約過幾分鐘門就打開了，攝政王走進來後就靠在沙發上，對凱斯說：「怎麼樣？你已經決定要給我答案了是嗎？」

「我還沒有考慮清楚，但我想自己這種沒有什麼才幹的人都可以勝任重要職務的話，某位在前些混亂日子裡總是擔任黨內智囊還有後盾的人物，更應該為這個國家的未來出一份力。當時我曾經認為他是最佳的總理人選，但是當我知道您的計畫後，實在很難認同這樣的安排。」凱斯此時面不改色地看著攝政王，儘管明知道會冒犯，他仍堅持說出內心的想法。

攝政王忽然笑了起來，站起身對著凱斯說：「凱斯，我想你應該也看過前陣子的報導，其實這個消息，我早就已經知道了！但是你千萬不要誤會農加是因此才不為我所用。就在布克可能公布這個新聞的前些日子我就收到通知，我擔心這樣宣布內閣人選會引起的反彈和效應，畢竟現在納庫斯有許多外國勢力在監督，他們對布克都恨之入骨。農加和我都覺得他此時應該稍微避避風頭，對當前局勢比較好，等到情況穩定後，我絕對不會錯過這個人才還有背信我過去的盟友。」攝政王說完將眼光遠眺窗外。此時日落西下，夕陽映照棕櫚樹的斜影投射在金黃的街道上。

凱斯雖然覺得攝政王表面說的話相當合理，但總有那麼一絲絲不對勁的意味，他決定不再追問以免引起懷疑，並且私下去找尋真相。此時攝政王繼續對凱斯說：「凱斯，我給你一個外交大臣的職務，雖然乍看之下有點像是遠離核心政治，但其實我只是想延攬你入閣，希望你成為我的近臣，成為我的顧問。我會私下賦予你許多權力，單獨對我匯報，這可是跟總理幾乎是一樣的地位。」

凱斯陷入了沉默沒有回答，攝政王也只好請他好好思考後再給予回覆，就終結了這個議題。他步出這個小房間後，當下就決定先去找安德魯。安德魯的大宅此時空蕩蕩的，先前反對黨聚集在那裡議事的熱鬧氛圍早已不復見，當這位溫文爾雅的沒落貴族看到許久不見的朋友登門拜訪後，心中自然充滿了喜悅，這間大宅已經很久沒有訪客了。

兩人卻沒有多餘的寒暄，他馬上就進入了正題，安德魯皺了皺眉回答凱斯：「其實有些事情不好講，但因為問的人是你，我也相信你不會害我，所以我願意告訴你。攝政王並不是一個很好的領導者，所謂換個位子，換個腦袋，這句話你聽過吧？他和所有君主一樣可以共患難，卻不能共享樂。農加擁有比他更鮮明的領袖和群眾魅力，這點是他早就注意到的。」

「還有他早就得知農加和布克的血親關係，在這裡我可以保證這叔姪倆除了同樣是沙目族的共同點外，早就在生涯上已經分道揚鑣，針對農加的人格還有政治立場我是絕對堅信的。只是……攝政王可沒有這樣的胸襟，尤其現在已經不需要昔日同袍的情形下，沙目族的身分本來就是為王室所鄙視，這點攝政王也承襲了他們古老的傳統，只是戰亂時隱而不見罷了。再說他不可能再找一個鐵腕的總理給自己添麻煩，布克已經是前車之鑑，他需要的是重新掌權，所以願意乖乖聽話為他所用的才是內閣首選。」

此時安德魯忽然握緊了凱斯的手繼續說：「凱斯，成為他的內閣是需要一定代價的，你一定要想清楚。我現在幾乎已經不再涉入納庫斯的政治了，農加我相信他想要有一番作為，但我得知他是被攝政王勸退的。如果你想要見到他我可以告訴你地址，現在可能只有我知道如何找得到他。」說罷，安德魯遞給凱斯一張名片，上面寫了一個模糊的地址，凱斯知道那裡仍然在特區，只是位於一個相當邊陲的地帶。

當他聽到安德魯警告時，也彷彿呼應了之前某個聲音告訴他納庫斯要走向共和的命運，攝政王不是沒有能力和想改變的企圖心，但是他某些剛愎自用的個性還有亟於想彰顯王權的作為都令人擔憂。在某些看法來說，這種想擴張王室權威的想法似乎顯得過時還有與趨勢脫節，但當一個人自信過於膨脹時，尤其是他已經擊敗了自己最大的對手後，沒有什麼事情是可以阻礙他的。

先前雷拉拉也曾給予過凱斯口頭提示，在他初來這個國家時，但時至今日，雷拉拉卻是與他進行著完全分道揚鑣的方向，話說回來那個神祕的倒影也很久沒有出現了。當他回想到這些時，電視卻插播進來一則更新的消息，他和安德魯都同時瞥見，那銀幕上出現的是攝政王挽著雷拉拉的手，宣布他們即將訂婚，就如當初大家預測，雷拉拉果然成為了納庫斯的皇后，如果攝政王正式加冕以後。

第二十三章　背棄的英雄

凱斯來到了安德魯給的這個地址，是個屋齡已久的老式平房。他敲了敲那厚重的木頭實心門，卻發現上頭有個新穎的監視器鏡頭，看起來跟周遭樸素的外觀相當不搭，那鏡頭轉了轉朝向凱斯所站立的地方，門就開啟了，凱斯緩緩走了進去。

房子裡面卻相當寬敞，凱斯一眼就看見在大廳的農加，他熱情地迎上來招呼凱斯，請客人就座後馬上進入廚房忙碌一番，接著就端出了兩杯剛煮好的咖啡。凱斯啜飲了一口，就發現這咖啡豆應該已經擺了很久了，散發一股酸澀味，但是因為主人如此殷情地看著他，當下凱斯只能表示讚許。他也猜得出來，這陣子農加應該是獨來獨往，從滿布灰塵的茶具還有矮几就知道這段時間幾乎沒有訪客到來。

「現在每天報導沸沸揚揚，只能在生活上低調點，你應該都看過相關新聞了，而且我想攝政王多少也跟你提過吧！」農加啜了口咖啡緩緩道來，凱斯生氣地回答：「還好我有跟安德魯確認，但我還是想從你口中聽到真正的事實，你是真的放棄入閣嗎？還是攝政王對你有所不信任？」當凱斯說完後，農加臉上出現了複雜的表情，似乎千言萬語都道不盡他的心聲。

「凱斯，你以前應該有聽說過我種種傳言，例如有人說我全靠口才卻無作為，浮誇名不符實等等，這些誹謗不是來自於政府或是執政黨的議員，卻往往來自於我們黨內。還有他們說我身上流著沙目族的血統，卻從未真正為自己的同胞做過什麼爭取，這種種說法對我都是不公平的。在那段非常時期我們只能儘量團結各方勢力，我只期待當我們真正掌權後，可以再做多些改變，所以一路走來面對各種質疑我都忍了下來…」

農加眼神透露出一絲忿忿不平，接著語氣激昂地說：「但在最後關頭，原來的盟友和在上位者對我的不信任，才讓我洩氣。我早知道布克可能會有這種掀底的動作，但是我覺得現在才來質疑我，實在不公平，畢竟那位本來我尊敬的人物他早就知道這件事了。」

凱斯知道他說本來尊敬的人物，就是攝政王斐洛，他進一步詢問關於布克的事情，原來農加幾乎對於這位叔叔沒什麼印象，但是有一件他不得不提到的痛苦事實。沙目族想要出人頭地的機會，在這塊土地本來就很困難，特別是貧困的身分沒給他們什麼優渥的環境可以就學，農加從來就知道布克是自己叔叔的事情，但是因為布克很早以前就跟他們這群親戚沒什麼往來，所以對這位叔叔沒什麼特殊感情。加上布克除了沒對親族有什麼貢獻外，所作所為也讓鄉親蒙羞，所以他們極力對外掩蓋布克跟家族的關係，這也讓農加更堅信了反政府的路線。

在成為反對黨重要角後，某天他才收到一個消息，原來他成長後就學以及出國深造都如此順遂，都是布克暗中資助還有撮合的。後來他老家的父親才跟他坦承這件事情，這時他早已經認識了攝政王以及一批同僚，路已經不可回頭，他選擇繼續堅定反政府立場，並且也讓攝政王知道實情。

農加提到最近這陣子，布克總是託人稍口信希望跟他祕密見面，但他始終回絕，他知道要是真的和布克見面，他累積在攝政王還有同僚之間的信任基礎將全數瓦解，加上他也對這位叔叔感覺恨意難消。農加覺得他的生涯完全被這位狡猾的政客給毀了，他雖然逃走，卻猶如不散的陰魂纏繞在眾人內心，攝政王更是覺得要是一天沒抓到布克，就像心頭扎了一根針般令人坐立難安。

「我知道布克是大家的心結，我們目前仍然無法確定他是否真的已經離開納庫斯，你可以知道他的下落嗎？」凱斯問道，農加搖搖頭。但是他拿出一封密函，那是布克輾轉透過私人管道稍給他的，信上的內容是：「給我親愛的姪子，我想你對我有許多的誤會，事到如今我想依我們的政治立場，奢望你同我合作實屬天方夜譚。但我想告訴你的事情是，雖然眼前乍看之下我失敗了，但我已經看到了另一個希望，我將你視為我政治生命的延續，不管你願不願意，你都將照著我的計畫走，我已經失去了大局勢，知道眼前該藏避風頭，才能著眼更長遠的未來。姑且不論我過去的作為評價褒貶，這個國家曾經陷入更深沉的混亂，是我力挽狂瀾，阻止它成為許多歐美強權的俎上肉。而如今人民和你所屬的政黨，卻對我有著不公允的評價，你們無法想像在一個失控的局勢下，該挺身而出的人所面對的種種非難，但如今我再回首，卻也感覺到或許有些地方過頭了。我很欣喜你的出現，將你未來的政治生涯交與我，我會讓那個不知感恩的傢伙嚐到再次屈辱的滋味。」

凱斯讀完密函，驚訝地看著農加。「那都是他單方面的想法，我可完全沒這樣的意思，朋友！我願意分享給你，你也知道這是最高機密，可千萬別出賣了我！」農加緊張地說，凱斯給了一個請他安心的眼神，但是他很難想像那是如此鐵腕還有冷血的布克會寫的字句，字裡行間他感覺得出來那曾經被大家稱為魔鬼的人對於自己親姪子的期許，他隱約也預見了農加的未來，只是不能明說罷了。

離開了農加的私密住處後，凱斯重新前往了皇宮，這次他是準備要去拒絕攝政王的，他想得很清楚不可能答應入閣了。經過了和農加還有安德魯等人的會面，他知道雖然自己有心期待這國家可以更好，但是那個方向可能會與他所設想的有差異，至少自己的階段性任務已經完成了。凱斯心想，如果可以他希望回到成長的地方，過著樸實的生活，無論是以什麼身分都好。

凱斯先回到他暫宿的簡易旅店整理東西，但這幾天所累積的疲憊忽然席捲而來，他倒在硬梆梆的床板上，上面僅鋪了一層絨布墊背，不知不覺就進入了夢鄉。模糊中他又再次回到了納米比亞，熟悉的土地實實在在地被他踩在腳下，但是天空卻烏雲密布，閃電劈在遠方的相思樹上，雨季要來了。凱斯躲入了樹洞中，這回他像是已經忘記了另個世界的身分，回到了生存本能，什麼納庫斯還是嘉布塔斯，早已經在這個夢境裡被遺忘。

他躲在洞窟內，此時卻出現了一個不尋常的現象，那些白蟻像是被什麼東西嚇著了，紛紛移往另一條行徑路線，凱斯仔細一瞧發現是一條相當熟悉的蛇，三角形的頭正對著他吐信。

他總覺得在哪看過卻怎麼也想不起來，但是當下只能將全身毛豎立起來準備應戰，就在他揮出爪子之際，卻感到一陣胸痛，這陣胸痛讓他忽然想起了什麼，在另一個世界某個人對他說的話：如果你選擇回到大自然的懷抱，那你會漸漸被蛇傷所噬，除非你繼續嘉布塔斯的道路，改變這個國家的命運！是誰？是誰？對他講過這些話，他始終想不起來！

就在蛇飛撲過來後，凱斯從夢中驚醒了，醒來後他發現胸口的傷更痛了，額頭上盡是冷汗。就在他尚未分得清楚夢境與現實時，感覺到有個什麼溫暖的東西拂過他的臉頰，睜開眼睛看是卡勒米公主，她正拿著熱毛巾幫凱斯擦去涔涔的汗水，一邊擔心地看著他。

「你又做了什麼噩夢嗎？是不是跟最近的煩惱有關？」卡勒米公主問道，凱斯本來思考著要如何拒絕這個內閣的職務，但他忽然想到剛剛夢境的內容，很無奈的，他似乎只得繼續走下去，並且接受那個任命。凱斯對著公主說：「是的，我的確很煩惱，但是我答應會入閣，我現在就準備要進城，回覆攝政王我的答案。」

第二十四章　新任閣員

凱斯沒有答應那個外交的職務，他提了一個類似顧問的角色，這個職務雖然沒有什麼實權，不過可以給予攝政王所有關於政策的提議。事實上這讓凱斯感覺發揮空間更大，另外他爭取這個位子部分原因是因為農加，凱斯對於許多政策當然不懂，但他可以詢問農加還有安德魯等人的意見，這些人都已經被屏除在攝政王閣員名單以外，卻是凱斯認為真正該請教的人物。

眼前納庫斯的許多問題都亟待解決，但至少現在攝政王已經確認了閣員名單，眼看著登基在即，各國也相繼談好了條件，搜索布克所殘餘的軍事基地行動還有解除可疑武力的計畫都已經告一段落了。目前他們只留少數的駐軍待到攝政王完成加冕，其餘兵力已經陸續撤出，納庫斯被要求改革成共和制度的期限暫緩，至少要等他們真的有繼承人的危機再商談。眼下仍遵循漸進模式，畢竟也有許多擁護王室的勢力，與納庫斯有姻親關係的卡爾普也仍然維持王室傳統，所以對於斐洛攝政王所遇到的難題也給予了許多的同情與支持。

另一項緊接而來的計畫就是攝政王即將迎娶雷拉拉，也就是未來的王后了。不知怎麼地，攝政王總喜歡詢問凱斯關於婚禮的許多意見還有細節，凱斯對這方面不懂，他只能委婉請攝政王可以多問自己的皇妹還有母后，但是他不知道為什麼斐洛攝政王仍然執意要問他，而且許多時候感覺是分享式的。他逐漸感覺到不太對勁，在有意無意之間，凱斯認為攝政王是刻意提醒他和雷拉拉先前的良好關係，許多時候他希望是自己多想，但在某一天，真的無法再迴避這個問題了。

這一天攝政王請凱斯前來商談，本來是想詢問他有關納庫斯面臨的債務問題。凱斯對於攝政王財務幕僚給予的那些建議提出質疑，首先這些人都覺得納庫斯應該提高舉債的金額，然後透過金融機構投資一種高槓桿的風險計畫，很多開發中國家也都有投資這一類的計畫，但這大多數都是複雜而且風險高的金融衍生商品。

凱斯直覺地認為納庫斯應該要規劃比較穩健的財務政策，具體的細節他也和農加以及安德魯等人談過，但是當凱斯提出這些質疑時，攝政王卻是不以為然，他們認為納庫斯沒有多餘的時間走穩健的方向，也不想拉長與日俱增的債務年限伴隨來的龐大利息，快速的獲利才是他們想見到的。事實上這些幕僚大部分都沒有像過去農加可以給予攝政王清晰有力的多方見解，他們懂得見風轉舵，投攝政王所喜好的方向，儘管對於長遠的發展沒有裨益。

凱斯還發現了攝政王異樣的情況，只要意見相左他就會氣急攻心，而且似乎會頭痛欲裂，通常這個樣子會讓旁邊的幕僚相當害怕，但凱斯還是堅持說出想法，現在也是。當他反駁了幕僚的建議後，斐洛的臉色瞬間鐵青，勉強擠出了一句：「我們可沒這樣的時間……」忽然腰一彎雙手抱頭倒在地上。

他趕緊過去攙扶，斐洛卻手一揮說沒事，接著從抽屜拿出一個小瓶子吸了一陣，凱斯敏銳的嗅覺已經發現那是一種毒品。他知道這個毒品就是之前斐洛在地牢裡被灌食的那種，趕緊衝上前去將瓶子打翻在地上，落在地上的粉末隨著窗戶吹出的微風散去。

「被你發現了嗎？這是我隱藏許久的祕密，其實在地牢時，我的確在發現布克偷偷給我灌毒後，就拒食那些飯菜，也一直克制著自己，但沒有人知道那帶給我多大的痛苦。這種藥物最可怕的就是它對心靈的腐蝕，許多時候我發現自己為所欲為，迷失了判斷力，這種情形愈來愈頻繁，卻沒有任何人知道。本來在那之前，我都不敢再碰這些藥物，但我發現每天都不斷地出現幻覺，特別是……當我察覺，我最愛的女人，心裡最重要的人卻不是我的時候……」攝政王說完，用一種悲傷又憤恨的眼神看著凱斯。

此時凱斯緊張了起來，那一刻他祈禱完全是自己多餘的猜想。「我發現雷拉拉許多時候的眼神，都不是投在我身上，我在她看著你時發現了那個我一直以來渴望的眼神。我感覺到痛苦，自從排山倒海的情緒湧現出來後，我不再能夠單憑意志力控制自己了，我需要那些藥物。我私下透過人手找到了那供應商，以就醫為名慢慢增加劑量。我知道自己有一天會被這些毒物所蝕，所以在那之前，我一定不能再白費我的時間。」斐洛忽然神情漠落了起來。

「凱斯我需要你，我不知道為什麼，請你在我身邊說真話，我知道農加永遠不會原諒我，我甚至覺得他以後會與我為敵，我不再能挽回這一切。我不在意你和雷拉拉的過去，此刻為了納庫斯，我需要你在身邊。」他緊握著凱斯的手，凱斯感到了他心底的絕望，也終於了解一直以來斐洛陷入了如此不為人知的痛苦。

離開了皇宮後，凱斯想到臨走前斐洛允諾會重新考慮外債的事情，他發現如果在攝政王狀態較好的時候，可以做出較為清晰的判斷。此時斐洛身上似乎出現了雙面性格，他一方面需要有人從旁提醒說出真心話，但是另一方面，他脆弱的心靈也受到了急功近利的誘惑，對於忠實的建言接受度很低，樂於聽那些奉承話還有依照風向波動的提案，政策的反覆經常反映這些事實。尤其雷拉拉的事始終是個隱憂，雖然凱斯逐漸擺脫了那個陰影，但是攝政王對他的疑慮仍然揮之不去，他對於自己答應協助感覺後悔，眼下如履薄冰，每天都在戰戰兢兢中過日子。

終於來到了攝政王要正式加冕的這一天，斐洛和一旁的雷拉拉攜手準備迎接這全新的歷史扉頁，戴上了刻有鷹隼的王冠還有桂冠纏繞的權杖，在萬千群眾的見證下完成了儀式。但就在斐洛打算牽著雷拉拉步下典禮的台階時，忽然一個重心不穩差點摔下，雖然在鏡頭前不是相當明顯，距離數百尺外的台下觀眾也看不太出來，但旁邊的幕僚還有凱斯都看見了。凱斯察覺到新任國王的臉色相當不好，這並不是偶然的小意外，是斐洛的身體出了狀況，於是一旁的護衛趕緊將新任國王還有王后圍住，盡可能以掩人耳目的方式讓他們順利離開現場。

本來在加冕典禮後會有個聯合記者會，但是稍後這個記者會宣布延期舉行，凱斯察覺不對勁，他於是準備前往斐洛所在的寢宮探視，因為國王有給予他可以隨時彙報政情的權限。來到了寢宮門外他請侍者回報，但過了幾分鐘都沒有回應，就在此時他聽到了一陣嘶吼聲，緊接而來是哭喊的聲音，那哭聲使他差點喪失理智，因為他聽得出來，那是雷拉拉的聲音！

他於是不等侍者通報就闖了進去，看到的是一片凌亂的場面，桌上的飾品、門簾都被扯在地上，斐洛則是抓著頭痛苦地嘶吼，凱斯看見雷拉拉滿臉淚痕坐在地上，臉上似乎有紅腫的跡象。他看到這情形幾乎也要抓狂，衝向前去制止繼續發瘋的國王，就在此時斐洛忽然拿起一旁的佩刀，將刀指向凱斯說：「你這個叛徒，誰叫你擅自闖進來！你們全部都不安好心，看我殺了你！」

他說完就將手上的刀刺向凱斯，凱斯機警地閃過那一刀，並將斐洛握著刀的手抓住往後一扭，刀子應聲落地，國王更加生氣了，他憤怒地扭動並且大喊：「來人啊！」凱斯怕事情鬧大，於是他將手背朝國王後頸一揮，國王就昏了過去。

凱斯扶起一旁的雷拉拉，她看似驚魂未甫，連日來的委屈還有隱忍在心中的情感傾瀉而出，倒在凱斯的肩上哭泣說：「凱斯，沒有人知道我近來所忍受的精神折磨，斐洛的身體現在每況愈下，他只要頭痛發作時，就會一直指責我，懷疑我對他不忠，還有對我……」雷拉拉將肩上的薄紗往下一拉，凱斯本來想制止她，但此時卻看到她本來滑潤的麥色肌膚上，多了許多道瘀青還有傷痕，他不敢置信地看著雷拉拉。

「我知道自己不該再對你懷有任何感情，但是我發現伴隨斐洛的時間愈久，我愈難克制自己，雖然恨你帶走我的孩子，還有命運的安排，但是這些隔閡都在我對你與日俱增的思念下，愈來愈顯得微不足道。何況，我曾經讓你失去母親，所以也算咎由自取，凱斯，我們可以在這一分鐘忘記所有過往的事情嗎？時間點可以倒流回我們在九鏡湖的時光嗎？」雷拉拉將自己投入凱斯的懷裡，凱斯再也克制不住壓抑的感情也將她緊緊摟住，原先的恨意還有種種命運糾葛也暫時拋開。

但此時窗外傳來一陣笛聲，是比盧笛的悠揚清音，曾經伴隨凱斯數個在九鏡湖的夜晚，還有解救他從毒蛇環伺中脫身，他閉上眼睛，將雷拉拉從懷裡放開，手放在她肩膀上說：「我們的道路都已經決定好了，這也是妳一開始告訴我的，妳會一直在斐洛身邊扶持他，現在他需要妳，妳也注定要守護這個王室。」凱斯幾乎是以虛弱的語氣勉強說著，雷拉拉深吸了一口氣後，轉身背向凱斯：

「你走吧！趁侍衛還沒來之前。」

凱斯準備起身離去，但又感覺到胸口的痛楚襲來，心知不妙，果然看到了自己的身體又起了變化，雷拉拉也目睹了這一切。她聽到外面侍從準備敲門進房的聲音，趕緊將窗戶打開，凱斯縱身一躍出去，速度飛快到看到這一幕的人，以為自己見到了幻影。雷拉拉趕緊將國王攙扶到一旁，請醫護人員前來診治。但她卻沒有發現，國王已經在前一刻漸漸清醒了過來，眼角餘光瞄到了剛才發生的事情，在那瞬間他無法判斷自己是否看到了幻覺。

第二十五章　高處不勝寒

躺在床上的斐洛已經恢復了意識，發現自己的王后晝夜不休隨侍在側時，一種懊悔及疼惜的心情交織在心中。「我剛剛有沒有做出傷害妳的行為，如果有請妳原諒我，我似乎愈來愈……不能控制我自己了。」斐洛做出了痛苦的懺悔，用手溫柔地撫摸雷拉拉的臉頰。她凝視眼前的這個男人，如今站上了頂峰，但此時卻顯得脆弱不堪，看著她的眼神恢復那昔日的溫柔，才發現自己也是如此想要疼惜、陪伴在他身邊。

「我終於憑藉自己的力量擁有了納庫斯，但是，我能夠完全擁有妳嗎？」斐洛神色黯淡地看向窗外，雷拉拉沒有回答，斐洛此時腦海裡重現了那幕不可思議的畫面，他至今仍不曉得是否是自己在作夢呢！此時外面的侍從進來，說新任總理有事情要匯報，斐洛只好勉強打起精神，隨即就吞了幾顆鎮定的藥物準備前去。

新任總理達沙完全沒有過去布克那種強人的氣魄，自從舊政府瓦解後，原反對黨席次自然壓倒性的過半，而斐洛安排的總理人選也獲得國會多數的支持，這讓他能夠完全掌控納庫斯的事務。總理及閣員只是聽任命令行事的魁儡政府，有鑑於之前布克將軍權掌控在手上對於王室的威脅，斐洛也將軍方人馬重新安排，確保自己掌控了重要的兵權。

原來執政的自由黨失去了多數的國會席次，已經變成了孱弱不堪的組織，而原反對黨自然出線成為了名正言順的執政黨。眼下看來沒什麼可以阻擋斐洛了，但是他雖然除去了表面的勢力，卻沒辦法根除深植於這個國家的貪腐習性，即使是重新換了一批人，這種風氣仍然很難轉變。

早在布克上任的時候，國際組織每年都會給予開發中國家援助，包含納庫斯也是其中一個接受援助的國家，但大部分的鈔票都流入了政府高層或地方官員的口袋，這也是許多特區以外的農村生活無法改善的原因，之前尚未償還的債務也迫在眉睫。達沙現在正在議事廳，他的無能還有懦弱完全展現在那徬徨的面容上，斐洛準備聽他的匯報，有那麼一瞬間，他懷念起之前農加還在身邊時，給他滔滔不絕的建議還有反覆辯證。

「現在一年一期的捐贈會議要開始了，我們是否依照去年的金額，請『他們』捐助這筆款項？」達沙所說的「他們」，就是上述那些國際組織，而他通常跟斐洛匯報時，從不提任何建議，而只有問句，雖說斐洛需要聽話的閣員，但是達沙的無能也不禁讓他搖搖頭。

「去年我們的計畫執行的怎麼樣？要是執行率有過半，今年我們要向他們要求提高補助金額。我們有充足的理由，納庫斯需要重新建林計畫，環境的改善還有植林都所費不貲，還有我們要擴大基礎建設並興建醫院學校，這些布克時期幾乎都沒有太多的建樹。但是今年我們是新政府，我們有理由請他們相信我們會這麼做，何況之前那波傳染病幾乎快要蔓延到海外地區，那些人想必都怕死了！我們也可以要求這筆經費做一些醫療研究還有公共衛生計畫，他們沒有理由拒絕。」

斐洛說完，回憶起這是農加曾經對他提過的建議，但是他有自己的想法。事實上，他盤算的卻是將那些援助還有舉債大部分的金額做一些風險的投資，還有購買軍火。這些事情當然不可能讓國際組織知道，上述農加曾提過的他也清楚，但斐洛覺得這些長遠計畫等當務之急解決後再進行也不遲。

此時達沙只是木訥地點點頭，斐洛看到他這副遲鈍的模樣就感到火大，他對達沙說：「你要告訴我的只有這些嗎？我要你去了解的事情呢？」說完斐洛將頭撇過去，達沙趕緊支支吾吾回答：「是的陛下，我們會全力爭取他們提高今年的金額，詳細數字會再請小組評估。另外我們的外匯存底幾乎所剩無幾了，黃金儲量也幾乎都準備支付那些有簽約地下糧倉的國家，所以現在我們只能請境內的銀行一起召開會議，看怎麼應付這次的危機。」說完他看到斐洛仍然無動於衷，知曉他的意思：說完了！那你可以滾了！

達沙告退以後，斐洛無力地癱坐在沙發上，他想起了農加，在患難的時刻，他的確是個非常好的參謀，但是眼前正是斐洛必須打造自己聲譽還有樹立威信的時刻，以往身邊那些過於有才幹的英雄似乎成了絆腳石。其實在不少政策的意見上，農加就有許多與他不同的地方，但是他不得不承認他們的想法頗有遠見，可眼下納庫斯似乎沒有這樣多餘的時間，現實的考量逼迫著他，還有他的健康狀況日漸堪憂。許多時候他神智不清，失去判斷能力，真正清醒的時刻愈來愈少，他只能思考眼下速成以及馬上可以見效的方法。

斐洛看著當時與協助出兵的盟國簽立的協議，還有國際組織的提案，他們要求未來如果國王沒有合法繼承人，或是未能達到立約上訴求的項目，就要改制成為共和。納庫斯和許多仍採行君主制度的國家不同之處在於，納庫斯的王室忠於現代婚姻制度，也就是一夫一妻制，除了皇后不會有其他的後宮妻妾，所以假如雷拉拉沒有懷上王室的後裔，他就要被迫交出王位，進行全面的改選。

斐洛無法容忍這些事情的發生，漸進的改革需要時間，他只能讓許多事情在他任內看見成效。斐洛曾想過如果可以，他也很希望當時反對黨同僚所規劃的那個美麗藍圖，可以在他眼前成真。

幾日以後，凱斯來拜訪安德魯，此次來主要是因為國王最近會和一批銀行業人士商談，他們會談論到納庫斯的財務計畫，最重要的就是解決外債還有通膨問題。但是他得知這批銀行人士有些是以投機出名的金融業者，因為安德魯之前所在的職位和這些銀行都有交手的經驗，因此凱斯詢問他的意見時，安德魯乾脆直接地切入了主題。

「凱斯，假如國王願意聽你的建議，你一定要阻止某些交易，或是斷絕他們後續的往來。因為我知道有一些不肖人士給他的提案，他們想要透過一些計畫來掩飾納庫斯的債務，我知道國王很希望可以減少帳上的赤字，但是他想尋求的解決方法卻不是長遠之計，凱斯，你知道……」安德魯繼續分析了許多利害給凱斯聽，他也是個財經專家，只是可惜斐洛在以前就經常忽略他的意見。

凱斯擔憂的也不只是納庫斯的債務問題，另外就是九鏡湖的重建似乎非常緩慢，本來協助的國家因為沒有了繼續駐軍的理由已經陸續撤出，新任國王幾乎忘記了曾經發生在那裡象徵意義的血汗故事。但隨著涉入納庫斯事務愈來愈深，凱斯發現了自己真正的想法，他想違背嘉布塔斯暗示的宿命，他想拯救納庫斯的王室，這一切除了他不願意看見深受毒品荼害的斐洛持續沉淪外，更重要的是不想看到皇后雷拉拉也步向末路。要是納庫斯的王室可以給予人民希望，他們沒有理由要求一個茫然未知的共和宿命。

這段時間，凱斯也沒忘了農加這位夥伴，他雖然成了隱形人物，卻一直提供許多建議給凱斯。但是隨著時間流逝，農加漸漸懷疑國王打定了主意再也不找他回來，暫時躲避風頭果然只是一個藉口。凱斯也感覺到，農加隱藏在內心的雄心壯志已經逐漸掩蓋不住，他很擔心農加對國王的期待落空會被布克利用，因為他知道這段時間布克不斷試圖影響這位關係看似疏遠的侄兒。某些方面來講，農加如果從此就消失在納庫斯的政壇，著實是件相當可惜的事情，他提供給凱斯許多見解也是因為知道凱斯可以接近國王，他可以將自己對於國政的想法傳達出去。

但是這條支線似乎也慢慢在消失中，凱斯發現自己已經好幾日求見國王卻被拒絕，而且這段時間國王也沒再向往常一樣請他參與許多重要會議。不過最讓他無法忍受的是國王沒有兌現九鏡湖的重建計畫，現在許多工程都延宕了下來。凱斯對於斐洛的忽視感覺氣憤，因為這可說是他奪回政權象徵性的前線戰場，如今卻被當成拖累財政的棄兒一般被擱置一旁。

此刻他來到了當初曾經和國王及反對黨同仁經常聚集的地下咖啡館，那象徵的是一個革命的精神還有出發點，令人懷念，如今人事已非，在這裡再也看不到農加高談闊論的身影，偶爾安德魯會和他約在這裡小酌一杯，但此時所見幾乎都是陌生面孔。現在他就像以往一樣坐在那個老位子，只要了一杯冰水，忽然有人將手重重拍在他肩上，凱斯回頭一看，卻想不到竟然是令人尊敬的大師——巴卡洛！

他沒有料到會在這裡看到大師，巴卡洛點了一杯威士忌，將菸草放進菸斗後就對凱斯說：「我好久沒來這間咖啡館了，想不到吧！我也曾是這裡的常客。」

凱斯手握著水杯，他與巴卡洛見面都是在眾人群聚時，第一次與這位大師單獨相處，忽然不知道說些什麼適合，也不知道該對他近來的藝文活動可以有什麼樣的關注與問候，這不是他擅長的領域，要是卡勒米在就好了，他這樣想。但此時巴卡洛卻對著凱斯說：「你可以跟我過來一下嗎？我要讓你看個東西。」

巴卡洛領著凱斯走到咖啡館的角落，他熟練地用鑰匙將門打開，進入一個像倉庫的地方，就在凱斯不解的同時，他將幾盞燈點亮，倉庫內頓時明晰了起來，映入眼簾是好幾幅巨幅的畫作。凱斯看到那些作品，忽然感覺思鄉之情油然而生，此時巴卡洛對著凱斯說：「我曾經去過納米比亞，那是個美麗的地方，在我做夢時，都經常夢見那些嬉戲的動物。」

倉庫角落擺著一幅畫作，是描繪凱斯最熟悉的景象，家鄉的廣闊草原，而映入眼簾的那三隻獵豹，就像自己兒時幸福情境重現眼前，其中兩隻幼豹稚嫩頑皮的表情更是活靈活現，雖然因為擺在倉庫許久沾染了灰塵，卻仍舊讓人難以忽視。

凱斯此時不知道該說些什麼，他也不清楚為何巴卡洛要給他看這幅畫。「我有段時間常駐在納米比亞寫生，那時有個深入報導的野生動物工作小組正在追蹤這個獵豹家族的日常活動，所以我就跟著工作人員一起投入觀察，很快那兩隻小豹就長大了。但是某一天我們失去了他們的蹤跡，後來我再也找不到他們了，我用這支畫筆，畫下當時令我感覺溫馨的畫面。」

「但是在某一天，我在睡夢裡，夢到那其中一隻小豹，他長大茁壯了。但不知道為什麼，他身邊跟著一隻母獅，他們之間好像發生了什麼衝突正在互相打鬥。此時旁邊有一條大蟒蛇逼近，這時那隻豹還有母獅就鑽進一個洞穴裡去了，後來過了一會兒，就從洞穴裡，竄出一隻初生的幼豹，猛地忽然把那隻蟒蛇咬死了。到這裡我就驚醒了！覺得這個夢相當不可思議，也令人摸不著頭緒，但是太讓我印象深刻了！」巴卡洛說著一邊將那幅畫上累積的厚厚灰塵拂去，並且小心地拿起來細細端詳。

「你為什麼要告訴我這些呢？」凱斯問道，他心裡祈禱著多半是個巧合，但是巴卡洛又將厚實的手放在他的肩上說：「是你要我告訴你的啊！我後來又做了一個夢，夢裡你要我帶你來看這些畫作，凱斯，所以不是你從夢裡告訴我的嗎？」巴卡洛說這些話或許聽起來令人匪夷所思，但是凱斯不知道為何，忽然感到寒毛豎起，差點腿一軟坐了下來。那個夢裡的他不是真實世界的他，那是嘉布塔斯，到現在他都無法完全理解的另個自己。

第二十六章 違背命運的抉擇

一早新聞斗大的標題：「您將我們忘記了嗎？」這篇文章不是來自別處，而正是九鏡湖的居民心聲，國王一早看到這樣的新聞也嚇到了，而且他馬上猜到是誰做的，於是他喚來貼身的近臣，安排一場會面。

凱斯終於如願來到了可以和國王見面的議事廳，他一經通報後進門就看到了站在窗邊的斐洛，他對凱斯微笑：「你終於如願見到我了！使出這樣的手段，逼得我非找你過來不可嗎？」凱斯聽完國王的話，卻感覺莫名其妙，他回答：「陛下，我聽不太懂您的意思。」以往斐洛都可以忍受凱斯講話省略敬語，但眼下他似乎連一點點小冒犯都不能承受。「這是你該有的說話語氣嗎？」說罷斐洛又顯露出他那令人熟悉的惱怒神情。

「陛下之前說過希望我隨侍在旁，單獨對您匯報，可以直言不諱不拘小節，難道這些陛下都忘了？我知道陛下需要一個真實的聲音，但或許不需要真誠的友誼！」凱斯說完直挺挺地站在原地，斐洛看到他這樣的態度，反而軟化了下來，也或許是他重新恢復了清醒的思緒，回想起那麼點舊日時光。在凱斯身上他看到的是昔日反對黨同僚所顯露的那股耿直與忠誠，這讓他懷念了起來，這些特質在他正式登基後，幾乎已經從朝野間消失匿跡。

他趕緊握住凱斯的手說：「是我不該這樣！請你原諒我，我們之間不該是君臣，而是朋友，只有私底下我對你這樣說。」

「陛下，我不敢跟您逾越君臣之禮，但我可以告訴您今天那個標題不是我所煽動，也不是我去策劃的，我沒有如此大的本事。但它也代表了一個您不容小覷的聲音，希望您可以重視，我知道這個國家有許多重大事情亟待解決，但是如果忽略九鏡湖，可能會有您無法想像的災害還有後果。」

凱斯隨後敘述了很多當地人所遭遇的難題，還有未處置妥當的廢棄實驗室，這些國王其實都知道，那個實驗室當時他也曾經親臨過，知道如果病毒重新竄起，會擴及到其他許多國家，所以斐洛答應會慎重解決這些事情。

令人擔憂的是，國王的身體狀況似乎不斷影響他的決策能力，加上他沒有將當時反對黨真正有才幹的幕僚人員妥適安排，許多直言敢諫的人都已掛冠求去，也或許是他私下的施壓導致。總之現任的閣員都是些逢迎拍馬之輩，只怕得罪國王會影響他們的個人前途，所以斐洛想將朝政一手把持的後果，就反映在納庫斯如今反覆的決策上。本來斐洛在國內頗得民心，但是隨著原本有高人氣的農加等人消失在政壇，國王在民間的聲望似乎沒先前反對黨時期高漲。甚至國外的支持聲音也開始減少，他們質疑斐洛的內閣人員是否真能有效解決納庫斯的核心問題。

納庫斯其實擁有豐富的天然資源，但是大多數的收成都沒有流回平民的家庭，而是進了富商巨賈還有高官的口袋，這項陋習自前朝就存在，而且流向相當難查清楚。重點是納庫斯近來為了清償那些外債，將大部分生產的作物都銷往海外，而且壓低了價格以便競爭，多數農民的田地都種植可以出口外銷的經濟作物，而非民生需求的糧食作物，如此匱乏的物資問題陷入了惡性循環。

本來支持斐洛上任的納庫斯人民，覺得現在生活不但沒有改善，還過得更加辛苦，他們漸漸對國王失去了耐心，而且債務也壓得人民喘不過氣來。要是他們知道國際組織的捐款還有貸款扔進了金融的投機圈套還有購置武器的話，恐怕會氣得跳腳。這段時間幾乎沒給人喘息的空間，匆匆已經過了幾年，那些曾經和納庫斯有過協約的國家還有國際組織注意到另一件事情，皇后的肚皮始終沒有消息，當初他們約定要是納庫斯沒有誕下皇室合法繼承人，就要改制共和。

這段期間失去耐心的除了那些國家，還有一直對國王仍抱持希望的農加。他現在可說是澈底死了心，他不僅發現國王完全沒有找回往日同僚的打算，似乎也沒將他託請凱斯帶的意見聽進去，納庫斯現在的財務狀況簡直是一團糟，而且環境的建設也沒有進展。但是國王僅有承諾凱斯一點，就是將九鏡湖周圍好好整頓，現在唯一恢復的，就是湖邊昔日美麗的風景還有觀光小鎮，這可能是近年來國內屈指可數的政績了。

凱斯更是搖擺不定，他不知道是否該繼續給予國王建議，斐洛依賴藥物的情況愈來愈嚴重，這些藥物都是布克時期給予軍方使用，在他上任之時已經全面禁止了。但國王卻苦於這種他自己下令禁止的藥物所癮，雖然皇后已經封鎖各個能讓國王取得的管道，但斐洛總能想辦法如願以償，甚至他們懷疑，這是如今皇后雷拉拉仍無法懷孕的原因。

真正的原因恐怕只有凱斯知道，每當他看到那幼獅的標本時，他就知道那象徵王室末日的命運。凱斯想起艾瑞斯的話：「斐洛象徵的是納庫斯古老的體制，這個國家要繼續往前走，只能走向真正的共和。」「……如果你選擇回到大自然的懷抱，那你會漸漸被蛇傷所噬，除非你繼續嘉布塔斯的道路，改變這個國家的命運……」

此時凱斯在想，嘉布塔斯要他改變的命運，真的是把納庫斯推向共和嗎？那為什麼巴卡洛會做那個夢呢，這時他憶起夢境內容，那時母獅和獵豹進去洞穴後就消失了，只有一隻幼豹竄出來。忽然凱斯似乎了解了什麼，他嘆了口氣對自己說道：「凱斯，嘉布塔斯，命運根本沒有決定什麼啊？只是看你想要怎麼做而已，命運是掌握在你手上的，對吧！」

前幾天他曾經和農加有一段對話，那時凱斯問他對於納庫斯體制的想法，本來農加對於國王的支持是不容疑慮的，但他已經漸漸失去了耐心。那天他這樣對凱斯說：「如果納庫斯必須真的走向共和，從前我是有顧慮的，但如今我會不遺餘力地將自己投入在這條改革之路上，我對於體制失去了信心，從前我扶持的那個男孩，如今也毫無意外地沒入這樣的體制中了。」凱斯很明白，他說的就是斐洛。但是那天發生的另一件事情，讓兩人之間的友誼產生了永久的改變。

凱斯知道布克在國內消失後，一直有試圖和農加聯繫，根據農加的說法還有他的觀察，這都是單方面的作為，他也不見農加有任何回應。但那天農加走進廚房泡咖啡時，凱斯卻不小心將桌上一個夾子碰掉在地上，當他試圖將雜亂的文件撿起來收好時，卻看到了好幾封信，隱約瞥見是布克的署名。凱斯經不住好奇的心，將那幾封文件和書信拿起來閱讀。

「親愛的孩子，國王的病情會愈來愈依賴那個藥物，雖然皇后已經封鎖了各種國王可以取得這種藥品的管道，但我還是能透過關係讓他得到他想要的東西！這全有賴於你對他的了解，還有深知他周邊的親信關係，他清醒的時間會愈來愈少，可憐的傢伙，他還年紀輕輕，又遠比他父王有抱負見地，可惜沒有人抵抗的了綠荃菁的誘惑，一旦上癮需要量將會愈來愈大……」

「這又是全新的一天，慶祝我親愛的侄兒終於願意與我分享他的璀璨前程，今天的新聞標題，果然讓國際間又看到了那個小夥子的無能，他只適合穿著燈絲絨裝扮他的翩翩王子，不適合站上登峰統領這個國家。只不過安排了幾個我熟識的銀行家告訴他怎麼隱藏納庫斯即將爆發的債務危機，他就輕信了。事實上，那只是苟延殘喘的做法而已，他居然相信和外幣綁在一起的避險交易，這也有賴於你深深了解他缺乏謹慎的個性，我們知道要安排怎麼樣的精算人員和投資局商議，而你也清楚他總是喜愛事事掌握……」

「九鏡湖的事情登上了各大報，我們對於媒體長期的經營果然奏效，現在那些居民不再相信這個原本的救世主了……」

「斐洛聽到有新型的武器出來，就急著和我事先安排好的軍火商接洽，如果他事前做些功課，就會知道這些軍火商和我私交甚篤，他知不知道科契亞只要換個名字，就可以繼續遊走國際軍火市場。而他們選擇賣給斐洛高於市場行情的價格，這是任何笨蛋都知道的事情，他那些無能的幕僚人員卻令人訝異地對此事沒有任何建議……」

這些信零零散散的掉出來，有些甚至已經泛黃了，足見這些通信已經有段時日，他回想著農加從前給他的正義感還有朝陽般的領袖風範，很難相信原來他早已經對布克妥協，選擇和那個他曾經如此鄙夷的親人，一點一滴地蠶食著這個國家原本可以期待的光明未來。

當農加回來後，凱斯正顏厲色地等待著他，他對於這樣的態度不禁感到納悶。「朋友，怎麼了嗎？你的臉色很不好看，發生了什麼事情呢？」凱斯一等他說完，就指著那些文件說：「這就是你說想要改變納庫斯的做法嗎？你並不是期望我們走向共和，而是希望由你帶領走向共和，這是你和你叔叔共同的野心吧！」

農加還來不及解釋，就看到凱斯頭也不回地離去了，他沒有選擇追上去，只是默默看著那些信，那些信件其實都有附上回郵，但他從來沒有用上，也沒有回應過。農加雖然對於叔叔總要在這些信上加一些他彷彿也有參與的想像感到疑惑，但他保留著這些信件，就是希望可以藉此經由凱斯提醒國王小心，但萬萬沒想到這些信件倒成了一個布克成功的離間計畫。

他撥了通電話，約略講了一下剛才發生的事情，話筒另一頭的安德魯焦急地問：「你沒和他解釋這些信都是布克自己單方面的想法？還有你怎麼那麼傻，保留著這些信件，不怕以後會出事嗎？」

農加嘆了口氣回答：「看來是天意，我留著這些信件，是希望保留這些線索藉由凱斯提醒國王，但是布克猜對了，他對於國王可能比我還要了解。他寫這些信件也是代表著他仍佈下各種眼線在政府機關還有議會裡面，斐洛以為已經除掉他所有的勢力了嗎？看來我們都想的太天真，他雖然走了，但是影響力還在，納庫斯正根據著他的劇本在走，我也是，我沒料到這些信件會被凱斯看到，或許是我太大意了吧！」

「安德魯你知道嗎？今天凱斯來的時候還問了我一個問題，我回答他問題的時機剛好與他發現這些信件吻合，我要怎麼解釋呢？難道這一切也被那個傢伙算準了嗎？看來，叔叔希望藉由我的手來推動他對抗王室之路，他做到了！現在我的確沒有別的路可以選擇了！」說完，農加沉重地掛上電話。

凱斯回到了住處，只見卡勒米公主正在幫他收拾雜亂的臥房。「凱斯，現在哥哥不知道該怎麼辦了，那些合約協議的國家還有國際輿論都在施壓，他們說皇后過了這麼多年都沒有誕下繼承人，而且皇室這段日子的治理也沒有挽回民心，他們催促著我們要進行全面大選，王室從此要成為歷史了……」公主哽咽地說，凱斯知道她不是擔心自己從此喪失了優渥的生活，而是心繫哥哥等人的安危。因為失去了法律的庇護，她知道王室成員極度有可能被流放海外，公主早已經決定隨凱斯遠避他國，但她擔憂的是許多親人的命運。

看到了淚眼汪汪的卡勒米公主，凱斯感覺相當不捨，他不禁開始疑惑，自己希望幫助王室度過難關，究竟是嘉布塔斯使命所在，還是他自己的情感所致。如果納庫斯王室真的走向末路，許多他希望保護的人都可能流亡，因為他知道除非斐洛可以當選，否則新上任的統治者不會放過他們，而以斐洛近來的聲望還有健康根本很難期望他獲得民意支持。

「公主妳放心，我會保護納庫斯王室，我會盡全力協助國王，我知道這幾年納庫斯為什麼會陷入這種泥沼的真正原因，請妳相信我，我會盡全力拯救這個國家。」此刻凱斯堅定了未來的方向，也完全把之前艾瑞斯警告的話語拋諸腦後。

皇后雷拉拉這幾天的日子很不好過，今天議會一項國王期待可以通過的法案受阻，就連執政黨也有許多議員反對。斐洛心情很差，要是這個提案可以成功，將會促進許多有利國內的投資計畫在境內實施，斐洛早就在懷疑，布克的魔爪已經伸入國會。這些杯葛他施政計畫的人在早年是完全效忠他的，但是隨著時間過去，他不得不懷疑某些人是否別有心機，他愈是想要力挽狂瀾，就愈是被排山倒海的阻力給擊垮。

今晚雷拉拉走進寢室時，就看到斐洛倒在一堆散落的藥丸裡，她哭著要將這些藥丸扔掉，卻被國王賞了一巴掌。斐洛就像以往一樣，約莫幾秒後他就發現自己做了不可挽回的事情，他仍舊愛著眼前這個女人，但是愧疚感和對自己的憎惡卻幾乎掩蓋了一切。他匆匆甩門離去，徒留下傷心的皇后。她感覺再也無法控制住快要決堤的情緒，於是將一件黑色的大風衣把自己整個罩住，在沒有通報侍衛的情況下溜出宮門。

月色正濃，凱斯望向窗外沉思，卻看見前方漆黑的樹林間出現一個影子，當影子漸漸靠近後，凱斯才發現那是一隻母獅。他步出門外，那母獅就朝著他走近，以往他都是看到母獅恫嚇凶狠的模樣，但是今天卻顯得神色黯淡且憂傷，母獅緊挨住凱斯，溫馴地望著他。

凱斯知道她是誰，但母親、小獅的畫面歷歷在目，湖邊擁抱的記憶還有往日的溫情卻也無法忘懷，他背對著母獅說：「妳為何還要來呢？妳應該知道發生這麼多事情，還有漫長的這些年過去後，我們已經沒有單獨相見的理由。」

這時凱斯忽然聽到聲音：「真的沒有相見的理由了嗎？是為了你我的家人？還是因為我是皇后？」他回頭一看，正是那魂牽夢縈的身影，雷拉拉的臉龐在月光下顯得憔悴，這是他很少見的。

「凱斯，我已經無法再履行我的使命了，納庫斯不可能會有王室繼承人了！我想對你說的是，你選擇了和我不一樣的道路，而王室的命運即將走向終點，我知道自己已經快要無法擁有以這個身分存在的理由了，但我希望，至少在那之前，可以獲得你最後一絲絲的疼惜和諒解……」她琥珀色的眼眸依舊動人，牽引著凱斯內心深處的悸動思緒。

「王室還沒有到達末路，妳也還有妳的使命存在，至少目前對斐洛來說是不公平的，他歷經了任何人都想不到的磨難，我認為，就算未來納庫斯必須面臨這樣的改變，也不該由他來承擔這些。」凱斯回想起之前巴卡洛提示他的夢境。「我覺得，眼下納庫斯王室仍然沒有消失的理由，至於未來，我想應該把決定權交付給下一代的人吧！」

凱斯心裡相當清楚，他最不希望雷拉拉和卡勒米公主受到傷害，但是他對於卡勒米公主還是感覺疼惜居多，對於雷拉拉才是真正地刻骨銘心。儘管歷經了這麼長久的隱忍，還有知道了那在草原上的殘酷真相，但仍舊無法壓抑內心真正的感情，他衝上前去緊緊抱住她，就像許多年前，他們在九鏡湖那次一樣相擁而泣。

「妳知道嗎？我試圖想恨妳，但卻發現是如此的困難，我愈是壓抑思緒，卻愈是讓妳從我的夢境中趁虛而入，為什麼我……就是無法將妳忘懷呢？」凱斯說到最後，幾乎是用耳語般的輕柔聲音，卻觸動到雷拉拉內心的最深處，她緊緊挨著凱斯：「這不是夢吧！希望我醒來時可以不用在那個冰冷的皇宮裡，而把我從甜美的夢境裡喚醒的人是你，就今晚，今晚就好了……好嗎？不要再把我從你懷裡放開了。」

第二十七章　抉擇的代價

迷濛中凱斯感到胸口的傷在灼燒著，窗外刺眼的陽光透了進來，他勉強醒來，身邊卻是空蕩蕩的，但昨晚的感覺卻真實地存在，這讓凱斯心裡踏實了不少，但他起來時才發現，自己又恢復原本的身體了。

他衝出了屋外，陽光灑在他金黃色的皮毛上閃閃發亮，蹬起後腿，一躍就是好幾百尺。凱斯心裡想著：為什麼而跑呢？為什麼！他似乎在追逐著那消失的人，或是消失的另一個自己，當他衝到了一個小山丘上時，停住往遠方一看，納庫斯美麗的山林就在他腳下。但是凱斯清楚了一件事情，嘉布塔斯已經慢慢離他而去了，因為他已經做出了命運的選擇。

凱斯頓時覺得心情輕鬆不少，除了身上隱隱作痛的傷口，此時那段話又在他心中喚起：凱斯，那個平行時空的蛇傷，會跟著你，端看你的選擇，如果你選擇回到大自然的懷抱，那你會漸漸被蛇傷所噬，除非繼續嘉布塔斯的道路，改變這個國家的命運。

他心裡想的是，那時艾瑞斯並沒有說清楚嘉布塔斯的命運是什麼，但他已經做出了抉擇，他選擇要繼續維繫王室。艾瑞斯還有另一點沒有說對，那就是不管怎麼樣，這個國家的命運已經改變了，儘管他是推動那波改變的助力，但他還是回歸到自然了，最原始的凱斯，沒有嘉布塔斯，也沒有了茹菌還有艾瑞斯醫生，也沒有了那始終分不清的綜錯時空。唯一還跟著他的，就是那蛇傷，那傷口將會慢慢吞噬著他，儘管知道自己終將吞下抉擇的苦果，但凱斯還是有著放心不下的事情。

他的消失引起一陣騷動，首先就是卡勒米公主，她時常去凱斯住處，卻總是發現空無一人，但是公主卻沒有察覺在不遠處的樹叢裡，有隻美麗斑紋的獵豹正默默守在一旁，眼睜睜地看著她難掩傷心的神情落寞離去。

還有就是九鏡湖的居民已經許久沒看到凱斯了，就像之前農加也悄然離開政壇一樣，大家都猜想這是政府私下逼迫所致，但是很多人恐怕都猜錯了，因為斐洛就像許多人一樣，對於凱斯的突然消失感到不解，而且最近還發生了一件令他更無法忍受的事情。

皇后雷拉拉懷孕了，本來應該是一件舉國歡騰的喜事，對於斐洛來說也應該解除了一個心頭沉重的負擔，但是他想的方向卻不是如此，因為自從他毒癮愈來愈無法控制以後，幾乎已經很難再和雷拉拉同床共枕。皇后有了身孕的消息一傳出，他本人卻是不可置信，但也很快地猜到了原因，並且聯想到最近那個消失的人。

皇宮所有的人都為此事欣喜的同時，只有斐洛一個人，默默承受了這種痛苦，但他只能將所有想法隱忍住，因為這不僅關係到他的面子，還有就是牽繫著納庫斯的王室存續問題。至少就眼前來講，只要雷拉拉順利誕下繼承人，納庫斯王室就會解除了立即性的危機。

這段時間消失的人還不只是凱斯，還有位納庫斯重要的人物也消失了，但他卻是真正地離開人世，那就是巴卡洛。他的畫廊還有許多遺留在身邊的作品，都依照生前的遺囑歸屬於他的姪女拉芙蒂，但是身為大師的親姪女，拉芙蒂沒有相當珍惜伯伯的珍貴餽贈，且因為她近來所開的設計公司面臨財務危機，根據與她熟識的律師透露，拉芙蒂打算將這些畫作賣到海外去。已經有來自歐洲的富豪買家打算購買這批畫作，她本人也不打算利用拍賣的方式，除了希望低調處理外，還有就是這個買家已經出了遠遠超乎她想像的金額。

許多巴卡洛生前的朋友都覺得如果大師的作品流到海外去相當可惜，於是安德魯聯合各界的好友，共同出資購買這批畫作，並且捐給納庫斯國立的博物館。他們希望巴卡洛曾經為這塊土地貢獻的精神可以長存於納庫斯，拉芙蒂同意了，因為這些享譽納庫斯國內的重要人士聯合起來給予了她一筆豐厚的收購金額，而且她也樂於伯伯留下的珍貴遺產可以留在自己的故鄉。

這筆交易定案後，斐洛也出了一筆資金，將以皇家的名義為巴卡洛辦一場回顧展，除了紀念這位大師，還有慶祝王后即將誕下子嗣。但其實國王的用意不只如此而已，過去這幾個月，斐洛不斷搜尋凱斯的下落但始終未果。這一天他站在國家藝廊內，盯著巴卡洛其中一幅畫作，那幅凱斯也曾經在地下咖啡館的倉庫裡看過，畫面上獵豹的鮮豔斑紋與金色草原互相輝映。斐洛看得正出神，此時雷拉拉也出現在畫廊轉角，她挺著已經快要臨盆的肚子，走近國王身邊。

斐洛回頭看著雷拉拉，懾人的目光直逼著她，其實過去幾個月，她對於這樣的眼神可說是相當習慣了，但她訝異的是斐洛從來沒有質問她事實的真相，只是用日漸粗暴的態度還有公開場合冷漠的眼神回應她，這讓雷拉拉更加害怕和國王獨處。但是某方面來說，她不得不同情國王，他將這一切都隱忍了下來，每當國王病情發作或是粗暴對待她時，她總是以更順服的態度來和緩斐洛的情緒。

國王走近了王后，在她耳邊低喃說：「我想告訴妳，那天的畫面我看到了，只是一直沒有說出來，凱斯的祕密，還有妳的祕密。」此時國王指向那幅畫中的獵豹，雷拉拉臉色馬上變了，驚慌看著國王。

「我可以容忍這個孩子的出生，假裝他是我的骨肉，還有納庫斯的繼承人，畢竟我要感謝有這個孩子，讓王室可以存續下去！但是我不能容忍那個人，妳等著看吧！」說完，斐洛忽然拿出身上配的軍刀，作勢要將刀劃向那幅畫作，雷拉拉急忙衝上前阻止，利刃頓時劃破她前襟，淺紫色的薄紗落在了地上。

卡勒米公主正好也來到了畫廊，巧遇這一幕，她趕緊衝去擋在皇后面前，激動地對斐洛說：「皇兄！你知道你在做什麼嗎？納庫斯的王室好不容易有機會存續，你要毀了唯一可能的子嗣嗎？你知道這樣會讓我們陷入多大的危機嗎？」公主的話有如當頭棒喝，點醒了斐洛，他看著面無血色的雷拉拉，心裡愧疚感油生，但隨後又是一陣嫉妒的惱火。他扔下了佩刀匆匆離開畫廊，公主趕緊將雷拉拉攙扶起來，兩人頓時都鬆了口氣。

雷拉拉的手臂不慎被刀劃出一道淺淺的傷口，卡勒米趕緊幫她做了簡易的包紮，兩人都被剛剛的場面嚇得不知如何是好，公主沉思片刻，看著雷拉拉說：「剛剛你們說的話我隱約聽到片段，皇后，請妳據實告訴我，這究竟是不是皇兄的親骨肉？」

她低頭不語，不忍心再傷害卡勒米，也希望所有事情都到此為止。「其實，我早就猜到了。還有我也知道了他的身分，但我想妳本來就知道了，是嗎？」卡勒米說完指向那幅畫，雷拉拉點點頭。

「皇兄準備要利用這次畫展引誘凱斯出來，他似乎也知道了那個祕密，這次可能會對凱斯很不利，我們要盡全力阻止他出現。」

「明天早上妳就會看到新聞，巴卡洛的畫展疑似被有心人士利用，要散播DB進化的氣體病毒，而且已經有人入侵展場工作小組，要是凱斯看到這個消息一定會現身。但其實根本沒有這回事，那是哥哥私下請人透露給媒體的捏造訊息，只要凱斯出現在展場附近就會被抓，我是在某次隔著他辦公室偷聽到的。」公主說完後，雷拉拉幾乎要昏厥了過去，她摸著肚子，和腹中的小生命呢喃對話，祈禱他的父親可以安然無恙。

凱斯一直都沒有回到故鄉納米比亞，往事歷歷在目，恍若昨日，不知不覺中他已經無法再回歸原始單純的野性了。人類生活的長期影響，已經讓他對於世事的看法永遠改變，而他也感覺到蛇傷的範圍在漸漸擴大，但是卻始終放心不下一些事情。凱斯心裡偷偷期望，可以看到那孩子成長茁壯，他知道未來納庫斯的命運掌握在那孩子手中，原本最初希望遠離納庫斯的事務，但現在他萬萬沒想到自己深涉其中。

有件他慶幸的事情，那就是自己的語言能力還沒有消失，所以他可以聽懂和持續掌握納庫斯的訊息，斐洛先前做出許多錯誤的決策現在漸漸嘗到苦果，納庫斯長久隱藏的債務危機終於引爆，而且還牽涉到許多周遭國家。

凱斯知道斐洛還買進了許多新型武器，因為他始終擔心皇室政權會被推翻，還有擔心布克餘黨的殘存勢力。這幾年一直抓不到布克本人已形成他的心魔，他舉債的金額投入在購置軍火的比例恐怕會讓人乍舌，這自然也是拖垮財政的原因之一。

另外，斐洛先前聽從幕僚的意見將資金投入了一種風險相當高的衍生性金融商品，目的除了希望掩飾納庫斯的帳面赤字外，還有斐洛期望可以獲得高報酬的天真想法。早在幾年前凱斯就給予建議應避免這些投機的財務策略，那時國內苦於通膨還有大幅貶值的貨幣，實在沒有本錢投入這種高槓桿的金融遊戲，但是國王始終充耳未聞，他只希望可以盡快償還壓得喘不過氣來的債務。

這些投資如今都出現了鉅額虧損，現在隨著納庫斯主權信用評等的降低，也株連了周遭的國家。他們仍然持有納庫斯先前尚未償還的債務還有多項投資，因此很怕被倒債，境內的銀行都開始出現擠兌的效應。

這段日子以來，雖然凱斯暫時銷聲匿跡，卻不時有異聞傳出。首先是九鏡湖近來準備進駐的財團搭建的工程，連日來都遭到不明原因侵入，工程現場起火將所有鷹架都燒得焦黑，臨時建的棚屋也遭到毀壞，儘管已經請了委員會調查，但仍舊查不出是什麼原因造成這場事故，可以確定的是工程暫時延宕。

而這一切都讓居民歡欣鼓舞，因為這次進駐的財團買通了政府官員並取得周圍林木的開採權，這一切都有如當初科契亞的模式一般。居民已經醞釀了抗爭的自覺，他們曾有過類似的經歷，不想再讓這些黑心財團得逞。

這次偶發的意外，自然沒有辦法阻止這些貪婪的野心，但至少給了居民時間作足反抗的準備，雖然嘴裡不說，但他們都知道這次的事件是誰造成的。那個曾經一直與他們並肩作戰的人，儘管不再現身，但卻沒有人會將他遺忘。

報紙最近也披露了一個消息，納庫斯準備外銷海外的運糧車在中途被不明原因攔截，而且不只一起。司機多對於過程含糊不清，但是通常都是輪胎破了，或是貨車車廂因不明原因鎖頭鬆動，導致後面的糧食全數撒落一地，待工作人員趕緊停車準備收拾時，早已被附近發現的村民劫掠一空。而這許多發生的地點都相當巧合在鄉間的必經道路，周圍總是會有許多玩耍的孩子還有準備農忙的婦女。

還有許多層出不窮的事情，包含建議國王投資的許多銀行家還有相關涉及的官員，近期都遭到了莫名的攻擊，雖然他們不清楚實際的原因。有時是走到一半忽然上空有東西砸落下來，不然就是半夜在住家附近看見不明的黑影晃過，加上最近九鏡湖發生的巧合意外，雖然官方認定這都是零星偶發或是反抗事件，但是許多人都知道背後主角是誰。國王自然也猜到了，加上最近雷拉拉的事，種種都折磨著他疲憊的身心，他午夜夢迴總想到那個人，詭影無時無刻纏繞心中，斐洛發誓一定要揪出他的下落。

凱斯今早聽聞，巴卡洛的畫展遭到恐嚇散播病毒，他完全不清楚是造假的消息，是國王要引誘他來的圈套。過去這段日子，凱斯從納庫斯隱身消失，除了是他無法恢復原本身分外，也是知道國王不會對他諒解，但是眼下病毒可能會重新席捲納庫斯，他無法坐視不理。

當他趕到了畫展現場，看到因為媒體一大早播送那消息的原因，現場冷冷清清，和幾日前盛況大不相同。他怕自己的現身會帶來驚慌，所以在周遭的樹林掩蔽下繞著展場探查，希望可以透過自己的嗅覺找到那麼點跡象，因為過去凱斯曾經在那些菌株還有汙染的河川附近分辨出那些氣味。但此刻他除了嗅到畫展現場傳出的新裝修木材的氣味外，沒有其他特別的線索。

忽然間，凱斯聽到比蘆笛的聲音，那正是卡勒米公主試圖阻止他繼續前進的警告，但近來他總刻意迴避公主，以往凱斯可以讀取到所有聲音暗示的訊息，但此時可能是嘉布塔斯的本能已逐漸遠離，也或許是他被情感蒙蔽。總之他忽略了那個聲音，持續往展場的方向勘查，但突然間像是踩到了什麼東西，發出啪達一聲，瞬間就有個異物刺進他身體。凱斯只感覺暈暈沉沉，發現中了麻醉槍，附近竄出許多人圍在周遭，雜七雜八的交談聲音，他終於忍不住昏厥了過去。

醒來後凱斯發現自己被關在一個鐵柵欄裡，看了一下四周，這裡他曾經來過，在若干年以前，這是先前老國王所珍愛的馴獸園。他沒想到的是，斐洛仍然保留著，但看起來有點不一樣，從前大多數的動物都以自由放養的方式和睦共處，只有幾隻特定比較大型的兇猛動物被關在籠內。但這一回，裡面的動物都依照種類和習性關在不一樣的柵欄裡。園內充斥著猿猴的尖叫聲，還有各種奇珍異獸，想當然許多都是非法運進，先前老國王就有這些嗜好，凱斯沒想到的是斐洛也對此熱衷。

馴獸園還有一個微妙的改變，先前的動物都能在特定範圍內自由活動，雖然不比在原棲息地，但也顯得較為自在奔放。如今卻因為都關在獸籠的緣故，大多都躁動不安，昏暗的空間中許多發亮的瞳孔直逼他而來，但讓凱斯感到不安的不只於此。因為在方才一瞬間，黑暗的角落處有一雙磷光迸射的眼眸緊盯著他，他朝那方向一看，那閃爍的眼神卻重新消失在黑暗中了。

凱斯觀察著那個輪廓，本來他以為是獅子，但後來仔細看卻不像，那漆黑中龐大的形體，他從來沒有見過，一隻成年公獅體型甚至還比不上牠。此時那團黑影緩緩靠向柵欄邊，開始啃食著鐵盤上的牛肉，那牛骨被牠尖銳利牙應聲咬碎，強而有力的下顎慢慢咀嚼著。而牠進食的聲音卻讓周遭安靜了下來，猿猴不再啼叫，鳥類也停止了拍翅，大家似乎都在注意那異樣生物的一舉一動。

他直覺地依照本能弓起了背，但又想到隔著柵欄，那生物自然無法對自己產生什麼威脅，就重新趴了下來。他嗅了嗅柵欄邊有一塊新鮮的鹿肉，儘管很餓，凱斯卻沒有吃。自從母親姊姊離去後，他就很少吃這種動物的生肉，從前是他狩獵技巧欠佳總是錯過獵物，但如今是他提不太起興趣。這時候旁邊柵欄有隻花豹緊盯著那肉塊，凱斯將肉銜起透過柵欄縫隙扔到那花豹跟前，牠一口將肉塊叼住，胡亂嚼了幾口後就吞了下去。

此時馴獸園的大門打開了，外面進來一個人，隨著那燈火漸漸靠近，凱斯本能地咧開了嘴展現威嚇的表情。但他聞到一股熟悉的淡淡香氣，於是鬆懈了戒備，那是卡勒米公主，她將油燈架放在腳邊，就走近了柵欄。

「你聽得懂我現在說的話嗎？你還是原來那個凱斯嗎？」卡勒米公主不安地看著他，凱斯點點頭。於是她繼續說：「我要盡全力救你出來，因為這是個圈套，畫展根本沒有問題，為什麼那時候你不聽我比蘆笛的暗示呢？」公主懊惱地搖搖頭。凱斯默默地聽著，卻沒辦法回答她了，但他至少很慶幸還可以聽懂卡勒米說的話。

「你無法想像接下來的事情，皇兄說要辦一場馴獸大賽，要展示獸園裡所有的動物，這還不是重點，最後還有個鬥獸的節目。我猜他應該要讓你和那隻最凶狠的鎮園之寶相鬥，我知道他最終的目的是要除掉你。這場大賽是不對外公開的，參加成員都是納庫斯的貴族和他的親信，所以他不會讓這個不合法的娛樂張揚出去，名目是要慶祝皇后即將誕下子嗣。但是天知道，凱斯，這分明是針對你而來！」

凱斯聽完，馬上猜到即將和自己相鬥的生物是什麼，剛剛他已經領教了那傢伙讓園內動物們瞬間安靜的本領了，只是萬萬沒想到，自己即將和這樣的生物交手。他也不明白斐洛怎麼會知道他的身分，但剎那間，那次在寢宮的畫面閃過腦海，國王昏厥在一旁，但沒人保證他是完全失去意識的。至少凱斯感覺到自那次以後，斐洛對他的態度大有轉變。

儘管很難置信，但是這個國家至高權力的國王知道了自己的身分，他可以想方設法全力除掉自己。尤其是皇后懷孕後，他更有仇恨凱斯的理由了！凱斯百感交集，他沒想到自己盡全力守護王室的結果，卻是換得如此的反噬，但凱斯也很明白，他不是為了斐洛，而是為了保護雷拉拉還有卡勒米。

另外嘉布塔斯的使命，他現在也完全清楚了，那階段性任務已經結束，他暫時守護了這個體制。王室還沒有到終結的時候，但是他的下一代會決定未來的命運，那就是雷拉拉如今腹中的孩子——納庫斯未來的繼承者。

「在想什麼呢？我現在就要救你出去！」卡勒米重新將他喚回了現實，她輕輕地撫摸著凱斯，接著拿出一把鑰匙輕輕轉動鎖匙孔，柵欄門就應聲打開了。

公主示意他走出去，但凱斯仍舊佇立在原地，沒有離開柵欄的意思。卡勒米感覺相當疑惑，於是她用手輕輕抱住凱斯，希望將他帶出來，但是凱斯還是拒絕出去，大約僵持了幾分鐘，卡勒米公主不解地說：「凱斯，你為什麼不出來？你會有性命之憂你知道嗎？你絕對鬥不過那個生物的，而且皇兄擺明就是要對你不利。」

就在此時，凱斯靜靜走出柵欄，但沒有繼續前進的意思。他用腳掌在砂石的地板上比畫了一下，卡勒米於是將油燈拿近仔細一瞧，那是個圖畫，畫面簡單地勾勒出一頭豹被蛇纏繞的畫面，凱斯又比畫了一番，旁邊是雙頭蛇彼此糾結交錯著。卡勒米公主看完後靜默許久，她對著凱斯說：「好吧！我會尊重你的意願，凱斯，如果可以的話，我要帶你回納米比亞重新開始生活，你說呢？」

凱斯緩緩走回柵欄，卡勒米於是將柵欄門重新關上，卻沒有鎖起來。「如果你改變主意，還是可以隨時逃出來，如果你真的出來了記得來找我，我帶你回到故鄉……」說到這裡，卡勒米抽泣了起來，默默起身離開馴獸園。當凱斯聽到她將門關上的聲音時，心沉了下來，但這是他選擇的結果，此時蛇傷的痛已經擴散到胸廓周遭了，他隱忍著這種漸漸纏繞全身的痛楚，決定要以迎戰的方式接受自己命運的終結。他希望自己的退讓可以讓斐洛心中好過些，也希望從此後國王可以放下心結善待皇后母子。

此時，納米比亞原野上金黃芒草搖曳的畫面緩緩浮上記憶，那已經很久遠了，他曾允諾要跟卡勒米回到那裡一起生活，如今似乎是不可能的承諾了。

這幾日凱斯已經分不清楚白晝和黑夜的差別，因為每天都被關在柵欄裡不見天日，他不久前已經離開了馴獸園，被獨立關在一間房裡。這陣子以來，他體內的野性似乎漸漸被喚醒，開始吃起那些血淋淋的肉塊，並且憶起捕獵的快感還有原始的本能。而那蛇傷的痛楚仍不時地困擾他，有時痛起來感覺幾乎要窒息，在最初關進馴獸園時，凱斯最常想起來的是雷拉拉還有卡勒米公主。但現在，和母親還有繆加的回憶卻慢慢佔據了他大部分的思考時間。

凱斯的原始野性漸漸被挖掘出來，或許也是為了因應幾日後的鬥獸活動，負責餵食的人被通知採取一個策略，當他們發現肉塊被吃得一乾二淨時，就開始減少了份量，甚至不定時送餐。凱斯開始經常處於飢餓中，他愈發顯得焦躁不安，看到空空如也的鐵盤，就在柵欄裡憤怒地轉圈和嚎叫，他的變化讓負責送餐的人也不禁害怕了起來。

他並沒有發現自己的改變，除了這種策略誘發的異常行為外，另外就是那幾乎從未停歇的痛楚，有幾次他甚至試圖撞向柵欄結束一切，但卻發現這樣做的後果只是讓自己暈眩過去而已，醒來後痛楚依舊。此外，凱斯似乎開始聽不懂送餐人說的話了，先前都可以很自然地理解那些語言。但如今，他慢慢回歸成了一隻普通的獵豹，嘉布塔斯已經逐漸離他遠去。

第二十八章　鬥獸場的索命

凱斯在昏睡時猛然驚醒，因為今天不再像往常一樣只是單純送食物還有水，獸籠被推上了一個黑暗的車廂內，過了無盡個沒日沒夜茫然的日子，終於來到了這一天。

當卡車停住的時候，凱斯聽到周遭極為嘈雜的聲音，籠子就被重新放在地面上了，但是因為上面罩了一塊黑布，所以他仍舊什麼都看不到。周圍的聲音愈來愈鼓譟，夾雜了許多種語言和方言，他卻一句都聽不懂，此時眼前的黑布突然被掀開，凱斯才發現，他從來不知道納庫斯皇宮附近有這樣的地方。

這裡是皇家的鬥獸場，除了中間圓形廣場區，四周全都是看台，還有皇家的包廂，現在滿滿都是人，他瞄了一眼全部都是皇家邀請的貴賓。這場活動不對外公開，其實這也是納庫斯皇室從以前到現在都有維持的娛樂活動，只是在現代的社會風氣，自然極具爭議性。因此他們盡可能管控名單，參加賓客都需配合簽立保密協定，以免活動內容外流。

凱斯的獸籠被推到了廣場中央，他聽到一個類似卡榫撬開的聲音，腳下所踩的底板就順著斜坡滑了出去。現在他已經脫離了獸籠，踏上了廣場的地面，當天風很大，風向將遠方的沙塵吹進了廣場，凱斯幾乎看不清楚前方，但他隱約感覺到風沙飛舞中有個巨大的身影出現。周遭的群眾鼓譟聲更厲害了，等到風停止後恢復視野時，他終於看到眼前的龐然大物，當時凱斯還以為自己看錯，因為他在草原這麼久從沒看過這種生物。

這種生物乍看之下很像一頭公獅，但卻有著老虎的斑紋，而且眼睛是藍色的，整體比成年獅子還巨大。凱斯從沒看過老虎，只覺得那是一頭變種的獅子，有著怪異的特徵，他終於想起這就是先前馴獸園那躁動的黑影，內心開始警戒起來。很明顯不管牠是什麼生物，對凱斯絕對存有很明顯的敵意，而且蓄勢待發。

事實上這是一種雜交的獅虎獸，世界上成功繁殖的不多，多數都有先天基因上的缺陷，很多都在出生時不幸夭折或是因為無法承受持續成長的軀體而死，因為獅虎少了可以控制成長的基因。但眼前這隻似乎是個成功的例子，不僅沒有先天夭折而且順利成長，如今龐大的身軀令人不寒而慄。

牠發出了雄渾的吼聲，震動了周遭所有人的耳膜，凱斯的五臟六腑也頓時被這聲波震得抽麻，蛇傷的刺激讓他躁鬱了起來，每寸刺痛的神經都在激發他潛藏體內的獸性。而且凱斯已經好幾天沒吃東西了，彷彿只有鮮甜的血肉才可以撫平他的情緒。

此時他發現自己和獅虎中間放了一塊尚有血溫的羊肉，當他看到血淋淋的肉塊時，這幾日被誘發的野性瞬間爆發，剎那間他和獅虎同時撲向了那肉塊。周遭的吵雜聲此刻全安靜了下來，所有目光都集中在那日暑照耀下逼近的兩道影子。

皇家包廂這一邊，國王斐洛冷眼觀望著這一切，他注意到身旁的皇后，她露出了擔憂的神情。斐洛一直以來都知道自己深愛著這女人，但是雷拉拉卻從沒將國王放在情感的第一順位。除此以外，斐洛日漸難以掌控的情緒還有反覆的脾氣也是讓這段感情變調的主因。

但是他不敢面對這些事實，在他心底甚至有個渺小的希望，只要那個人從此消失，他就可以重新擁有皇后的心，而且也沒有人會知道那個孩子的祕密。他將挽著雷拉拉的手，擁抱著那個延續皇室的小生命，繼續他斐洛歐茲塔的治理時代。凱斯一旦死去，所有祕密還有困擾他的陰影將永遠離他而去。

群眾的鼓譟聲將國王拉回了現實，廣場中間那塊肉已經被撕扯碎裂，大部分的肉塊被獅虎獸扯去，牠大口大口地咀嚼，骨頭的部分嘎滋作響，凱斯知道那就是當時牠在馴獸園時，讓所有現場動物安靜的聲音。他只扯到一點點碎肉，當場吞了進去後，他更渴望鮮甜的血了，這恐怕是凱斯出生以來，最無法控制自己野性的時刻。他將整個臉都獰了起來，露出沾了血的利牙，而獅虎獸則是感覺備受挑釁，瞬間牠就衝了上來。

這突如其來的一擊凱斯敏捷地跳開了，他心裡倒抽了一口氣，因為獅虎獸雖然身軀龐大，但絲毫沒有減緩牠行動的速度，只差那麼幾毫秒，凱斯極有可能就會被牠應聲咬斷骨頭。獅虎獸撲了空後繼續在原地徘徊，尋找下個攻擊的時機，那半透明的藍色眼眸散發出懾人的冷冽寒光，牠此時將全身匍匐起來，身體幾乎縮成一團球狀，骨頭發出喀拉喀拉的響聲。

凱斯被這樣的狀態迷惑了，他看不懂眼前的敵人下一步會採取什麼行動。但說時遲快，獅虎獸瞬間就蹦到了他眼前，在凱斯還來不及反應時，牠血盆大口就往他後腿一咬，頓時鮮血四濺。現場許多女性觀眾都尖叫了起來，並且將臉別了過去，卡勒米公主也站了起來，臉色蒼白地注視著廣場中央，卻被國王將她拉著坐下。公主腿軟地癱在座椅上，但發現到旁邊的位子空了下來，皇后雷拉拉不見了！

現場驚呼聲四起，凱斯拖著受傷的後腿重新站了起來，獅虎獸攻擊到了他的致命傷。獵豹向來以速度著稱，尤其凱斯天生矯健有力的後腿，總讓他躲過了無數次的危險，但現在他只能以三隻腳勉強拖著走，這場戰鬥眼看就要分出勝負！

獅虎獸知道眼前的獵物已經是勢在必得，牠伸出鮮紅的舌頭舔了舔剛剛飛濺在嘴邊的血液，緩緩地走向凱斯。凱斯拖著受傷的後腿掙扎，但命運似乎已經無情地宣判了他的死刑，眼前的龐然大物又再度將自己匍匐在地面，骨頭碰撞的聲音嘎拉作響。這次他知道敵人的下一步行動了，但卻已經無力應付，而獅虎明知可以輕取眼前獵物，這麼做只是想醞釀獵殺前的快感罷了。

積蓄了全身的力量獅虎獸朝他這邊猛衝而來，凱斯乾脆豁了出去，也全力往眼前的龐然黑影飛奔而去，準備瞄準牠頸部做最後一擊。但在剎那間，那黑影忽然痛苦地嚎叫了起來，並且使力往後一扭，凱斯才看到一頭母獅應聲被甩在地上，而獅虎獸的脖子噴濺出鮮血，前肢癱軟地蜷伏在胸前，眼看牠逐漸撐不起自己巨大的身軀慢慢倒在地上。

凱斯驚訝地看著被甩在地上的母獅，那母獅站了起來，牠將身體及前肢壓地很低，眼光對準獅虎獸，準備隨時補上致命一擊。凱斯於是也將注意力重新放在眼前敵人身上，而周遭群眾對於這峰迴路轉的局面則是驚呼連連，斐洛和卡勒米的視線更是連一秒鐘都沒離開過。但斐洛臉上卻頓時沒了血色，這回換他站了起來，國王這樣突然的舉動也引起周圍一陣不小的騷動。

獅虎獸被咬到了致命頸動脈，這是聰明的策略，因為要是硬拚的話就算是公獅加上凱斯也應付不了眼前的巨獸，但是讓他們想像不到的是，那龐然黑影重新站了起來。雖然頸部不停地噴出血，卻仍然無法阻止牠擺出攻擊的姿勢，而且這巨獸彷彿被激怒了。現在牠的眼睛呈現了全白的透明色澤，兩排尖銳利齒鋒刃地讓人直打顫，牠發出了驚天的吼聲，震得現場觀眾的耳膜彷彿都要應聲破裂。

凱斯聯想起先前布克用於戰場上的一種藥物，那是一種可怕的禁藥，可以讓服用的士兵完全感覺不到流血不止的傷口還有痛楚，不斷勇往直前直到戰死為止。這種藥物由來許久，只是凱斯懷疑獅虎獸是否也服了這種藥物，因為牠噴出的血液幾乎要化成血池了，卻絲毫沒有減緩牠的行動力。

但他還沒有時間思考這些，那巨獸就朝著自己再度撲來，而母獅迅速衝上了前，將獅虎獸脖頸原有的傷口又撕扯了一大塊，瞬間鮮血噴濺更猛烈了。但獅虎獸只是將母獅甩開，仍朝著凱斯前進，很明顯牠將全副注意力都放在凱斯身上，即便母獅造成牠致命傷，卻沒能將戰鬥目標暫時轉移。

凱斯拖著愈來愈沉重的身軀，勉強支撐著全身的力量，眼看那黑影又朝這邊衝來，他將身體低伏在地上準備面臨這決定性的一擊。但獅虎獸忽然停住行動頭往後一扭，原來那母獅已經跳躍到牠的背上，朝牠背脊狠狠咬了下去。

獅虎奮力甩開了難纏的母獅，不巧的是那母獅被甩出去後正好落在牠眼前，那龐然怪物似乎已經找到了下一個目標。牠準備將血盆大口用力咬下去，母獅因為已經受到兩次的摔擊，此時幾乎爬不太起身來。就在獅虎的利牙準備刺穿她身子時，凱斯抓緊了機會跳上去瘋狂啃咬著牠原本被母獅撕破的頸部，獅虎痛苦地嚎叫，傷口處噴濺出了數道血柱，將周遭的地面還有圍牆都染成了鮮紅。牠因為咬不到凱斯，就將利爪胡亂揮舞，但正好劃到了凱斯的腹部，獅虎發現抓到了可著手的地方，就不停地將爪子亂揮一通，直到斷氣為止。

獅虎獸倒下了，牠的眼睛漸漸呈現了死白色，身上原本鮮明的虎斑也黯淡了下來，而凱斯也倒在一旁，他胸口和腹部被獅虎獸抓破了好幾道傷口，現在正淌著汩汩的鮮血。而現場觀眾則是驚呼不已！母獅卻是不知什麼時候就從廣場上消失了，工作人員趕緊清理了現場並將凱斯搬上推車，緊急請獸醫前來救治。

凱斯在昏迷中，知道自己即將撐不過這一天，因為他的傷勢相當嚴重，劃開的口子深可見骨，只差沒有開腸破肚，原本纏繞他的蛇傷似乎也微不足道了。在意識游移間，他想起自己最牽掛的那個人，還有許多放在心中的事。此刻他不停在腦海中唸著：嘉布塔斯！嘉布塔斯！讓我再度回到人類身分，讓我……最後跟她道別！

這時候現場所有人都見證到了不可思議的事情，他們眼前那隻獵豹忽然消失了，只留下了一攤血跡。所有人都以為自己看錯了，立刻陷入了一陣恐慌，大家都急著尋找他的行蹤，因為鬥獸的贏家通常都會是皇室豢養圈的珍品，要是丟了沒有人可以保證自己承擔得起國王的責難，特別是這些人遠遠不清楚這隻獵豹在國王眼中有多麼的重要。

雷拉拉虛弱地躲在鬥獸場的休息室裡，裡面空無一人，她的身體還有頭部都受到了重創，汗珠不停滲出臉頰，嘴唇毫無血色。此時門口出現了一個人影，她抬頭一看竟是凱斯。他的衣服幾乎全被血浸濕，而且殘破不堪，胸前和腹部好幾處傷口令人不忍卒睹。

凱斯走向雷拉拉，用盡最後的力氣將她緊緊抱住。「不要說任何話，凱斯，拜託你！什麼都不要說！」她眼淚滑落了下來，已分不清是淚還是血，浸透了她前襟的薄紗。

「我最後一次請求嘉布塔斯讓我回來，因為我想要再和妳說幾句話，想用這雙手再緊緊擁抱妳一次。這次是真的要道別了！我早就該離開這個世界，是嘉布塔斯給了重生的機會，現在我的使命也告一段落了！」

他將雷拉拉扶好，雙手放在她肩膀上，用最溫柔的眼神注視著她：「我想要和妳說，我最後準備給這個孩子的一個禮物，那耗費了許多時日，是所有我想呈現給他的東西。在我走了以後，妳到我的住處去找，然後在他懂事以後交給他。」

「記住！妳懷裡的是納庫斯未來的希望，也是我生命的延續，如果可以，我真想看看這孩子長大成人。只可惜！他未來將認為自己是來自於皇室的血脈，不會知道曾有我這短暫存在過的人，但我從不後悔自己最終身為嘉布塔斯所做的決定。我會永遠愛著你們，妳看到那禮物時就會知道，我一直在用自己的方式守護著你們。」

生命的終結也許無常，凱斯回想著他早該死於那獵人的槍口下，卻不可思議地邁入這一切際遇，但如今這一刻終究來臨。母親、繆加也許正在遙遠的草原呼喚著他，最後浮現眼前的是在原野上嬉戲的光景。隨著意識逐漸遠去，他倒在雷拉拉的懷裡，神情顯得寧靜安詳。門邊有一個人影佇立許久，正是卡勒米公主，凱斯最終並沒有跟她說上道別的話就這樣永遠離開了。

第二十九章　新的生命、新的延續

納庫斯的小王子漸漸長大了，但是他見到父親的機會卻是少之又少，斐洛國王雖仍年輕，但是終日與困擾他的疾病還有藥物搏鬥，使他看起來比實際年齡要老上許多。他現在幾乎沒什麼參與政務，終日昏昏沉沉也極少接見大臣。

小王子今年已經十三歲，在生日這一天，他看到自己寫字桌上放了一張小卡，還有一本陳舊的冊子，好奇前去查看。卡片上寫著：給我的寶貝——瓦克，今天是你滿十三歲生日，我為了你的成長特地準備這份禮物，這必定對於你日後有所助益。

瓦克於是將那本冊子打開，裡面滿滿是已經褪色的字跡，上面並沒有註明主人是誰，他細細品讀那文字：我決定要寫下這些事情，來自於一種強烈的預感。現階段我能改變的有限，但是既然那個謎樣的命運召喚我來到這世間，給了我這樣的際遇，我深信我能有所作為，並且將所感知和深信的一切，忠實地記錄下來。或許改變的是久遠以後的未來，我只是為了銜接這段時空，所以展開這樣的命運……。

他看完後雖然似懂非懂，卻有一種強烈的吸引力，本想繼續揭開下一頁，但是卻滑落出一張紙片，上面寫著：「親愛的孩子，母后希望你可以將這本冊子好好收藏，放鬆心情享受今天。另外這是我們兩個人的祕密，如果你有任何疑惑，我會找機會告訴你的。愛你的母親」瓦克於是將冊子小心地收進自己的皮製小包中，隨後就踏出房門。今天父王會幫他辦一個慶生舞會，對瓦克而言，這是他最期待的事情。

瓦克從小就相當敬愛自己的父王，但印象中父親總是相當疏遠，而且不苟顏色，但這並不減損瓦克對他的崇拜。他總是設法討好斐洛，也在學業上努力獲得優異的成績，但還是無法贏得那一點點的讚賞和鼓勵。相對而言，母后雷拉拉就對他呵護備至，在許多事務上給予他意見，對瓦克來說，母親就像是個亦師亦友的角色，也補償了他從父王那裡缺乏的親情溫暖。

在他記憶以來除了母后，還有另一個重要的人物填補了他親情的空缺，那就是卡勒米公主，她對瓦克從小就欠缺父愛感到理解，因此更加疼愛這位名義上的姪子。而瓦克也經常跑去找卡勒米公主玩耍，公主的寢宮裡放置了許多她個人珍貴的收藏，還有各國的特殊玩意兒及當代藝術珍品，妝點得別有一番異國情調。

寢室中卻有一個與周遭擺置比起來，特別突兀的事物，那是一隻獵豹的標本，看起來栩栩如生，而且經過細心整理幾乎一塵不染。瓦克對於這標本特別感興趣，每當他來找姑母時，總喜歡駐足在這標本前細細觀看，在他更小的時候，還因為動手觸摸了標本，而被公主責備。印象中那是他唯一一次被姑母厲色以對的時候，也因此他對於背後的由來更加好奇。

今晚舞會熱鬧非凡，許多納庫斯的重要人士還有邦交國家的使節都有出席，瓦克在這場舞會玩得相當開心，但他仍然注意到不苟顏色的父親。雖然瓦克努力不去在意父王對他的看法，但他還是很難忽視那個在眾人歡聚下特別突兀的黯淡身影。瓦克也許不曉得，這將是他人生最後一個快樂純真的夜晚，接下來命運的齒輪，會把他已知的世界澈底瓦解粉碎，並且建構一條全新的道路迎接他前來。

舞會近尾聲時，瓦克發現父王提早離開了，於是趕緊擺脫了一個黏著他攀談的貴族少女，跟在父親後面。他手上拿了一個小小的盒子，裡面放了一個自己製作的手環，為了這個禮物他花了好幾個晝夜偷偷趕工，希望獻給父親一個驚喜。

但就在瓦克跟在國王身後來到寢宮門外時，他發現母后也在裡面了，而且國王一進門雷拉拉就不悅地質問說：「今天是瓦克的生日舞會，你不能夠稍微表現地快樂一點嗎？你的一點點表示對他而言就是莫大的歡喜啊！」瓦克於是停佇在門外，小心地貼近牆壁聆聽。

「那是因為他什麼都不知道，我要怎麼假裝呢？我栽培他到此，已經算是仁至義盡了！妳知道我有多麼痛苦嗎？要是這個孩子是我跟妳的親骨肉，我一定對他呵護備至，但是他只是讓我得以延續皇室的假象，所以我只能用延續納庫斯皇室的方式對待他，而不是用兒子的方式對他！」斐洛說完，眼睛再度充血紅腫，這是他身體又開始不適的徵兆，證明他剛剛是如何辛苦地撐完整場宴會。

但這些都不再重要，瓦克簡直是不敢相信自己的耳朵。他瞬間奔離現場衝回自己的寢室，掏出那張紙片還有冊子，開始不停地瘋狂翻讀，卻都沒有進入腦海。淚水滑落在紙片上，差點將字跡給弄花，他趕緊將紙片擦乾，倒臥在床上，幾乎無法相信剛剛所聽到的一切。

瓦克一覺醒來，覺得世界已經天旋地轉，但是比起昨晚他冷靜了許多。此刻再度拿起那本冊子，他翻開第一頁以後，就再也停不了。裡面多數都是在講作者對於納庫斯種種紛亂現況的擔憂，有些事情並非瓦克現階段可以理解，他也尚未涉足政務。不過瓦克漸漸發現，在這本內容所提的嚴肅字面背後，篇篇都充滿炙熱的情感。而且他甚至出現一種錯覺，這本冊子的作者是為了他而做的，那說話的語氣就像是在和他對話一般，隔著遙遠的時空，陌生的一個人，卻有無法言喻的牽絆。

隨著愈來愈接近結尾，當他讀到最後一篇時，上面大致寫著：「未來該如何選擇，掌舵之人似乎不在我，而是我心愛的、卻未出生的孩子。我為了你決定守護王室，儘管命運加諸在我身上的期許是帶領這國家走向共和，但在當時那似乎不是成熟的時機。要是我選擇讓王室走向末路，納庫斯可能迎來的是另一種獨裁，可能迎來另一個布克。更重要的是我將失去所愛的人，還有未出生的你，孩子，我將命運之鑰交與你，相信你會帶領這個國家改變。」

「要是納庫斯成功了，可以讓許多和我們一樣曾陷入泥沼的國家看見希望，擺脫長久的命運桎梏。孩子，我知道讀到這裡對你而言是痛苦的，但了解真相對你而言也是重要的，既然你已經沒有王室血緣的包袱，卻有著名義上的王儲地位，任何選擇對你而言都不再那麼沉重。重點是我相信即使到時候需要抉擇，你也會保護著你所愛的人。話說到此，請不要怨恨你的父王，他是可憐的人，我直到死都為他祈禱，為你祈禱，為你母后還有納庫斯祈禱……」

文後沒有署名，但瓦克已經不爭氣地滴了好幾滴眼淚，從以前他一直認為自己不被父親疼愛，但如今他才發現，真正的父親以滿滿的愛守護著他這麼長久的日子。那個無名的人，即使他不是國王，但對瓦克而言一點也不重要。瓦克心底暗許，他要將這個祕密暫時守在自己心中，他要默默地應證冊子上所寫的所有事情。

瓦克愈長大，就愈發現自己與父王漸行漸遠的距離，自從他開始仔細研讀冊子後對於國事涉獵的程度也漸深，他發現納庫斯目前所有的政策都朝著與冊子摘述相反的方向行進。但事實上斐洛所能著力的已經慢慢減少了，他將國策都交給了總理達沙，但是無能的達沙雖然沒有像布克過去那樣重拾起獨裁掌權，但他的放任也只是讓納庫斯循著先前古老的模式繼續腐化。

這一天瓦克依然在全神貫注讀著冊子，這是他每天最享受的心靈時刻，除了可以更加瞭解自己的國家外，他也將此視為和不知名的父親交流的唯一方式。但這天他闔上了冊子，整理了隨身的行囊和衣物，前往國王的寢宮。

「你是為了什麼原因需要離開皇宮？是自己一個人單獨行動嗎？還是你有貼身人員隨行？有沒有相關的計畫？」斐洛詢問著，此時剛好是他難得的清醒時刻，而瓦克決定要去宮外旅行一陣子。他給父王的理由是自己需要增長見聞，光憑宮廷的學術科知識是不夠的，他希望深入了解整個納庫斯。

國王聽完後應允了瓦克的請求，雖說他希望加派幾個侍從貼身保護王子，但瓦克拒絕了，他知道這除了是父王的關愛，也是另一種形式的監督。而此行遠遠超乎自己對父王所彙報的計畫，他要深入很多地區，一一應證冊子上所有的事情。

瓦克在和母后、姑母辭行後，就開始漫漫長路的旅行，除了探訪特區以外的貧乏農村外，也遠到周圍甚至更遠的國家。他去了與納庫斯淵源頗深的卡爾普，也遠到象牙海岸、貝南、安哥拉及納米比亞等地。瓦克特別選擇去納米比亞，是因為父親依稀在上面寫個故鄉之類的模糊詞句，他可以感受到父親對於這塊土地的執著。

但繞行了許多國家，瓦克待最久的地方還是自己的國土，尤其是九鏡湖。因為父親在冊子上留給他許多圖示，顯示當地亟待開發的資源，還有連接到外海的部分。

根據這幾張地圖，九鏡湖擁有許多過去曾經開發的痕跡，像是當時凱斯在安曼河谷發現的水力發電設施，都因為久未使用幾近崩塌，但是仍佔據可資利用的地理位置。這也暗示了瓦克未來有機會站上決策頂點時，他可以善加利用的資源。另外還有好幾張地圖顯示了目前可能的礦藏所在，這些礦藏地點極隱密，很難解釋為何目前尚無人得知。但可以猜到的是一旦被發掘，馬上會被非法人士盜採殆盡。

地圖除了指出種種資源分布外，還有個重要的訊息，其中一張發黃的圖示大略地指出納庫斯所屬的外海可能蘊藏的新油田位置。這無疑是一項令人振奮的消息，因為這讓納庫斯未來想要擺脫沉重外債的希望不再遙不可及，但是同樣因為當前政治權力中心不適當的分配，這項資源也許只會帶來更大的災難。因此瓦克也清楚地體認，這都是待他上任後可以掌握的王牌，只是一旦事先攤牌的話，終究會導致一敗塗地的下場。

這段期間瓦克幾乎都沒有回到宮廷，僅靠通信和母后以及姑母聯繫。但是在某一天，他收到一封信後，終於要結束在外面遊歷的日子。雷拉拉緊急通知他，國王病危了！而且非常希望看到瓦克。

他火速趕回宮廷，在寢宮看到奄奄一息的父王時，瓦克還是感覺相當吃驚，就算回來的路上他做足了充分的心理準備，但還是沒想到斐洛的情形這麼糟糕。國王的臉頰深陷，身形有如飄搖的枯葉一般，這幾年的時光似乎帶給他更深沉的歲月烙印還有精神折磨。看到瓦克後，斐洛露出了難得的笑容，瓦克趕緊坐在父王床邊，緊緊握住那雙枯瘦顫抖的手。

斐洛幾乎是用盡了全身的力氣，注入了和瓦克所講的每字每句，講完後他都會請瓦克再重複一次，以確保他已經熟記於心。瓦克這才發現父王所交代的事情，和冊子所寫的內容並沒有相差太遠，國王也告訴他，皇室以及內閣成員，有哪些是只會諂媚奉承的小人，哪些是真正為國著想的人士。最後國王請他找回一個人，這個人瓦克從小就有聽聞，只是父王總是避而不談，所以當他聽到時相當驚訝，國王希望他將農加找回來。

其實在幾年前斐洛就曾有這想法，但是他已經將叛國的罪名強加在農加身上，自然不可能期待雙方冰釋前嫌，加上農加私下和布克走近的傳聞不斷，他只好放棄這念頭。但如今他知道多是自己無法跨越內心障礙，他寄望著王子，希望他找回這位可以帶領國家走向正確道路的閣員人選。大約是一年前，他們已經收到布克在海外死去的消息，差不多是時候還給這位曾經並肩的戰友一個清白了。

幾天後斐洛病逝的消息就傳遍了國內外，而瓦克也正式登基，新加冕的喜訊卻沒能沖淡先王辭世帶來的陰影，瓦克總覺得自己在最後幾年沒能好好隨侍在他身邊。儘管他非自己的生父，但他對於斐洛的敬重不亞於任何人，而最後斐洛在他耳邊所叮嚀的事情，卻成為他心中一個解不開的結。那時病重的先王對他說的是：不論如何，一定要延續納庫斯王室，不管你真正出身如何，你都注定是納庫斯未來統治者。

瓦克登基後，想到父王所講的第一件事情就是找回農加，新國王透過線索還有一些人脈，間接找到了幾個人，其中一個人就是安德魯閣下。雖然他已經年邁，但身體仍然健壯，瓦克和父王昔日同僚的會晤還算愉快，安德魯對於斐洛的病逝相當惋惜，他遙想當年斐洛親王意氣風發的模樣，總是帶了些許感傷。但他卻告訴瓦克，新內閣想要網羅農加實在是不可能之事。

農加已經默默建立了自己在政府裡的人脈還有勢力，這恐怕是當初斐洛始料未及的。而後瓦克甚至努力找到了農加的住處，走訪了幾次都說不動農加加入現在的內閣，甚至農加已經醞釀了新的反對黨。他現在已經不再對皇室存有任何的信任，斐洛的背棄行為讓他耿耿於懷，加上後來的政局未有改善，農加表明了自己將會和執政黨以及皇室劃清立場的決心。

瓦克感覺相當惋惜，這勢必將成為新政府的一根芒刺。農加籌備多年，終於讓自己的勢力滿佈於政府機關內，在叔叔死後，他表明反政府的立場慢慢浮現。但是瓦克經歷了這麼多年的遊歷，還有那本冊子的指引，他對於國政掌握的程度，遠比所有人想像的還要透徹。

他雖然少了預期的助力，但是一上任就大刀闊斧革新，納庫斯已經許多年沒做人口普查，以往都偏限於都市。如今他要求各偏遠鄉鎮區都要納入普查範圍，並且請許多專家將國內所有森林還有水質做整體評估報告。他在民間看了很多，現在是透過官方的力量，來將整個國內資源做整合的時候了。

關於納庫斯的外債問題，瓦克網羅了許多財經專家研究解決方案，除了期望擬出一套穩健的方針慢慢清償外債外，也可以開闢境內的其他財源，慢慢減少對於外資依賴以及舉債的程度。他想起那本冊子中，叮嚀他千萬別希望國家朝著快速但危險的方向行進，就算是進展緩慢，也要從根本做起。他該遠離那些只想從國庫大撈一筆的官員還有某些與科契亞類似的跨國外商，開放值得信賴的企業投資。而阻止國庫大失血最重要的舉措之一就是，他請國會同意大力刪減了納庫斯用於武器擴增的計畫。

瓦克在其後幾年的努力，也遇到不少試驗性的挫敗，例如他曾聽信總理巴孚亞的建議，實行了一種造成當年稅收銳減且成效不彰的農村合作社計畫。另外就是很多推行的新政遭到既有勢力杯葛，而瓦克在面臨農加新成立的反對勢力威脅下，接踵而來的抗議也讓他不太好過。

幾年後農加所領軍的反對黨囊括了國會不少席次，而他自然也成為足以威脅瓦克的人物，從前國王利用內閣打壓反對黨勢力的歷史幾乎屢見不鮮，但這卻沒發生在瓦克身上。他始終保持著公平的競爭，並適時地聽取反對黨的建議，這讓國王在民間還有朝野都慢慢取得一定的威望和尊敬。

民眾發現瓦克不同於以往的國王，在他身上找回曾經對斐洛失去的期待，他謙虛、話不多，也極少出現在公開場合，但是他的出現總帶給人和悅的印象，最重要的是人民開始感覺到生活有所改善。瓦克卻始終沒有將冊子中父親告訴他的那塊油田位置正式派人去探勘，他隱約感覺時機點未到。另外有件事情始終懸於瓦克心中，那就是王室是否存續的問題。

納庫斯的王室每年都耗去國庫大半的稅收維持光鮮亮麗的表面，瓦克時時刻刻在想，那時父親在冊子中所提及自己所做的選擇，如今在他心裡的答案其實已經呼之欲出，但瓦克覺得自己還需要一些時間確認。

這一天瓦克來拜訪卡勒米公主，因忙於政務這對姑姪已許久沒有見面，當他踏進姑母的寢室時，看到那熟悉的標本便感十分親切。正想伸手觸碰時，就被剛進門的卡勒米喚住了。

「陛下已許久沒來，今天怎麼有時間撥空到訪呢？」卡勒米公主微笑地說，這幾年的歲月始終沒在她秀麗的臉龐上留下痕跡，一頭濃密黑髮紮成了俏麗的馬尾，看起來仍宛如少女一般。瓦克嘖嘖稱奇，他甚至都覺得自己老了，但這幾年她始終獨身一人，這也勾起了瓦克的好奇。

「姑母似乎對這標本有特別的衷愛，在我兒時您總是搪塞我一套說法，您也知道如今我不會再相信這樣的說詞了，我可以聽真正的理由嗎？」說完，瓦克便走向沙發坐了下來。公主覺得國王既然都已經長大了，也該是知道真相的時候，於是公主笑著對瓦克說：「這是您的父親，陛下？您聽懂了嗎？這是您真正的父親。」

說完，卡勒米公主察覺到瓦克臉上異樣的神情，於是莞爾一笑，她對著不可置信的瓦克說：「去求證太后吧？所有的事情，還有為什麼最後這標本會在我這裡。」

瓦克當下雖感吃驚，卻未作太多懷疑，其實無數個夜晚他經常夢到一隻美麗的獵豹，徘徊在一個山谷高處，距離他相當遙遠。每當瓦克想追上去時，那隻獵豹就消失了，之後瓦克總是半夜驚醒，這樣的情況發生了好幾次。因此如今他聽到這段真相後，總算知道了這個夢境不是個巧合。此時他看著卡勒米公主，發現她眼眶已經濕潤：「我初見他時，年紀比你現在還輕，他是這麼好的人，你要是能和他有機會相處就好了！」

瓦克聽了以後，也忍不住想哭的衝動，他透過那冊子思念自己的父親，素未謀面卻彷彿近在眼前，如今他才知道這自小一直伴他長大的標本由來。就在此時，雷拉拉正好也來拜訪公主，當她進門時看到這景象卻毫不意外，靜靜地走向那隻獵豹標本，一邊用指尖輕輕觸碰一邊顫抖地說：「我早知道會有這一天，你想知道什麼？我們都會告訴你。」

在接下來好一段時間，三人都靜默不語，瓦克終於打破了沉默，強忍著泛紅的眼眶問：「告訴我！他到底是什麼樣的人？為什麼最後他是這樣的狀態？父親也曾經跟我一樣是個普通的少年嗎？我想像過好幾次他的樣貌，告訴我，他是不是很英俊？很威武？」

「他是的，他曾經是個普通少年，但你現在看到的也是真實的他。他一點都不威武，他個性溫和低調，也沒有你父王意氣風發，不過他是個很好的人，和你父王年輕時一樣俊美。總是只先想到別人，為了我和你姑母的安危，他選擇背離他的命運守護我們，將未來交給你……孩子你要永遠記住他名字，他叫做凱斯，這是個簡單的名字，但是將永遠銘刻在我們心中！」

雷拉拉說完，就和瓦克及卡勒米公主三人相擁而泣，那個熟悉又久遠未曾提及的名字，在脫口而出那刻總讓她們感覺是那樣的美好。

第三十章　我將未來交給你

這一天正是納庫斯的國慶日，依照慣例國王會發表例行性的演說，瓦克對於今天這場演說感覺格外忐忑，知道勢必會面對許多評判的眼光。但是他也做了另一項重大的抉擇，即將在鏡頭前透過攝影機播送到國內外各大新聞媒體。

瓦克前半段的演講可說是中規中矩，主要是擘劃了一塊納庫斯未來的藍圖，但最後的幾段話卻讓在場群眾還有來賓譁然。國王公開宣布他計畫讓納庫斯王室走入歷史，這件事情將做最後詳細定案後提交給國會，如果順利，納庫斯將迎來史上第一次全面大選。但瓦克表明他仍想參政的決心，他表示會代表執政黨正式參選納庫斯總統，但也歡迎各方角逐人選，交由國內選民做最後的決定。

這場演講震驚國內外，許多當初希望納庫斯走向共和的盟國和國際社會多給予讚揚，而瓦克這樣的表態也贏得許多民眾的支持。但他也相對要面對來自皇室的壓力還有指責，但使瓦克吃了定心丸的是，母后雷拉拉還有姑母卡勒米給予全力的支持，原本惶恐的心漸漸安定了下來。他為此和總理及許多內閣成員商討許久，儘管沒有一個令各方皆滿意的方案，但還是會繼續朝大致底定的方向進行。

納庫斯很快迎來史上頭一次普選，鄉間農民以往都沒有投票權，選舉主要是特區裡的事情，但這次卻普及到幾乎每個農村，而且是首屆納庫斯總統的選舉。角逐的人選最被看好的自然是那兩個人，代表執政黨的瓦克還有反對黨的農加，農加在民間長久累積的聲望自然帶給他極大的優勢，特別是選舉範圍擴大到鄉間。雖然瓦克的幕僚有提醒他，但瓦克認為既然是納庫斯首次總統選舉，當然盡可能讓全國符合資格的公民皆可參與。他猶記得父親在冊子上提醒他的事情：你是代表納庫斯的人民，不是代表特區之首。

全國上下如火如荼地開始進行了各項競選活動，除了總統外還有議員到鄉鎮區長的選舉，雖然期間仍有不少醜聞頻傳，但還是朝著瓦克想看到的方向邁進。很多時候不少人認為他很傻，也飽受皇室成員的指責，但瓦克卻沒有後悔過自己做的決定，他知道這是父親託付給他的任務，但前提是他一定要好好保護母后以及卡勒米公主。還有就是他如果真的可以當選的話，改造納庫斯的計畫才真正要開始。

但最近卻發生了一件怪事，卡勒米公主告訴瓦克，那隻獵豹標本開始有奇妙的變化，以前光潔亮麗的毛皮，現在慢慢褪了色般，而且表皮開始塌陷。瓦克於是經常來找姑母順便探視那標本，的確每過幾天沒見變化就更大，不僅毛色開始呈現灰白色，而且表皮也斑駁甚至某些部分輕輕一碰就化成粉灰。這使得瓦克相當緊張，他請人來修復這標本，但仍然徒勞無功，標本每天都一點一點在塌陷。

這一天雷拉拉收到了一封信，信封上沒有署名，她拆開後將信展開細細研讀：給我心底最掛念的人，不知道這封信交到妳手上時，已經距離我寫下這些文字多久的時間。不久前，我悄悄地去探視了那兩隻小獅標本，看到他們百感交集，卻想到也因為他們的犧牲，才有了這孩子的存在。妳正在孕育著這小生命，我卻想著他們各自代表不同的命運，那兩隻小獅是皇室的象徵，而我的孩子卻注定要終結皇室。我知道他會這麼做，即使我永遠看不到那天，卻為了那天的到來做足了充分的準備。看著遠方搖曳的芒草，不禁想起故鄉的草原，不知道有沒有回去的一天，如果可以希望妳告訴我們的孩子，那是父親唯一卑微的心願。

我渴望離世後可以化為夜空其中一顆星斗，在數不盡的夜晚，守候著妳還有孩子，在他成長面臨徬徨時，在天空指引著他，讓他永遠不會迷失方向。

期望一直在妳身邊的凱斯。

這段文字字跡顫抖，此刻面對著即將潰堤的情緒，她強忍了下來，思忖許久終於知道了標本塌陷的原因。正好此時，瓦克來寢宮探望她，雷拉拉於是趕緊對他說：「快來吧！孩子，我們有件事情非做不可。」

過了幾天後，標本已經愈來愈不成形，但是卡勒米公主將所有崩落的碎屑還有粉末都收集了起來。隨著那已經模糊的形體，他們雖然感到難過，但也知道這是凱斯的意願，也知道那是瓦克已經逐漸完成他未竟的使命。

選舉的日子逐漸逼近，也是納庫斯即將邁向嶄新命運的時刻，瓦克明白雖然情勢仍屬險峻，因為農加在各地皆有很高的影響力，特別是他曾遭遇被先王打壓的悲情過去，贏得許多支持，兩人的民調結果幾乎不相上下。但是瓦克知道父親給他的指示，他終將贏得這場勝利。

幾個月後，選舉的結果宣告了納庫斯王室正式走入了歷史，瓦克成功地擊敗農加當選總統，而代表原來的執政黨也囊括了大部分的國會席次。這是一場難能可貴的勝利，原來的國王仍贏得了多數民眾的支持，也象徵了大部分的人對於過去納庫斯改變的肯定。但當選那天瓦克心情卻因為另一件事抹上了一層陰影，卡勒米公主差人緊急通知他標本已經快要完全塌陷，新任總統於是根本沒有時間接聽各方道賀的來電，當他趕到時，看到母后還有公主神色黯淡地注視著那幾乎如化石般的形體。

而就在瓦克到了以後，那標本就在他眼前澈底崩毀，落在地上成了一堆粉灰，他們將窗戶都全數緊閉，慢慢地把那灰粉收集放入一個木盒裡。瓦克此時抽出一本已經皺褶的冊子放進盒中，那冊子陪伴了他許多時日，如今他不再需要它了，因為裡面所有的字句和地圖都已經印入腦海。雷拉拉和公主讓瓦克蓋上盒蓋，此時他仰頭看著天空的方向說：「父親啊！我已經做到了，現在我要完成您最後的心願，我們帶您回家，我們……一起回家去！」

第三十一章　家鄉遼闊的草原

這一天是納庫斯總統正式就任的日子，就職典禮上瓦克將代表王室的紋章卸下，並且配戴上象徵納庫斯最高榮譽的飾帶，在台上向所有參加的國內外來賓和群眾致意。而另一個備受矚目的人物也參加了，那就是農加，也即將是未來瓦克的內閣總理。農加在瓦克當選後就馬上致了賀電，而其後瓦克頻頻釋出善意希望雙方忘卻前嫌，能夠攜手改變這個國家。瓦克並告訴農加另一個關鍵，那就是他在先王心中的分量始終沒人能取代，而且斐洛將逝前所希望推動的方向以及凱斯在冊子所寫的也都和農加主張相去不遠。

在幾次動之以情的勸說後，農加終於同意放下心結入閣，除了瓦克所講的原因外，農加也在幾次頻繁的接觸後，在瓦克身上看見熟悉故人的影子，這讓他相當懷念。某次他就和新總統提到：「我在您身上看到一個似曾相識的影子，無論是樣貌，溫敦的性格，還有不屈的毅力，都讓我想到那個人。他對我曾有誤會，要不是如此我們應該是摯友，不知道為何我覺得您相似他更甚於斐洛先王。」瓦克聽完農加這句話後並沒有回答，但農加卻看得出那嘴角緩緩上揚的微笑。

瓦克上任以後，除了既有的政策繼續推行外，他也依據父親曾告訴他的地圖還有能源位置，發掘出新的礦產地點還有一處外海的油田。這些天然資源瓦克先以國營方式慢慢開發，然後再謹慎選擇投資的夥伴，對於外商也加上條件的限制。

如今人民慢慢可以享受到國土內這些資源帶來的好處，許多光禿禿的山林已經重新覆蓋上綠油油的嫩芽，當他偕同農加重新回到九鏡湖時，那裡已恢復了昔日美麗的風光。瓦克知道這塊地方對他父親意義重大，他在此停駐較長的時間，而農加也憶起曾經和同袍共同對抗過去布克政府軍的歲月，雖然是久遠前的光景，但放眼麗湖山色時，血腥回憶卻仍歷歷在目。

當他們巡視闊鹿林時，看到曾經荒廢的水壩也修建了起來，淤積的泥沙早已清除，現在附近的農工業供水還有供電全靠這些設施。而外海的港口也重新修整，讓貿易還有原油的挖掘更便利，這些是瓦克上任後一一實現的理想，而有了農加這批精明能幹的閣員，新政府比起以往更有效率地推進，而納庫斯困窘的財務狀況也開始受惠於這些基礎設施。儘管路還很長，但是瓦克很高興父親給他的藍圖慢慢地實現了，這個國家從來沒像現在這樣有這麼多的醫院還有學校、鐵路、以及許多幫助農民小額信貸的合作社。

隨著納庫斯天然資源有效地開發利用，如今外債壓力漸漸得到舒緩，而且還開始累積了可觀的外匯存底，瓦克帶領著這個國家如今已經成為非洲大陸的標竿之一。

現在納庫斯不但是非洲開發銀行還有相關區域經濟整合體的重要會員國，瓦克也幾乎成為了象徵性的精神領袖，遠遠超越了納庫斯國土以外，擴及整個非洲大陸的是他無私的精神還有對於許多國家慷慨相助的善行。他的名聲不僅於非洲大陸如雷貫耳，國際社會對他也是讚許有加，但是瓦克並沒有承襲斐洛先王的傲氣，而是像他真正的父親一樣，是個謙遜的王者。他往往將功勞歸於自己的幕僚還有內閣，而且瓦克相當不喜歡受訪，也拙於言辭，因此他總將鏡頭前鎂光燈的焦點交給善於演說的農加。

這一天瓦克即將卸任，新總統是獲得了壓倒性票數的農加，瓦克遵循了當初他上任時制定的任期限制，做滿期後終於卸下了這個職務。他也同時辭任了許多非洲大陸相關區域內的組織代表職務，儘管與他的政治生涯不衝突，也有許多國家領導級的人物勸他謹慎考慮留任某些職務，但瓦克此時卻只想辭退這些榮光還有頭銜，安靜地享受人生。他還年輕，還有更多想做的事情，他覺得自己已經盡了對父親的承諾，但還有一個心願沒有完成，就是他要帶著凱斯回家去，回到他的故鄉。

他走到了姑母卡勒米的住處時，她已經收拾好了一切，一共有兩個木盒，分別刻著兩個名字，配上納庫斯特有的鑽花雕飾。一個寫著凱斯，另一個寫著雷拉拉，他們都沒有姓氏只有名字，斐洛曾經要給雷拉拉一個皇室的名字當成複名，但雷拉拉拒絕了。這個簡單的名字代表了他們沒有過去，也沒有未來，生於大自然，死後也回歸到初始，並沒有系譜的傳承。瓦克感到很哀傷，他的姓氏也不是自己的，但這一切只要他自己知道就好，卡勒米看著他，清楚這個侄兒心裡所想的事情，但是他們都了解，瓦克永遠會以這木盒上將為後世遺忘的名字為榮。

納米比亞草原萬物沐浴在午後悠懶的陽光下，金黃色芒草隨著溫煦的風搖曳著，兩個日照下拉長的身影出現在草原的自然保護區邊界。瓦克捧著那兩個木盒看著卡勒米，她垂下長長的睫毛，遮住了那烏溜的大眼，輕輕拍著木盒說：「凱斯、雷拉拉，我們帶你們回來了，對不起！隔了這麼久。」

此時瓦克看到了地上光禿禿的草圈，於是轉頭對著卡勒米說：「姑母您瞧，那就是仙女圈吧。父親曾經在冊子裡說過呢！我今天終於看到了！」說完他興奮地趴在那草圈上，將耳朵緊貼於地閉上眼睛，彷彿在聆聽著什麼，卡勒米於是好奇地問，瓦克此時就像孩子般說：「是海的聲音呢！應該很遙遠吧！」

卡勒米笑著回答：「的確是海沒錯，說不定就是骷髏海岸呢！你有沒有聽見？岸邊數百萬隻海狗成群的叫聲？還有浪花拍打在那神祕沙岸的聲音？很久以前你父親曾經答應我，要帶我去看呢！」她凝視著難得露出燦爛笑顏的瓦克，長久以來的等待化為欣慰的淚光，隨著夕陽下的微風帶往曾經存在的靈魂原鄉。

語言文學類　PG1809　SHOW小說19

嘉布塔斯

作　　者 / 西瓜籽
責任編輯 / 洪仕翰
圖文排版 / 楊家齊
封面設計 / 楊廣榕

發 行 人 / 宋政坤
法律顧問 / 毛國樑　律師
出版發行 / 秀威資訊科技股份有限公司
114台北市內湖區瑞光路76巷65號1樓
電話：+886-2-2796-3638　傳真：+886-2-2796-1377
http://www.showwe.com.tw
劃撥帳號 / 19563868　戶名：秀威資訊科技股份有限公司
讀者服務信箱：service@showwe.com.tw
展售門市 / 國家書店（松江門市）
104台北市中山區松江路209號1樓
電話：+886-2-2518-0207　傳真：+886-2-2518-0778
網路訂購 / 秀威網路書店：http://www.bodbooks.com.tw
國家網路書店：http://www.govbooks.com.tw

2017年8月　BOD一版
定價：350元

國家圖書館出版品預行編目

嘉布塔斯 / 西瓜籽著. -- 一版. -- 臺北
市 : 秀威資訊科技, 2017.08
面； 公分. -- (SHOW小說 ; 19)
BOD版
ISBN 978-986-326-440-8(平裝)

857.7 106009824

讀者回函卡

感謝您購買本書，為提升服務品質，請填妥以下資料，將讀者回函卡直接寄回或傳真本公司，收到您的寶貴意見後，我們會收藏記錄及檢討，謝謝！如您需要了解本公司最新出版書目、購書優惠或企劃活動，歡迎您上網查詢或下載相關資料：http:// www.showwe.com.tw

您購買的書名：＿＿＿＿＿＿＿＿＿＿＿＿＿＿＿＿

出生日期：＿＿＿＿年＿＿＿＿月＿＿＿＿日

學歷：□高中（含）以下　□大專　□研究所（含）以上

職業：□製造業　□金融業　□資訊業　□軍警　□傳播業　□自由業
　　　□服務業　□公務員　□教職　□學生　□家管　□其它＿＿＿

購書地點：□網路書店　□實體書店　□書展　□郵購　□贈閱　□其他

您從何得知本書的消息？

□網路書店　□實體書店　□網路搜尋　□電子報　□書訊　□雜誌
□傳播媒體　□親友推薦　□網站推薦　□部落格　□其他＿＿＿＿

您對本書的評價：（請填代號　1.非常滿意　2.滿意　3.尚可　4.再改進）

封面設計＿＿　版面編排＿＿　內容＿＿　文／譯筆＿＿　價格＿＿

讀完書後您覺得：

□很有收穫　□有收穫　□收穫不多　□沒收穫

對我們的建議：＿＿＿＿＿＿＿＿＿＿＿＿＿＿＿＿

＿＿＿＿＿＿＿＿＿＿＿＿＿＿＿＿＿＿＿＿＿＿

＿＿＿＿＿＿＿＿＿＿＿＿＿＿＿＿＿＿＿＿＿＿

＿＿＿＿＿＿＿＿＿＿＿＿＿＿＿＿＿＿＿＿＿＿

請貼
郵票

11466
台北市內湖區瑞光路 76 巷 65 號 1 樓
秀威資訊科技股份有限公司 收
BOD 數位出版事業部

（請沿線對折寄回，謝謝！）

姓　名：__________ 年齡：_____ 性別：□女 □男

郵遞區號：□□□□□

地　址：__________

聯絡電話：(日)__________ (夜)__________

E-mail：__________